孤狼之血

柚月裕子
王蘊潔——譯

目錄

楔子 5
第一章 10
第二章 54
第三章 95
第四章 124
第五章 152
第六章 180
第七章 208

第八章 240
第九章 272
第十章 300
第十一章 339
第十二章 362
第十三章 377
尾聲 412

書中主要角色關係圖

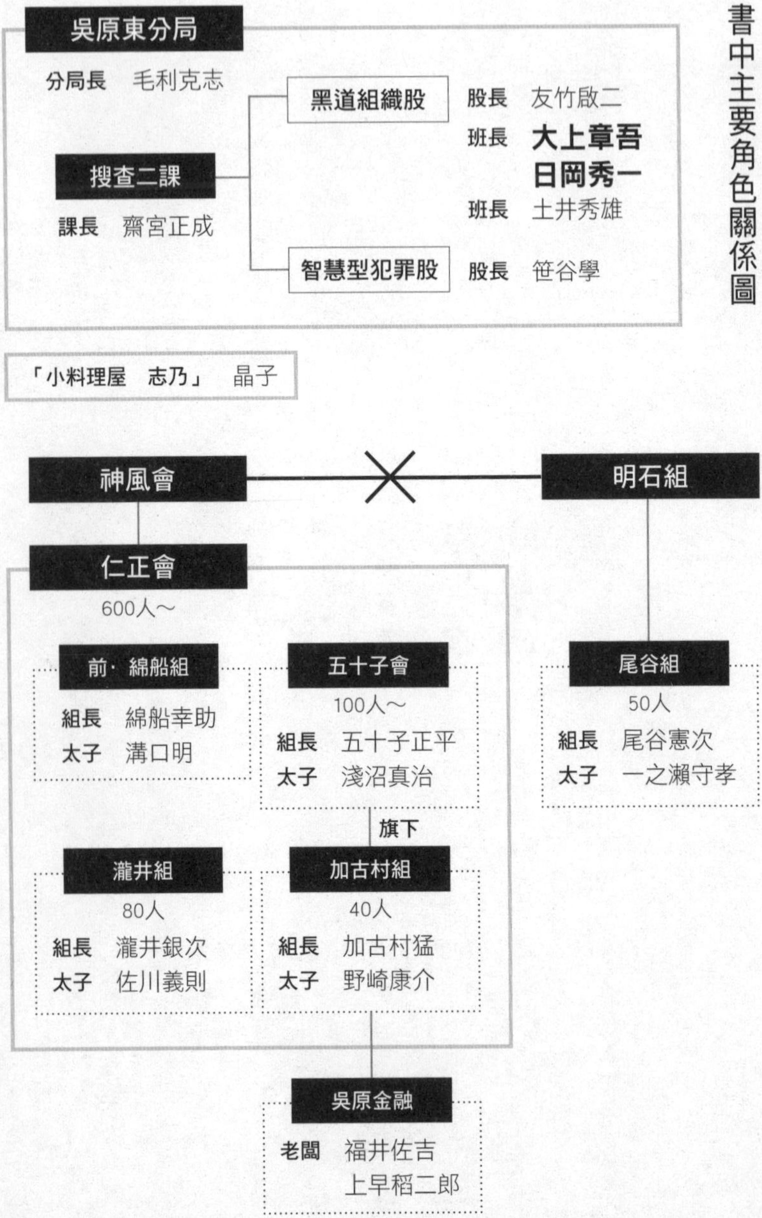
吳原東分局
分局長　毛利克志
搜查二課
課長　齋宮正成
黑道組織股
股長　友竹啟二
班長　大上章吾
日岡秀一
班長　土井秀雄
智慧型犯罪股
股長　笹谷學
「小料理屋　志乃」　晶子
神風會
明石組
仁正會
600人～
前・綿船組
組長　綿船幸助
太子　溝口明
五十子會
100人～
組長　五十子正平
太子　淺沼真治
旗下
尾谷組
50人
組長　尾谷憲次
太子　一之瀨守孝
瀧井組
80人
組長　瀧井銀次
太子　佐川義則
加古村組
40人
組長　加古村猛
太子　野崎康介
吳原金融
老闆　福井佐吉
上早稻二郎

楔子

吳原東分局的會議室內殺氣騰騰。

會議室的門外貼著寫了「吳原市黑道組織火拼事件對策總部」的紙。

會議室內有將近七十名偵查員，除了轄區東分局的副局長等高層以外，還有黑道組織股的成員、從各股召集來的員警，以及縣警四課負責黑道組織的偵查員，還有管區內的機動隊員，所有人都像是做好比賽準備的鬥犬，注視著會議室前方。

副局長訓示完畢，負責搜索行動的搜查二課課長站了起來。

課長瞇起眼睛，瞪著坐在椅子上的偵查員。

「正如副局長剛才在訓示中所提到的，東分局轄區內的組織暴力犯罪頻傳，非法持有槍械、濫用和買賣大麻、安非他命和違法賭博等犯罪事件層出不窮，幫派之間的火拼事件頻頻發生。這些幫派分子破壞治安，威脅到善良民眾的生命安全。兩個星期前，就有普通民眾被捲入槍擊事件，喪失了寶貴的生命。我們肩負重大的責任，必須將悲劇防患於未然。但是——」

他加強了語氣，停頓了一下。

「他們的無法無天就到今天為止。」

所有偵查員的表情緊張起來，也有人因為太緊張而忍不住吞著口水。

設置在吳原東分局內的吳原市黑道組織火拼事件對策總部，計畫同時對黑道組織旗下的辦公室展開搜索，目前正在進行最後的確認。

課長詳細說明了搜索行動的步驟之後，雙手撐在前方的長桌上，向前探出身體。

「這次進行如此大規模的逮捕行動，那些幫派分子不可能乖乖就範，很可能會發生意外。各位都要穿上防彈背心以策安全。」

「防彈背心」這幾個字讓會議室頓時充滿了火藥味，課長瞪著所有偵查員說：

「你們聽好了，多逮捕一個是一個。不管是妨礙公務執行、違反槍炮刀械法、持有毒品，還是開賭場圖利，任何罪名都沒有關係，我們必須利用這次搜索行動，掌握更多可以逮捕這些人歸案的證據，把他們通通關進監獄！」

課長看著手錶，確認了時間。清晨六點五十分。按照計畫，所有人將在七點從分局出發，展開行動。

課長用雙手用力拍著長桌，激勵偵查員：

「這次的大規模搜索行動關係到警方的面子，只能成功，不許失敗！」

隨著課長一聲令下，所有偵查員都同時站了起來，從會議室角落的紙箱內拿了防彈衣，紛紛走出會議室。

偵查員都匆忙開始行動，只有一個人坐在座位上按兵不動。他獨自留在會議室後方，靠在椅子上。

一名年輕刑警走向這個老神在在的男人。

「班長，這個給你。」

年輕刑警伸出右手，遞上了防彈背心，左手拿著自己的防彈背心。

年輕刑警口中的班長把玩著Zippo打火機，露出鎮定自若的笑容。

「不必著急，俗話說，欲速則不達。」

「但是……我們班的其他人都已經在停車場待命了。」

年輕刑警可能擔心慢慢吞吞，會被其他班的刑警搶了功勞，但又不敢抱怨，所以說話也結結巴巴。

男人似乎察覺了下屬的心思，訓戒他說：

「組長的家和堂口的辦公室就讓其他人去吧，如果以古城來比喻，那些地方都只是二丸和三丸而已，我們要直搗古城中心的本丸。」

「本丸嗎？」

下屬露出訝異的表情，似乎不瞭解本丸代表什麼意思。

男人打開Zippo打火機的蓋子後又關了起來，關起之後又重新打開，發出喀嚓喀嚓的清脆聲音。打火機上雕著狼的圖案。

他蓋上蓋子後，充滿憐惜地撫摸著上面雕刻的狼，喃喃地說：「現在家裡和辦公室根本不可能有任何武器，那些幫派分子可能會為了準備去幹架帶在身上，但這也不敢保證。」

「什麼意思？」

男人壓低聲音說：

「今天的行動已經被對方……」他說到這裡，支支吾吾起來，「嗯，就這樣啦。」然後撇著嘴，露出不悅的表情。

下屬瞪大了眼睛，皺著眉頭小聲問：

「你是說消息……走漏了嗎？」

「嗯。」男人低吟了一聲，不置可否地搖了搖頭，加強語氣說：

「反正所有的武器都放在堂口的彈藥庫，那是外人不知道的隱密地方。」

下屬滿臉興奮地探出身體。

「班長，你知道在哪裡？」

男人將目光從打火機移到下屬身上，單手打開了打火機的蓋子。

「是啊。」

下屬立刻興奮地漲紅了臉。

男人用力蓋上打火機的蓋子，放進長褲口袋後站了起來。

「走囉。」

他直直走向門口，甚至沒看下屬手上的防彈衣一眼。

第一章

——日誌

昭和六十三年（一九八八年）六月十三日。分配到吳原東分局搜查二課的第一天。

下午一點半，和大上巡查部長一起去管區巡邏。

下午一點四十分。赤石大道的柏青哥店『日之丸』。

晚上六點半。前往尾谷組辦公室。向尾谷組的太子一之瀨守孝，瞭解加古村組旗下的錢莊員工失蹤事件的相關情況。

＝＝＝＝＝＝＝＝＝＝＝＝＝＝＝＝＝＝（刪除一行）

晚上八點。榮大道的「小料理屋　志乃」。

＝＝＝＝＝＝＝＝＝＝＝＝＝＝＝
＝＝＝＝＝＝＝＝＝＝＝＝＝＝＝＝＝＝＝＝＝＝＝（刪除兩行）

（一）

正午過後的拱頂商店街熱得好像蒸籠。

日岡秀一閃避著違規停在路旁的腳踏車，從褲子後方的口袋中拿出手帕，擦拭額頭上的汗水。

廣島全縣在五天之前剛進入梅雨季節，但完全沒有下雨的跡象，高照的艷陽散發出梅雨季節過後的熾烈。

面向海港的波惠地區因為有從海上吹來的海風，帶走了些許熱氣，但拱頂商店街位在車站另一側的北側鉾田地區，遠離了海邊，再加上附近商業大樓林立，通風不良，熱氣散不出去。商店街的拱頂天花板用塑膠板封住，簡直變成了一個大溫室。

日岡把手帕放回口袋，從胸前的口袋拿出一張便條紙。這張從記事本上撕下來的紙上，畫著從吳原東分局到約定見面的那家店的地圖，二課課長齋宮正成畫的這張地圖只是隨便畫了幾條線而已，根本稱不上是地圖，他只能根據上面寫的一些商店名字，一路走向目的地。

日岡今天剛去吳原東分局報到，他被分配在搜查二課。東分局的二課分為黑道組織股和智慧型犯罪股，日岡被分到黑道組織股。他成為刑警後，立刻被分配到二課的黑道組織股，而且是火拼事件頻傳的吳原市轄區，的確是很少見的人事安排。聽上司說，因為二課有一名刑警臨時離職，造成人手不足。

——那裡的工作很有成就感，一旦立了功，就可以順利升遷。

總部的高層這麼說完，拍了拍日岡的肩膀。

先不管能不能升遷，工作很有成就感這件事讓日岡感到高興。之前擔任機動隊員時，每天的工作以訓練為主，只有偶爾被派去支援時，才有機會接觸第一線的工作。雖然因此有機會學習如何成為刑警，但日岡平時追求的，正是工作上的成就感。

這是他第二次造訪吳原市。之前只有讀小學時，參加夏令營來過吳原灣的小島。

日岡是廣島人，也在廣島就讀大學，進入警界之後在派出所工作期間，也都負責廣島市區，從來沒有在其他地方生活的經驗。日岡很滿意這個食物美味，娛樂和購物都很方便的城市。從廣島市搭火車到吳原市只要三十分鐘，但他之前從來沒想過要特地來這個比自己居住的城市更小的地方，所以對這一帶很不熟悉。

他靠著手上這張距離完全不符合實際路程的地圖，尋找著自己要去的那家店。雖然他也想向路人打聽，但又覺得警察向人問路似乎不太妥當。

他比約定的一點足足晚了十五分鐘，才終於靠自己找到了對方指定的波斯菊咖啡店。

地圖上在一個四方形符號旁寫了「波斯菊」三個字，日岡以為是獨棟的咖啡店，沒想到只是租了住商大樓一樓的店面而已。既然這樣，就應該寫大樓的名字啊。他忍不住在心裡罵道。

波斯菊咖啡店是一家老店，店門旁的櫥窗內放著餐點的照片，但已經嚴重褪色，不知道是否從開店至今從來沒有換過。櫥窗空餘位置陳列的舶來品雜貨不像是古董，感覺只是老舊的生活用品。

他推開褪色的木門走進咖啡店，聽到門上的鈴鐺響起的同時，冷氣房的空氣立刻籠罩了全身。

吧檯內有點年紀的男人緩緩抬起頭，戴著圓框眼鏡的他看著日岡。

「歡迎光臨。」

雖然他嘴上表示歡迎，但聲音很冷淡。

店內空間狹小，光線昏暗，只有五個吧檯座位，和兩張四人坐的桌子。不知道是否老闆喜歡種植物，店內放滿了觀葉植物，讓原本就很狹小的空間變得更加擁擠。

日岡在觀葉植物的包圍下巡視店內。

店裡只有一個中年男客人，坐在鑲嵌玻璃小窗戶旁的桌子旁。他的臉被攤開的報紙遮住了，但日岡根據年紀判斷，猜想他應該就是自己要找的人。

日岡走向那個男人，隔著報紙向他打招呼。

「打擾一下，請問是大上先生嗎？」

男人聽到聲音，緩緩拿下報紙看著日岡，目不轉睛的雙眼就像是當鋪老闆在估價。只不過眼神完全不一樣，直視對方的銳利目光正是刑警特有的眼神。

日岡憑直覺知道，這個人就是自己的新上司。他立刻站直了身體。

「很抱歉，我遲到了，我是今天來吳原東分局報到的——」

日岡正準備報上姓名，男人猛然從椅子上站了起來，默不作聲地一把抓住日岡的襯衫，然後把他拖到對面的座位，把他用力一按。日岡倒在椅子上，滿臉錯愕地抬頭看著他。男人隔著桌子探出身體，瞪著日岡說：

「不要像黑道分子一樣說個沒完沒了。」

日岡聽到他粗聲粗氣的沙啞聲音，有點被嚇到了。雖然他說日岡是黑道分子，但日岡覺得眼前這個男人的打扮更像黑道。他穿了一件敞著領口的黑色襯衫，下半身是一件寬鬆的白色長褲，頭上戴了一頂米色巴拿馬帽。手腕上豪邁的手錶和腰間的皮帶都在昏暗的店內閃著銀光。

男人緩緩坐回自己的椅子，皺起眉頭咂著嘴。

「有哪個傻瓜會在還沒搞清楚我是誰的情況下就表明身分？幸好你沒有認錯人，萬一我是遭到通緝的嫌犯怎麼辦？如果遇到吸毒的黑道分子，搞不好會一刀捅死你。」

日岡似乎沒有認錯人。

「對不起。」

日岡在椅子上重新坐好後，向從今天開始，成為自己直屬上司的這個男人鞠了一躬，既是打招呼，也同時是道歉。

眼前這個男人名叫大上章吾，是吳原東分局搜查二課主任，也是黑道組織股的班長，聽說今年四十四歲。今天早上，日岡前往吳原東分局後，向搜查二課的所有人打了招呼，唯獨不見直屬上司大上的人影。他問齋宮課長，大上今天是否請假，齋宮課長告訴他，大上很少會在中午之前出現在辦公室。

齋宮課長可能覺得平時也就罷了，今天是下屬第一天報到的日子，竟然也不見人影，未免太不像話了，所以拿起桌子上的警用電話打給大上，問他幾點進辦公室。大上要齋宮轉告菜鳥刑警，下午一點去赤石大道上的「波斯菊咖啡店」。

大上是打擊黑道很有一套的刑警，在縣警內部也很出名。他曾經多次解決和幫派有關的事件，也曾經屢次獲得警察廳長獎等警界嘉獎。超過一百次的得獎經歷在廣島縣警內無人能出其右。

但除了這些亮麗的經歷，他也曾經多次遭到不光彩的處分。得獎次數獨占鰲頭，遭到懲戒處分的次數也遙遙領先。

大上進入警界之後，大部分時間都在和幫派打交道的二課，一度被調去其他部門。他通過刑警錄用考試，進入廣島北分局搜查二課的十年後，也就是十三年前，他被貶職調去縣警警備部機動隊當普通隊員。貶職的原因就是第三次廣島大火拼事件。當時，大上是北分局調查幫派火拼事件的先鋒，有人懷疑他把警方內部消息透露給幫派分子。

刑警都知道，公安警察、和專門對付黑道的刑警手下都養了被稱為線民的內鬼。可以說，刑警的辦案能力取決於手上掌握了多少派得上用場的線民。公安警察和對付黑道的刑警都會巧妙使用線民，和犯罪組織談判，解決幫派滋事事件。

雖然這是為了解決事件進行必要的偵查工作，但如果犯罪組織和警察組織之間的關係一旦失去平衡，輿論和民眾就會抨擊警方和黑道勾結。北分局為了避免媒體掌握對大上的懷疑，所以搶先一步，把大上調去了機動隊。

大上在機動隊三年之後，再度調回廣島北分局。四年後，被調到目前所屬的吳原東分局二課。雖然同樣是在二課，但從縣政府所在地的轄區分局，被調到地方城市的轄區分局，顯然也是降職調動。

他因為和知名的人權律師之間發生了衝突，所以遭到調職。那名律師打著人權的旗幟，為刺傷同居女友的黑道分子辯護。律師認為，黑道分子也是人生父母養，當然也有必須受到保護的人權，但大上激烈反駁，認為黑道沒有人權，甚至揚言，保護刺傷女人的壞蛋，就是壞蛋的同類。律師勃然大怒，揚言要以特別公務員暴行凌虐罪，控告大上在偵訊過程中的暴力行為。大上和律師之間的衝突被媒體報導後，北分局為了顧全律師的面子，讓事情趕快落幕，把大上貶去地方城市的分局。

日岡在被縣警錄用後，就聽過大上的傳聞，而且聽到的所有傳聞都很聳動，聽說他曾經兩次遭到幫派分子攻擊，雖然對方被他打得半死，但他自己也身受重傷，住進了醫院。日岡當時還是菜鳥警察，覺得大上離自己很遙遠，在通過刑警錄用考試時，做夢也不會想到，自己將在這個縣警內赫赫有名的刑警手下做事。

大上從胸前口袋裡拿出和平短菸，動作俐落地叼在嘴上。

日岡不抽菸，他雙手放在腿上，等待大上開口。

沒想到，大上猛然巴他的頭。

「你在發什麼呆啊！老大掏菸出來，不是要馬上點菸嗎？你懂不懂規矩？」

日岡大驚失色。自己又不是陪酒小姐，也不是黑道小弟，為什麼要為上司點菸？雖然他難以接受，但還是拿起桌上的火柴為大上點了菸。

大上用力吸了一口菸，把吃完的蕃茄義大利麵的盤子推到一旁，整個人靠在椅子上。

「看到前輩叼著菸，就要馬上點火，準備菸灰缸。這是在二課當刑警的基本規矩。」

日岡從來沒聽說過，刑警的基本規矩是為前輩點菸。

他難以釋懷地低頭道歉，大上若無其事地說：

「你給我聽好了，二課的規矩和黑道一樣，說白了，就像是大學運動社團的上下關係。即使前輩的教訓或磨練沒有道理，也要默默忍受。這是有正當理由的，因為黑道分子平時就生活在蠻不講理的世界，只要老大說是白色，即使是黑色的烏鴉，也要說成是白的。我們要和這種人打交道，必須平時就讓自己生活在不合理的世界……否則根本不知道那些黑道分子的想法。」

日岡得知自己被分配到搜查二課後，就看了吳原市內的黑道組織關係圖，和那些幹部附有照片的資料卡，把所有資料都牢記在腦海中。他以為自己已經徹底掌握了幫派的相關資訊，但二課的刑警還必須遵從黑道的規矩？他對此抱有很大的疑問，只是不敢反駁上司的意見，只能把自己的想法吞進肚子。

大上用力吐了一大口煙，問日岡：

「你叫什麼名字？」

這個人竟然不記得即將成為自己下屬的人的名字。日岡感到驚訝不已，但故作冷靜地回答：

「我姓日岡，叫日岡秀一。」

「修一？」

大上微微皺起眉頭。

「怎麼寫？」

「優秀的秀，數字的一。」

大上摸著下巴，揚起嘴角說：

「是喔，好名字。」

日岡並不喜歡自己的名字，覺得根本是菜市場名，也從來沒有人稱讚過他的名字，但大上竟然說是好名字。他感到很意外。

他不置可否地笑了笑，大上不理會他，繼續問道：

「年紀呢？」

「二十五歲。」

「來吳原東分局之前在哪裡？」

「在派出所一年，在機動隊待了兩年。」

「所以說，」大上小聲嘀咕著，看著天花板，「你是大學畢業後進入警界，剛當上刑警，也是第一次進二課嗎？」

「是。」大上聽到日岡的回答，第一次露出了笑容。但並不是歡快的笑聲，而是不懷好意的賊笑。

「所以，你還是乳臭未乾的黃花閨女啊，既然這樣，你不懂規矩也情有可原。」

他說的每一句話都很低俗。

大上在菸灰缸裡捻熄了菸，把冰塊已經完全融化的冰咖啡一飲而盡，然後站了起來。日岡也慌忙站了起來。

「老闆，我的咖啡券還沒用完吧？今天的餐費就用咖啡券來抵。」

坐在吧檯角落的老闆冷冷地應了一聲：「好。」從掛在牆上的軟木板上撕下兩張咖啡券。不知道一張咖啡券多少錢，如果是四百圓，兩張就是八百圓，蕃茄義大利麵套餐也差不多是這個價格。

大上斜斜地重新戴好巴拿馬帽，摟著日岡的肩膀，把他拉向自己。

「既然你被分配到我手上，也是一種緣份，我會好好向你傳授二課的規矩。」

這個人的所作所為完全不像刑警，他以後會怎麼帶領自己辦案？日岡跟著大上走出波斯菊咖啡店時，內心感到很不安。

一走出咖啡店，大上瞇起眼睛巡視周圍後問日岡：

「你把車子停在那裡？」

日岡不由地緊張起來。因為他發現波斯菊咖啡店後面就有一個停車場。

他從分局開來的便衣警車停在櫻港公園停車場。櫻港公園在商店街入口，從這裡走過去要十分鐘。看齋宮畫的地圖時以為波斯菊咖啡店就在商店街的入口，沒想到還有大段距離。

日岡不由地縮起身體。大上一定會像剛才抽菸時一樣，覺得自己這個後輩很不機靈，用力打自己的頭。大上鐵定會說，讓前輩在大太陽底下走路，到底在想什麼啊？自己一定會被他臭罵一頓。

日岡在他罵人之前，就先低頭道歉說：

「對不起，我去把車子開過來，請你在這裡等一下。」

日岡正準備跑去停車場，大上在他背後叫住了他。

「不用了，一起走過去，順便消化一下。」

大上的回答出乎意料，日岡愣了一下，立刻鬆了一口氣。這下子至少不必又跑得滿頭大汗了，原來大上也有一丁點慈悲心。

「是，那我們一起過去。」

日岡說完，繞到大上的身後，想要跟在他後面。日岡站在那裡看著大上的後背，沒想到他用力轉過頭，拍了他的腦袋。

「你在幹嘛！這樣不是變成我走在前面嗎？」

通常跟上司外出時，下屬都跟在上司身後。為什麼自己要走在前面？

日岡不知所措，大上抓住他的肩膀，把他推到自己前面。

「在黑道的世界，小弟要走在前面開路。如果遇到有人找麻煩，讓老大或是大哥發生不測，就要剁手指。」

為前輩開路也是大上口中的二課規矩嗎？二課的規矩完全走黑道路線，和社會上的規矩很不一樣，看來自己必須花很大的功夫才能夠適應。

「別傻站在那裡！趕快走啊！」

大上從後方打他的腦袋，日岡被他打得忍不住踉蹌了一下，然後邁開了步伐。

走在路上時，日岡發現只要稍微和黑道有一點關係的人都認識上大，但善良的市民就不認識他了。

商店街內的家庭主婦，和好奇地東張西望的觀光客看到大上也沒有反應，但燙著大波浪，看起來像酒店小姐的女人，和一看就是小混混的年輕人，看到大上，都恭敬地向他行注目禮，或是巴結地頻頻鞠躬後才離去。大上無論對誰都輕鬆地打招呼，或是揮手回應。

日岡聽從大上的指示，從大馬路轉進一條小巷走了一段路，大上從背後叫住了他。

「喂，我要進去一下。」

回頭一看，大上正從柏青哥店大樓的後門走進店裡。

要去店裡巡邏嗎？日岡看著「柏青哥　日之丸」的招牌，記住了店名，跟著上大走進店裡。

雖然是非假日的白天時間，店裡擠滿了人。有的人滿臉嚴肅，似乎在用生活費玩小鋼珠，也有些人一臉放鬆，顯然只是在打發時間。

他在找人嗎？大上走在通道上，確認那些客人的臉。

即將走到靠牆邊的通道時，大上突然停下了腳步，躲在機台後方。

「怎麼了？」

日岡在大上身後小聲地問。

大上面對著通道後方，小聲對日岡說：

「那裡不是有一個短髮的傢伙穿著紅襯衫嗎？」

日岡探頭看向大上背後的通道後方，發現大上說的那個男人坐在倒數第三台機台前。年紀大約三十歲左右，這種大熱天，怎麼會有人穿長袖？這個男人顯然不是善類，不是是手臂上有刺青，就是有注射毒品的痕跡。從他傲慢的態度，和全身散發出的危險感覺，就知道他一定是幫派分子。看他一臉凶相，似乎已經輸了不少錢。

「就是那個穿紅襯衫的吧。」

他告訴大上，自己已經看到了。

「沒錯，就是那傢伙。」大上點了點頭，接著說了令人難以置信的話，「你去找他的麻煩。」

日岡瞪大眼睛看著大上。醉鬼和小混混經常沒事找警察麻煩，但從來沒聽說過相反的情況。不管紅襯衫男是誰，他目前是正在乖乖打小鋼珠的普通老百姓，怎麼可以去找他的麻煩。這是違反風紀的行為。

日岡正在猶豫，大上用膝蓋踹向他的屁股。

「你在磨蹭什麼啊，趕快去啊。」

雖然他壓低聲音，但語氣很強硬。大上是認真的，在日岡聽從他的指示之前，會一直被他踹屁股。雖然日岡心裡很清楚，仍然站在原地不動。

大上看到日岡一動也不動，把嘴巴湊到他耳邊，用和剛才判若兩人的溫柔語氣說：

「別擔心，如果真的打起來，我就會出面搞定，你就放心去吧。」

真的嗎？日岡用眼神發問，大上擠出一個燦爛的笑容，用力點著頭。

日岡搞不懂為什麼要去找紅襯衫男的麻煩，但還是走了過去。在他旁邊的空位坐了下來，從放在屁股口袋的皮夾裡拿出一千圓。

他一邊打小鋼珠，一邊在找機會，不知道是幸運還是不幸，紅襯衫男為他創造了機會。

紅襯衫男錯失了聽牌機會卻沒中獎，生氣地咂著嘴，抖個不停的腳換了一個姿勢，不小心踢到了日岡的小腿。紅襯衫男沒有道歉，反而破口大罵：

「我說老兄啊，你也坐得太過來了，不能好好坐嗎？」

如果不是幫派分子，或是搞不清楚狀況的人，聽到一眼就看出是黑道兄弟的紅襯衫男這麼說，一定會乖乖聽話，但日岡肩負大上的命令，他斜斜地瞪著紅襯衫男說：

「你才應該把你的短腿移開！」

紅襯衫男怒目而視，挑起單側眉毛，瞪著日岡。

「喂，你以為自己在跟誰說話，啊！」

日岡冷笑一聲。

「就是你這個三白眼的短腿啊。」

「幹！你敢再說一遍！」

紅襯衫男在怒罵的同時站了起來，他的額頭上青筋暴出，一把抓住日岡的胸口。

年輕的店員可能剛才就看到了他們，立刻跑了過來，擋在紅襯衫男和日岡中間。

「兩位不要打擾到其他客人的興致，請你們冷靜……」

雖然店員說「兩位」，但他說話時一直看著紅襯衫男。

紅襯衫男可能覺得萬一店家報警很麻煩，於是推開店員，再度抓著日岡的胸口說：「出來解決！」然後把他一路拉向門口，看他的氣勢，似乎一走到店外，就立刻準備動手。

日岡尋找著大上的身影。他剛才保證一旦打起來，就會出面搞定，現在卻竟然事不關己地在通道對面的機台前打小鋼珠。

紅襯衫男把日岡拉到柏青哥店門外後，走去旁邊的停車場。

來到被圍牆和車子擋住，大馬路上看不到的位置後，紅襯衫男把日岡用力推開，拉開了距離。他轉動著肩膀和脖子暖身，狠狠瞪著日岡。

「我以前沒看過你，你是哪個堂口的？啊？」

他壓低聲音，語帶威嚇地問。

「和你沒關係，打架還需要報上名號嗎？」

在瞭解大上的目的之前，只能在紅襯衫男面前虛張聲勢。

「算你有種！幹！那我就教你什麼叫規矩！來啊！」

紅襯衫男舔著嘴唇，樂不可支地揚起嘴角。

事到如今，只能打一架了。對方是幫派分子，如果手下留情，搞不好自己會身負重傷。

日岡把右手放在側腹，左手握拳前伸，做出了正拳的姿勢。

「喔？空手道嗎？」

紅襯衫男不屑地笑了起來。

日岡從中學開始學空手道，在高中和大學都學了松濤館流空手道，已經獲得了三段的證書。傳流派的松濤館向來禁止極真空手道那種全接觸空手道，更何況學空手道的人不能和別人打架，因為只要一出手，就很可能導致對方身受重傷。即使在法庭上，習武者的拳頭和腿也常被視為是凶器，所以日岡並沒有實戰的經驗。

「姿勢擺得有模有樣，但空手道根本只是花拳繡腿，我要讓你見識一下黑道幹架是怎麼回事！」

話音剛落，紅襯衫男就蹲在地上，一把抓起地上的碎石向日岡丟了過來。

日岡立刻閉上眼睛，舉起雙拳保護自己的臉，迅速後退，但紅襯衫男立刻用力踢向他的腹部。側腹一陣劇痛。

因為實在太痛了，他忍不住彎下膝蓋。

當他向前倒下時，紅襯衫男的膝蓋踹向他的鼻子，他的鼻子簡直快炸裂了。

巨大的衝擊讓他頭昏眼花，鼻血噴了出來。

疼痛難忍，他單腿跪在地上。紅襯衫男一把揪住他的頭髮，接連向他的腹部猛踢。發出黑光的漆皮鞋尖毫不留情地踹進他的肚子。

日岡無法呼吸，用力喘息，試圖吸進氧氣。

他抬起頭，確保氣管暢通，像鐵塊般的一記重拳立刻打在他臉上。他的頭被打到一旁，整個人倒在地上。眼前的景象倒轉，只看到天空。

當他眼冒金星時，紅襯衫男的臉出現在天空前方。他從上方探頭看著倒地的日岡，撇著嘴笑了起來。

「看來你的拳頭沒有嘴巴硬，原本還以為你還有點骨氣。算了，今天就饒了你。不過呢——」

紅襯衫男在一旁蹲了下來，把日岡的身體翻了過來。

「我的鞋子髒了，你要付錢。」

紅襯衫男把手伸向日岡的屁股，在他屁股後方口袋裡摸索，試圖拿他的皮夾。

日岡還來不及思考，身體已經採取了行動。

他抓住紅襯衫男的腳踝用力一拉，紅襯衫男重心不穩，倒在地上。

日岡扭轉身體，右手臂用力向後揮了一拳。

後拳打中了紅襯衫男的臉，日岡立刻轉動手腕。這是打後拳的基本。

日岡站了起來，踢向紅襯衫男的腹部。

接著又用下段踢踢中了紅襯衫男的胸口。

紅襯衫男呻吟著滿地打滾。

日岡按照之前在松濤館練習的方式穩住重心後，不停地猛踢，在還能夠喘息之前都不停腳。

紅襯衫男嘴裡噴出帶著鮮血的嘔吐物。

終於喘不過氣了。

踢不動了。

日岡雙手撐在腿上，用肩膀用力喘著氣。空氣吸入了氣管，發出了呼呼的聲音。

「你這個卑鄙小人……」

日岡抬頭一看，發現紅襯衫男站了起來，他雙腿發抖，身體前傾，正慢慢逼近。

他的右手握了一把匕首，雙眼通紅。

「我要殺了你！」

他把刀鞘丟在一旁，雙手握住匕首，舉在肚臍前方。

這是日岡第一次感受到自己可能會遭到殺害的恐懼。他雙腳無法動彈，紅襯衫男全身冒出來的殺機讓他整個人愣在那裡。

他很後悔沒有帶警棍和手槍。此刻即使亮出警察證表明身分，也無法消除紅襯衫男想要殺人的衝動，但如果不採取行動，後果不堪設想。

日岡把手伸向警察證。

「好了，到此為止！」

停車場內突然響起一個聲音。

是大上。

他正從停車場入口慢慢走過來。

日岡鬆了一口氣，整個人差點癱在地上，他正想叫大上的名字，沒想到紅襯衫男先開了口。

「上哥……」

紅襯衫男目瞪口呆地看著大上。

大上叼著已經點了火的香菸，啪啪地鼓掌，似乎在稱讚他們的英勇善戰。

「好了好了，比賽到此結束。」

紅襯衫男用力吸了一口氣，氣呼呼地吐著口水。

「幹……真倒楣。」

大上不理會紅襯衫男，用腳踩熄香菸後問日岡：

「日岡，你沒事吧？」

叫我去挑釁帶了刀子的黑道兄弟，竟然還敢問我有沒有事。更何況不是說好快要打起來時，他就會出面解決嗎？

日岡內心很受不了，忍不住挖苦說：

「是啊，託某人的福，總算沒死。」

「好了好了，你別生氣。」

大上笑了起來，看著日岡，用力甩了紅襯衫男一記耳光。

「你幹嘛！」

大上轉頭瞪著紅襯衫男大聲說：

「違反槍炮刀械法！日岡，是幾年？」

日岡不知道他在問什麼，用眼神發問。

「你這個笨豬，我是問刑罰的上限！」

原來是在問法定刑。日岡的腦海中立刻浮現出大學時讀刑法總論時的那一頁。

「我記得攜帶刀劍類作為武器的刑期是兩年有期徒刑。」

大上又甩了紅襯衫男一記耳光，大聲地說：

「毆擊罪！」

自己流了血，所以應該是傷害罪。雖然日岡這麼想，但並沒有糾正上司。

「上限是兩年有期徒刑。」

紅襯衫男張口結舌，說不出話，似乎覺得莫名其妙。紅襯衫男的臉頰上又響起一記耳光的聲音。

「妨礙公務罪。」

這顯然是欲加之罪，但日岡還是淡淡地說出了法定刑。

「三年有期徒刑。」

「好！總共幾年！」

「呃，」日岡應了一聲，立刻心算起來。「總共七年有期徒刑。」

大上露出虎牙笑了起來。

「喔，原來和輕微的殺人罪刑責差不多啊。」

紅襯衫男尷尬地笑了起來，臉部肌肉很僵。

「上哥，你在開什麼玩笑？」

「苗代，我可沒有和你開玩笑！」

大上恢復了嚴肅的表情瞪著他。

「你們幫派的太子開的地下錢莊有一名員工失蹤了。」

紅襯衫男似乎姓苗代。他的臉抽搐著，這時已經笑不出來了。

「我不知道你在說什麼。」

苗代垂下雙眼，把頭轉到一旁。大上彎下身體下方探頭看著苗代的臉，然後把臉貼了過去。兩個人的距離近得幾乎可以感受到對方的呼吸。苗代終於忍不住向後退。

大上仰起上半身，用右手扶好歪掉的巴拿馬帽。

「好，沒關係，今天就放你一馬。」

苗代僵硬的表情放鬆了，肌肉不再抽搐，臉上恢復了紅潤。

「但是，」大上從口袋裡拿出手帕，「這個由我保管。」

大上用手帕包住匕首的握柄，把手放在苗代的肩上。苗代不敢違抗，只能鬆了手。

「日岡，你去找一下刀鞘。」

日岡從長褲口袋裡拿出白手套，在地上仔細尋找，終於在十公尺外看到了刀鞘。

他跑過去，戴上手套後撿了起來。

他把找到的刀鞘遞給大上，大上把匕首放進了刀鞘，裝進塑膠袋裡。

「這上面有你的指紋。」

大上把塑膠袋舉在苗代面前，得意地揚起嘴角。

苗代嘆了一口氣，用力咂著嘴。

大上暗示他，隨時可以逮捕他，對他施加無言的壓力。

自己只是大上為了向苗代施壓的誘餌。這就是大上的辦案手法。

（二）

日岡握著方向盤，努力克制自己不超速。被大上當成誘餌、被紅襯衫男毆打的疼痛——他無法釋懷，內心翻騰起伏。

大上完全不理會日岡的不悅，坐在副駕駛座上噴雲吐霧，還哼起了歌。當他在車上的菸灰缸裡按熄第三支菸後，對日岡說：

「你的氣也該消了吧？一直板著臉，浪費了你這張帥氣的臉。」

這番廉價的取悅讓日岡壓抑在內心的煩躁終於爆發了。他遇到紅燈時用力踩了剎車，在上車之後，第一次開了口。

「這也未免太過分了，口口聲聲說，如果真的打起來，你就會出面搞定，我看你一開始就沒打算這麼做。」

大上用手指彈了彈巴拿馬帽的帽簷，理所當然地說：

「如果我那時候出面，事情就搞不定了啊。」

日岡雙手放在方向盤上，充滿怒氣的雙眼看著前方的號誌燈。

「所以，你一開始就把我當成誘捕他的誘餌。」

「是啊。」

沒想到他很乾脆地承認。

號誌燈變綠了。日岡緩緩嘆著氣，踩下了油門。

大上整個人靠在椅背上，繼續說道：

「剛才那個苗代是加古村的小弟，也是加古村組的太子野崎的手下，是加古村組內最能打架的人。這一帶的幫派分子中，如果大家都不帶武器打架，他應該可以擠進前三名。」

加古村組是八年前在吳原市新成立的幫派，有約四十名幫眾，組長加古村猛年輕時就是不良少年，所以他手下的小弟也個個逞凶鬥狠。安非他命和地下錢莊是主要的資金來源，那些成立多年的幫派都在背後叫他們藥頭、高利貸。

大上坐了起來，語帶嚴肅地說：

「加古村的旗下有一家錢莊叫吳原金融，在錢莊負責會計工作的上早稻二郎已經失蹤了三個月。」

吳原金融是加古村組參與經營，以合法掩護非法的門面企業。貸款不需要保證人，即使已經向多處貸款，也可以向他們借錢，只是必須支付名為「十一」、「十三」的高額利息，也就是十天分別要付一成或三成的利息。一旦還款延誤，就會遭到追殺，用盡各種手段逼迫債務人還錢。如果無法還錢，女人就被賣去色情行業，男人必須賣肝。如果是老人，就會連鑲金的假牙都被拔下來，他們的手段相當凶殘，在黑道中也很有名。

「不久之前，上早稻的妹妹來東分局報失蹤。」

難怪他想要找藉口逮加古村組的人。

「原來是這樣。」

他內心的怒火稍微平息了。

「話說回來，」大上語帶佩服地說，「你和苗代打得不分勝負，太了不起了。你很強喔，以前練過空手道嗎？」

原來他從頭到尾都在一旁看戲，否則根本不可能知道日岡會空手道。

「在大學之前，一直都在練。」

「你讀哪一所大學？」

「本地的廣島大學。」

大上驚訝地問：

「你是廣島大學畢業的？」

很少有人從國立大學畢業，卻沒有報考屬於高考組的國家公務員I種考試，或是準高考組的

II種考試，而是參加普通警察錄用考試的普考。

「那你為什麼跑來當普通巡查？」

高考組的人一進入警界就是副警部，準高考組的人一開始就可以當上巡查部長。高考組的人一年之後，準高考組的人四、五年後就可以升遷，二十五、六歲就可以擔任警部、副警部。至於非高考組的人，在退休之前能夠升上副警部就要偷笑了。

「我雖然讀了大學，但沒有認真上課，每天不是在居酒屋打工，就是去大學的道場練空手道，最後是靠老師同情才勉強畢業。憑我的腦袋，根本不可能成為高考組。」

「話是這麼說啦，」大上嘆了一口氣，加強語氣說：「廣大畢竟是廣大啊，是天下無敵的國立大學，你可以去大公司，根本不愁找不到工作，為什麼跑來當警察──」

大上說到這裡，沒有繼續說下去。可能發現再說也無濟於事。

日岡沿途看著標識，小心翼翼地開著車子，自言自語地說：

「每天早晨在固定的時間起床出門上班，完成上司安排的工作後準時回家。不久之後，莫名其妙結了婚，又莫名其妙地生了孩子，體會和別人差不多的辛苦和喜悅，然後慢慢變老。」

在相生橋左轉後，沿著貫穿市區的坂目川繼續行駛。日岡字斟句酌地繼續說道。

「世上應該有很多人追求這種平靜的人生，也因此用功讀書，考上好大學，以優異的成績畢業，進入一流企業。但我討厭這樣的人生，自己的人生軌道一路鋪到終點實在太沒意思了。因為有這種想法，所以決定要來當警察。」

大上用巴拿馬帽在胸前搧著風，靜靜地聽日岡說話。

日岡說完之後，看向副駕駛座。

大上把巴拿馬帽戴在頭上，撇著嘴說：

「真是個怪胎。」

但他說這句話時的心情很好。

日岡聽從大上的指示，把車子停在路肩，從車窗探出身體，打量著眼前的豪宅。可以眺望吳原港的高地上，有一片老舊的住宅區，雖然放眼望去，大部分房子的屋齡都老舊，但在瀨戶內特有的明亮天空映襯下，再加上房子和庭院都保養得宜，所以完全沒有陰沉、凋零的感覺。

最引人注目的就是眼前這棟日式房子，白色圍牆圍起了差不多可以容納兩棟小型旅館的寬敞空間，圍牆上方頂著瓦片，入口有一道厚實的拉門。隔著格子拉門，可以看到庭院內枝葉茂盛的松樹和竹子等樹木。

「喂，趕快下車啊。」

已經下車的大上催著日岡。

大上大步走到大門口，按了裝在粗大門柱上的對講機門鈴。

大門上方裝了兩台監視器，圍牆上方每隔四、五公尺就有一台監視器，只是都巧妙地用樹木遮住了。

屋內的人顯然在監視登門造訪的人。最好的證明，就是沒有確認大上的身分，對講機內就傳來一個男人的聲音。『馬上就去開門。』

不一會兒，一個光頭年輕人就從庭院深處出現了。他穿著白色開襟襯衫，一路跑了過來。正打算打開門鎖時，從格子門的縫隙中看到站在大上身後的日岡，停下了手。他皺起眉頭，似乎對第一次上門的陌生人產生了警戒。

大上用大拇指指了指身後的日岡說：「我們一起的。」讓對方放心。

光頭男猶豫了一下，但很快打開門鎖，拉開了門。

開門之後，他微蹲在一旁鞠躬，大上和日岡經過他身旁走了進去。

日岡打量四周，想起了以前不知道在哪裡看過的貴族豪宅，鋪著碎石子的通道上是花崗石的踏腳石，種了樹木的庭院內有漂亮的景觀石和燈籠，鯉魚在庭院後方的蓮池內游來游去。

圍牆內有兩棟房子。一棟是屋頂很高的平房，踏腳石從大門一路延伸到平房，但從樸實的大窗戶判斷，應該不是住家，更像是地區的公民館。

後方有一棟兩層樓的房子，一看就知道是住家。從多重屋簷的歇山式屋頂，和二樓窗戶採用了做工精細的細格子紙拉窗，可以瞭解屋主的喜好。

大上熟門熟路地踩在踏腳石上，打開了前方平房的拉門。

裡面是辦公室。像學校教室般大小的空間分成水泥地和木地板兩個部分，水泥地空間以ㄇ字形圍住了木地板空間，角落有一張小型辦公桌，上面放了一台時下難得一見的黑色電話。木地板空間內放了會客的沙發、茶几，柱子和柱子之間的橫板上設置了神龕。

神龕旁的一整排燈籠上印了尾谷組的名字和幫徽。尾谷組在戰後不久，就在吳原成立了賭場，已經有多年的歷史。

「好好的年輕人，怎麼愁眉苦臉的？」

大上沒有打招呼，就對裡面的年輕人說。

辦公室內有三個人，都差不多二十出頭，最年長的看起來也比今年二十五歲的日岡年輕。

一個身穿運動衣，坐在水泥地辦公桌旁的男人慌忙走到大上面前。

「工作辛苦了，我馬上為你倒冰茶，你請進來坐。」

大上在門口脫下鞋子，問運動衣男：

「一之瀨在嗎？」

「太子在裡面，這就去請他過來。」

「喂！」他對著光頭男揚了揚下巴。

光頭男立刻彈了起來，慌忙換了拖鞋，走進後方的和室。

日岡在大上的催促下，也脫了鞋子，走進了會客空間。

和大上在沙發上坐下後，一個飛機頭的年輕人用托盤端了麥茶走了過來，動作生硬地把杯子放在日岡和大上面前。

大上看著飛機頭男說：

「你叫隆志嗎？」

「對、對啊。」

飛機頭男鞠著躬，臉上露出訝異的表情，似乎納悶大上為什麼會知道他的名字。

「我是聽赤石大道的『里子』的媽媽桑說的，他說尾谷組的年輕人中有一個白白淨淨的帥哥，髮型是飛機頭。聽說你晚上的精力很旺盛啊。」

大上猥瑣地笑了起來，飛機頭男紅了臉，輕輕聳了聳肩。

大上並沒有放過他，一臉正色地說：

「你可能不知道，里子媽媽桑的前夫和之前的男人都因為晚上太賣力，結果精盡人亡，你也小心別被榨乾了。」

飛機頭男倒吸了一口氣，喉結上下移動著。

「這是、真的嗎？」

「對啊，真的都死了。」

「怎麼會——」

飛機頭男看著其他人，似乎想要向他們求助。

背後傳來一個男人的聲音。

「他還是剛進來不久的小毛頭，別這麼嚇他。」

日岡看向聲音傳來的方向，一個身穿西裝的男人站在木地板空間後方的拉門前。他理著平頭，穿著寬鬆的灰色麻料西裝，裡面穿了一件白襯衫。衣領上別著刻了幫徽的金色徽章。

他是太子一之瀨守孝。日岡看過他的資料卡，所以記得他的長相。

「嗨，守孝，你這麼晚才來，我閒著沒事，正在逗這個年輕人。」

「上哥，這是你的壞習慣。」

一之瀨笑了笑，在對面的沙發上坐了下來。

他舉手投足很穩重，看起來像四十多歲的壯年，但即使隔著衣服，也可以看出他渾身肌肉飽滿。兩道濃眉下的雙眼炯炯有神。日岡記得他年紀三十五、六歲，對日後將繼承幫派的太子來說，他的確算很年輕。

一之瀨請大上先喝茶，大上喝了一口，從懷裡拿出和平短菸。日岡立刻從長褲口袋裡拿出波斯菊咖啡店的火柴。

日岡為他點了菸，他心滿意足地吐了一口煙，靠在沙發上。

「這位是？」

一之瀨看著日岡，似乎在掂他的份量。

「喔，他是這次分配到我們課的日岡，是剛成為刑警的新人。守孝，你可別小看他，人家可是廣島大學畢業的大學生。」

喔——一之瀨張著嘴。

「那為什麼要當條子？」

條子是黑道暗指警察的行話，應該帶有輕蔑的意思。

「喂，喂，不要當著我的面說條子吧？」

大上苦笑著噘著嘴。

「對不起。」一之瀨抓了抓頭，掩飾尷尬。

日岡覺得他們看起來完全不像是刑警和黑道分子之間的敵對關係，反而像是感情和睦的師徒。彼此敞開心胸，相互信任。難怪有傳聞說，大上和黑道之間過從甚密。

大上添油加醋地把日岡當上警察的過程告訴了一之瀨。

「有大企業找他去，而且他也可以成為高考組，從此平步青雲，但他選擇了在第一線打拼。」

「太了不起了，有理想。」

一之瀨發自內心地感到佩服。

「不是這樣啦。」日岡忍不住插嘴說：「考上大學，只是運氣好而已，而且我根本沒辦法通過高考組的國家考試。」

日岡拼命搖著頭，但大上仍然堅持己見：

「即使是憑運氣，廣大還是廣大啊，很了不起。而且，」他又補充說：「他和加古村組的苗代不分輸贏，所以他打架也很厲害。」

「那個苗代嗎？」

一之瀨有點驚訝地問。

「對啊，應該和我年輕時不分軒輊，守孝，你搞不好也打不過他？」

「既然和上哥不分軒輊，我怎麼可能打得過他？」

「那倒是。」

大上和一之瀨笑了起來。日岡手足無措地縮著脖子。

「對了——」

大上笑完之後，恢復了嚴肅的表情。

「你老大快出來了吧？」

「是啊，託你的福，今年秋天就可以出來了。」

一之瀨恭敬地鞠了一躬。

尾谷組組長尾谷憲次目前六十八歲，正在鳥取監獄服刑。他在米子發生的橫田組組長命案中教唆殺人，被視為殺人罪的同謀共同正犯遭到判刑。尾谷主張自己的清白，多次上訴，但最高法院最後判決有期徒刑八年定讞。

日岡之前看過縣警四課的偵查資料，掌握了這起命案的概要。

米子梅原組是神戶明石組旗下的幫派，梅原組的組長梅原三郎遭到槍殺的事件，成為事情的起源。梅原組和橫田組在米子爭霸，橫田組的幹部開槍打死了梅原三郎，明石組立刻採取了報復行動，召集了一批人馬，由梅原組的幹部擔任指揮，準備暗殺橫田組的組長。

其中一名殺手，就是曾經是尾谷組幫眾的山內卓也。案發的三年前，山內因為違反幫規而被逐出尾谷組，但警方認為尾谷仍然對山內具有影響力。殺手之一的山內在警方的嚴厲偵訊中，經不起誘供，說出了尾谷的名字。

鳥取縣警以罪犯的筆錄為武器，逮捕了尾谷憲次，但尾谷自始至終不認罪，主張自己的清白，說自己遭到冤枉，並派出由十名律師組成的律師團進行辯護，一直上訴到最高法院，仍然無法推翻原本的判決。

尾谷組雖然是只有五十名幫眾的小幫派，但全國各地幫派無人不知尾谷憲次的名字。

以前，吳原市的造船業很發達，有很多在港灣工作的工人，所以盛行賭博。在眾多賭徒中，只有尾谷的魄力無人能出其右。戰前、戰爭期間和戰後，世道多變，但尾谷一直只靠賭博賺錢。贏的時候，他可以贏走整個賭場的錢。靠使用六張牌猜牌的賭博遊戲，一晚就可以贏三億。即使面對上億的金錢仍然毫無懼色的魄力，至今仍然在黑道廣為流傳。他毅然的舉止讓許多幫派老大都對他刮目相看。無論贏多少、輸多少，他都不皺一下眉頭，挺直腰桿，跪坐在那裡。他凡事注重道義，面對不合理的要求，即使對方是再大的幫派，他也會拼命對抗。

──他簡直就像古代的武士。

當日岡向縣警搜查四課的資深刑警打聽尾谷時，那名刑警嘆著氣這麼說。

「最近，五十子會的人怎麼樣？」

大上叼著菸，把臉湊到日岡面前。日岡馬上用火柴為他點了菸。

「他們利用加古村的人馬，又跑來我們的地盤搗亂。」

一之瀨生氣地咂著嘴。

「你們老大快出來了，五十子恐怕也慌了。」

大上把菸灰彈進陶瓷菸灰缸，似乎很瞭解狀況地說。

五十子會和尾谷組一樣，是在吳原成立多年的黑道組織，幫眾超過百人，是吳原最大的幫派。之前曾經為了爭奪碼頭卸貨的權利和地盤問題，與尾谷組多次發生衝突，隨著十三年前的第三次廣島大火拼事件的終結，兩個幫派也達成了協議，結束了多年的紛爭，但累積多年的遺恨至今未消，持續悶燒。

「加古村是個不懂道義，不懂規矩的笨蛋，經常跑來我們的地盤撒野。他和淺沼是拜把兄弟，就以為自己也是黑道。」

加古村組表面上是獨立的新興幫派，組長加古村猛和五十子會的太子淺沼真治是拜把兄弟，所以兩個幫派關係良好，但實際上可說是五十子會旗下的堂口。

「而且，」一之瀨又繼續說道，「上哥，你應該也聽說了吳原金融那件很可疑的事吧？他們可能對老百姓下手。」

「你是說負責會計的上早稻失蹤的事件嗎？我聽說那個會計好像捲入什麼麻煩，被加古村追殺。」

「我懷疑並不是傳聞，而是確有其事。」一之瀨皺著眉頭，「聽我手下的年輕人說，加古村組的人卯起來尋找上早稻的下落。上早稻的失蹤絕對和加古村組有關。」

「我們得知這個傳聞之後，也暗中調查了一番。那個人租屋處的傢俱都還在，看起來就像是連夜逃走。之前都可以從加古村的幫派那裡聽到一些風聲，這次完全沒有任何消息。」

大上說到這裡，把臉湊到一之瀨面前，小聲地說：

「這件事絕對有鬼，對不對？」

「沒錯。」

一之瀨也壓低了嗓門點了點頭。

大上喝完麥茶，站起來伸著懶腰。日岡也急忙站了起來。

大上打著呵欠問一之瀨：

「守孝，你等一下有空嗎？」

「有啊。」一之瀨看著大上的眼睛回答。

「是嗎？那要不要去喝一杯？算是他的歡迎會。」

大上用力拍了拍日岡的背。日岡驚訝地看著大上。刑警和幫派分子一起去喝酒沒問題嗎？一之瀨不理會滿臉不安的日岡，回答說：

「當然很樂意啊。」

日岡說不出話，看著大上和一之瀨。兩個人都滿面笑容。

（三）

大上常去的那家店位在離尾谷組的辦公室開車十分鐘左右的鬧區。經過多家全國連鎖居酒屋和KTV林立的熱鬧大馬路，走進旁邊的岔路，沿著錯綜複雜的路走向河邊，最後轉進一條小巷。在觀光導覽和宣傳單上都不會出現的寧靜小巷深處，寫著「小料理屋 志乃」的日式看板靜靜地亮著燈。老舊的店面讓人聯想到以前和藝妓幽會的酒館，這裡有如遠離日常生活的隱居處。細長形的店內，一樓有四張吧檯座位，二樓有兩個兩坪多大的包廂。目前只有日岡他們三個客人，等於包下了這家小餐館。

三個坐在吧檯前，日岡坐在中間。雖然他原本打算坐在末座，但大上堅持主賓要坐在中間，他只能乖乖服從。

他們用啤酒乾杯之後，立刻開始喝冰酒。酒精在嘴裡產生刺痛。剛才和苗代打架時，嘴巴裡似乎破了皮，側腹也陣陣悶痛，但喝了幾口酒，疼痛漸漸消失了。醉意麻痺了痛覺。

喝了將近一個小時，就喝完了五盅酒。

大上又說了一次日岡成為警察的過程，老闆娘晶子整著和服的衣襟，驚訝地笑著問：

「你從廣大畢業，跑去當警察，真是奇人，你父母一定大力反對吧？」

日岡簡單說明了自己的經歷。

他的父親是上班族，母親在海產市場工作，有一個比他大五歲的哥哥。哥哥在市公所工作，去年結了婚。目前父母、兄嫂四個人住在廣島的老家。今年冬天，將增添新的家庭成員。

「不知道是不是因為長子的關係，我哥從小就很有責任心，也很孝順，父母也從小就對他充滿期待。我是老二，說得好聽點，是自由自在地長大，但也可以說，父母根本就不管我，所以，即使我說要在廣大畢業後去當警察，他們也沒有太反對。」

日岡低頭看著手上的小酒杯。

事到如今，他知道在廣大畢業之後，沒有去大公司工作是在反抗父母和哥哥。父母以前向來不過問他對未來有什麼想法，當他考進廣大時，卻說什麼畢業之後，就可以成為一流企業的員工了。父母向來認為，兒女必須滿足父母的期待，日岡對父母產生了抗拒。我和哥哥不一樣，我就是我。他不想和哥哥一樣，走在父母鋪好的人生軌道上。於是，他選擇當警察。

原本只是隨便亂選了這個工作，但在警察學校接受身為警察的教育和訓練之後，心態也發生了變化，認識到警察工作對保護民眾生活安全的重要性，對這份工作產生了強烈的使命感。從警察學校畢業時，甚至認為是自己的天職。

大上把大口的煙吐向天花板。

「雖然行業不同，但你們兩兄弟都是公務員啊。」

雖然聽起來是稱讚，但語氣中帶著不屑。

「不必再聊我的事。」

日岡想要結束這個話題，但大上並不罷休，又開始聊起今天和苗代打架的事。他口沫橫飛、手舞足蹈地說明了日岡和苗代怎麼打架，一之瀨也隨聲附和，炒熱話題，好像他當時也在場。

晶子面帶笑容地聽他們說話，露出溫柔的眼神看著坐在吧檯外的三個人。她的年紀大約四十左右，但說她三十出頭，似乎也沒問題。她一頭黑髮盤了起來，用髮夾固定，皮膚白皙，脖頸很漂亮。

大上的話告一段落後，晶子把味噌涼拌菜的小菜放在日岡前面時說：

「現在的年輕人都喜歡乾淨輕鬆、薪水高的工作，日岡先生，你真的是奇人。」

「不要老是說他是奇人，要說他前途無量。」

大上口齒不清地反駁晶子。

「好，好，上哥，和你一樣前途無量。」

晶子笑著調侃道。

「笨豬！不要和我混為一談，日岡可是廣大畢業的大學生！」

「知道了，知道了，你說什麼都對。」

晶子為一之瀨的酒杯裡倒了冰酒，言不由衷地附和著。

「知道就好。」

大上為自己的酒杯倒滿酒時小聲嘀咕。

一之瀨輕聲笑著，在日岡的耳邊小聲地說：

「上哥似乎很欣賞你。」

日岡驚訝不已，也壓低嗓門問：

「是嗎？我第一天上班，被他從早罵到晚。」

晶子聽到了他們的竊聲私語，從吧檯內探出身體。

「上哥只帶他欣賞的人來這裡，他從來沒帶之前的搭檔來過這裡。」

日岡太意外了。至今為止的人生中，從來沒有認識第一天，就讓對方產生好感的經驗，所以難以相信。

「你們在窸窸窣窣說什麼？」

大上甩著已經空了的酒盅插嘴問道。

「沒事，只是聊到以前的事。」

一之瀨笑著說。

「以前的什麼事？」

「不是什麼重要的事。」晶子說著，又把一盅新的酒放在大上面前。把空酒盅收回去時，好像突然發現了什麼事，用手掩著嘴，然後輪流打量著大上和日岡的臉。

「啊喲，日岡先生真像上哥年輕的時候。」

她看向一之瀨，似乎在徵求他的同意。

一之瀨轉過身體，從正面打量著日岡的臉，喃喃地說：

「妳這麼一說……眼睛周圍的確很像。」

「對不對！」

晶子大聲叫了起來。

「上哥，上哥！你覺得呢？」

晶子用力搖著大上的肩膀，說話的口吻好像小孩子在徵求父母的同意。

大上看著前方，不悅地說：

「開什麼玩笑！一點都不像，我年輕時比他帥。」

晶子聽到大上的反駁，不滿地偏著頭說：

「有嗎？我倒覺得日岡先生比較帥。」

日岡問了他很想知道的問題。

「請問你們認識多少年了？」

「我想想，」晶子故意用視線凝望遠方，「那時候我差不多二十歲，所以差不多是五年前……」

大上噗哧一聲，把嘴的酒都噴了出來。

「別胡說八道，在想什麼啊？竟然為自己減了二十歲。」

呵呵呵。晶子嬌媚地笑了起來。所以晶子是四十五歲，和大上已經有二十五年的交情了。

大上起身去向廁所。

晶子用手遮著嘴，喝完杯子裡的酒，日岡為她倒了酒。晶子為日岡倒酒時問：

「日岡先生，你的名字是？」

「秀一，優秀的秀，數字的一。」

這是今天第二次說明自己的名字。

晶子和一之瀨都愣住了。兩個人都不發一語地看著日岡。自己說了什麼不該說的話嗎？日岡忍不住發問，晶子突然回過神，掩飾說：

「沒有，只是覺得是個好名字。阿守，對不對？」

聽到晶子徵求自己的同意，一之瀨停頓了一下才開口說：

「是啊，是個好名字。」

太奇怪了——大上也稱讚日岡的名字。這三個人為什麼對秀一這個平凡的名字有這麼大的反應？

大上哼著歌，從廁所走了出來。他似乎心情很好。

「好，守孝！我們今天要喝個痛快！不醉不歸！」

一之瀨高高舉起自己的酒杯。

「沒問題！我會奉陪到底！」

日岡抬起頭，用朦朧的醉眼看向店裡的掛鐘。

已經快十二點了。

漫長的一天還無法結束。

第二章

——日誌

昭和六十三年六月二十日。

上午十一點，在吳原東分局會議室召開大上班的偵查會議。黑道組織股的股長友竹副警部，針對加古村組旗下錢莊員工上早稻二郎失蹤事件的調查下達了指示。

下午兩點。在東分局向上早稻二郎的妹妹潤子瞭解情況。

下午五點。開始確認加古村組幫眾久保忠的行動。

[redacted]（刪除一行）

晚上七點。將久保以違反安非他命取締法（持有）的現行犯逮捕。

[redacted]（刪除三行）

晚上九點半開始，在東分局偵訊久保。

＝＝＝＝＝＝＝＝＝＝＝＝＝＝＝＝＝＝＝＝
＝＝＝＝＝＝＝＝＝＝＝＝＝＝＝＝（刪除兩行）

（一）

日岡正在二課的辦公室看過去的偵查資料，聽到門被用力打開的聲音，忍不住抬起了頭。其他課員也都看向門口，不知道發生了什麼事。

大上叼著牙籤，滿臉不悅地站在門口。他眉頭緊鎖，垂著嘴角。成為他註冊商標的巴拿馬帽下方露出一對佈滿血絲的眼睛。

沒有人向他打招呼。平時大上出現時，大上班的人都會向他打招呼說：「早安」、「辛苦了」，但今天除了日岡以外，其他偵查員都縮起脖子，紛紛低下頭，似乎覺得多一事不如少一事。

大上沒有關門，悶不吭氣地穿越辦公室，拉開自己的椅子時，發出了巨大的聲響。

日岡抬眼看向他的座位，看到大上坐下時，緩緩地低頭打招呼。大上可能沒有察覺，他完全不理會日岡，把牙籤吐進了菸灰缸。

二課的辦公室差不多十五坪大小，分成黑道組織股和智慧型犯罪股兩個區域，黑道組織股的友竹啟二股長，和智慧型犯罪股的笹谷學股長分別坐在各自區域的上座。黑道組織股的兩個班，和智慧型犯罪股的一班分別坐在各自的區域。主任在這裡稱為班長，黑道組織股的兩名班長分別是大上和土井秀雄，兩名班長手下各有五名偵查員，智慧型犯罪股則有六名偵查員。連同課長在內，二課總共有二十二名成員，其中負責黑道組織犯罪的有十三名。對一所中等規模的警察分局來說，負責黑道的刑警人數相當多。統籌管理課內所有事務的課長齋宮正成坐在辦公室後方，可以看到所有的下屬。

大上一坐下，他的直屬上司友竹立刻咂著嘴。

「上哥，你昨天喝到幾點？連我這裡都可以聞到你滿嘴酒味。」

友竹說話的聲音中難掩焦躁和灰心。

友竹是副警部，警階比大上高，但年紀比大上小三歲。雖然對友竹而言，上大是下屬，但上大除了年紀比較大以外，更累積了讓人無法忽略的成績。所以友竹平時就很小心，不會對他直呼其名。

智慧型犯罪股的笹谷不僅比大上小五歲，而且進入二課的資歷也比較淺，所以不使用暱稱，而是叫他「大上先生」。在二課內，只有警階和年齡都比上大高的齋宮直接叫他的名字。

大上坐在椅子上轉過身，脫下了頭上的巴拿馬帽。

「差不多五點左右吧。」

他用宿醉特有的沙啞聲音回答。

友竹在自己面前揮著手，似乎想要趕走酒臭味。

「還真能喝啊。」

友竹幾乎滴酒不沾，之前為日岡舉行歡迎會時，他也只是小喝幾口而已。

「我喝酒可不是為了玩樂。」

大上把椅子轉了回來，打開抽屜，拿出之前買的香菸。日岡立刻站了起來，衝到他的座位旁，用特地為大上買的一百圓打火機為他點了火。

大上用力吸了一口，大口吐著煙，對身後的友竹說：

「股長，你應該很瞭解狀況啊。」

友竹沒有再說什麼，嘛著嘴巴，低頭繼續看資料。

日岡走進茶水室為大上泡咖啡。

大上難得上午就進辦公室。日岡來吳原東分局已經一個星期，今天第一次在上午就看到大上。平時他通常睡到中午，然後去熟識的波斯菊咖啡店吃早餐。即使大上晚上去那裡，老闆也會為他做早餐的餐點。日岡曾經兩度在辦公室接到他的電話，被叫去一起吃早餐。他吃完早餐之後才會進警局，所以通常都在下午一點之後才出現。

除了派出所勤務和機動搜查隊需要二十四小時待命的部門以外，其他部門的工作時間都是早上八點半到傍晚五點十五分。除了值班的日子以外，日岡每天都七點到警局。

最基層的刑警每天早上有很多雜務，除了幫大家擦桌子以外，還必須用電熱水瓶燒好開水。當其他前輩進辦公室後，就從辦公室角落的櫃子裡拿出每個人的杯子為大家準備飲料。泡茶時，必須記住每個人喜歡的濃淡和溫度；泡咖啡時，也要記住是否要加糖或牛奶。在警察學校上刑事課去實習時，也曾經為大家泡過茶，但和之前實習時的分局不同，在吳原東分局會遭到拳頭伺候。

如果不小心拿錯杯子，或是搞錯咖啡裡加砂糖的量，就會被打頭。

大上只喝加糖不加牛奶的咖啡，而且只加半匙砂糖。日岡之前曾經不小心端給他加了牛奶的咖啡，大上拍了拍自己的手臂說：「當刑警，這裡固然重要，」然後又用拳頭用力揉著日岡的頭說：「這裡更重要。」

大上想要說的是，訓練記憶力是重要的磨練。記住嫌犯的長相、身高、經常去的店家、喜歡哪種類型的女人、喜歡的食物、興趣和性癖好這些資訊，都能夠成為逮捕嫌犯的重要線索。

日岡覺得大上的話很有道理，但是，身為刑警，文書能力和記憶力同樣重要。刑警除了辦案以外，幾乎所有的時間都在寫報告。移送檢方時，必須在相關文件上寫下從事件發生到逮捕嫌犯為止的詳細過程，和偵訊筆錄一起交給檢察官。

日岡以前在派出所工作時，也寫過違反交通規則罰單和失竊報案的報告，雖然在刑事課實習時，曾經學過如何向法院聲請令狀，以及如何寫筆錄等刑警工作特有的文件或報告，但從來沒有獨立完成作業的經驗。

如果只是處理早上的雜務，只要八點之前到辦公室就來得及，但他想要多學習如何寫這些報告，所以每天都一大早就來到警局，在大上進辦公室之前，瀏覽以前的偵查記錄，抄在筆記本上。這也成為他每天的重要功課。

日岡看了一眼手錶，確認了時間。十點五十分。他闔上了只抄寫了三分之一的檔案。平時整個上午都用來抄寫偵查記錄，但今天十一點要開會。

他把檔案放回了牆邊的櫃子裡。

他收了大上班成員的杯子，為大家準備會議時喝的飲料。

「上哥。」

坐在大上旁的土井苦笑著說：「即使是工作，沒必要連星期天也這麼賣命，很快就是特加月了，即使想要偷懶，上面也會把我們操得半死。」

大上一臉無趣地撇著嘴，點了點頭。

土井說的特加月，是指加強辦案，提升犯罪破案率的「特別加強月」。除了年底或每半年實施一次的春安、秋安加強月以外，縣警總部長為了提升破案率，或是向媒體宣傳，也會不定期實施特別加強月。

齋宮課長去參加下個月實施的「取締槍枝加強月」會議，所以不在自己的座位上。

今年四月，非高考組的局長退休離開了東分局，換成了年輕的高考組局長上任。通常前任局長在退休之前，會刻意降低破案率，以便接手的局長在上任之後能夠展現威風。聽說前任局長痛恨所有高考組的人，但不知道他打什麼主意，在退休之前嚴格鞭策所有警員，導致破案率比往年大幅提升，東分局也因此創下了史上最高的破案率。

日岡去大上班的所有成員桌上收杯子，最後走向股長的座位。友竹把杯子放在日岡拿著的托盤上，看著其他人說：

「各位，時間差不多了。」

十點五十五分。

日岡用托盤端著所有人的茶杯，急忙走去茶水室。

「那好吧。」

背後傳來沙啞的聲音，回頭一看，大上打了一個幾乎可以看到他喉嚨深處的大呵欠，然後站了起來。

（二）

位在走廊盡頭的會議室內，放著ㄇ字形的長桌子。友竹和大上坐在上座，包括日岡在內的五名成員坐在兩側的桌子旁。日岡為所有人送上飲料後，友竹看著所有人說：

「之前已經通知各位。今天要召開吳原金融員工失蹤案的偵查會議，大家應該都已經知道這起事件的概況了吧？」

所有人都看著友竹點了點頭。

今年四月，廣島市區的今里大道上發生了一起毆人事件。動手的是加古村組的幫眾渡瀨拓，被害人是信用金庫的職員矢本隆行。

渡瀨和另一名幫眾事先埋伏，攔下準備下班回家的矢本，不顧矢本的拒絕，硬是把他帶進無人的小巷內。矢本伺機想要逃走，渡瀨毆打他的腹部。附近鄰居報警後，警察立刻趕到現場，把三個人帶去了派出所。

到派出所之後，員警向他們瞭解情況。矢本說，他在回家路上被渡瀨和另一個人糾纏，一再問他上早稻的下落。矢本是上早稻以前任職的廣島東西信用金庫的同事，交情不錯，以前曾經一起去旅行。

只不過在上早稻發生醜聞遭到公司開除之後，他們只有互寄賀年卡而已，這兩、三年，甚至沒有通過電話，只知道他目前租屋處的地址，但對他的工作和生活近況等目前的私生活一無所知。

矢本一再這麼告訴突然出現在他面前的兩個男人，但他們並不相信。他們拿出矢本寫給上早稻的賀年卡，一再逼問他上早稻可能會去哪裡。

矢本覺得簡直是在對牛彈琴，說了聲：「你們饒了我吧，我真的不知道」，快步準備離去，渡瀨看到矢本準備逃走，一把抓住了他的肩膀說：「那就打到你說實話。」然後猛打他的肚子。

渡瀨雖然一口承認自己動粗，但裝糊塗說：「因為他撞到我的肩膀，所以吵了起來。至於上早稻的賀年卡，是因為剛好撿到，又剛好帶在手上。」

警方透過這件事，瞭解到加古村組正在拼命尋找上早稻的下落。

既然加古村組在追殺上早稻，代表這件事很可能牽涉到犯罪。

齋宮從處理矢本事件的廣島北分局得知這個消息後，立刻要求下屬調查上早稻的情況。加古村組追殺的對象名叫上早稻二郎，年齡三十三歲，原籍是廣島市，戶籍地址在吳原市，沒有結婚。在吳原金融工作才一年左右，今年春天突然下落不明。

吳原金融是所謂的門面企業，雖然老闆不是幫派分子，但由加古村組負責實質營運。上早稻的失蹤很可能與犯罪有關，只不過既然家屬沒有報案協尋，警方並不排除是當事人主動隱匿行蹤，於是決定暫時按兵不動，繼續觀察。

十天後，情況發生了變化。

自稱是上早稻妹妹的女人向吳原東分局報案，請求協尋失蹤人口。

這一年來，她都沒有和哥哥聯絡。因為不久之前舅舅去世，所以打電話通知他參加葬禮，但無論白天還是晚上都打不通，於是她隔天再打，還是沒有打通。因為舅舅葬禮的日子快到了，於是她直接去哥哥的租屋處，請房東開了門，發現傢俱上積了一層薄薄的灰，顯然哥哥已經很久沒有住在那裡。雖然房租會自動匯入，但房東這幾個月都沒有看到哥哥。她透過房東得知了哥哥工作的地方，對方冷冷地回答說，哥哥無故曠職多日，在三月底已經開除他了。

潤子擔心不已，去了老家附近的派出所向員警請教該如何處理，接待她的員警建議她去哥哥戶籍地所在的吳原東分局報案，請求協尋。

吳原東分局地域課的刑警接獲協尋上早稻的報案後，發現上早稻工作的單位是黑道組織的關係企業，立刻通知了二課。二課接獲通知後，暗中展開了調查。

調查之後，大上認為其中很可能有犯罪行為，於是決定向上早稻潤子瞭解情況。

因為潤子工作的關係，最後約在二十日星期一下午向她瞭解相關案情。大上班也是在這一天開始正式接手上早稻二郎的失蹤事件。目前舉行的偵查會議是決定今後的辦案方針。

雖然上早稻失蹤時，日岡還沒有來吳原東分局報到，但他已經瞭解大致的情況。他在報到當天晚上，就從大上口中得知，上早稻失蹤，加古村組的人拼了命尋找他的下落。那天和大上、尾谷組的太子一之瀨在「志乃」一直喝到隔天早上，回家睡了兩個小時，就來到辦公室，把上早稻失蹤人口登記卡和廣島北分局轉來的矢本被毆事件的偵查資料抄在筆記本上。

友竹拿著資料，說明了事件的概況。

「他的妹妹叫早稻田潤子，三十一歲。住在廣島市區的上丘町，在上丘町的索亞髮廊工作，目前單身。」

地域課的刑警問她，為什麼失蹤三個月之後才來報案？潤子有點難以啟齒地說，因為某些因素，和哥哥之間的關係有點疏遠，最近才得知他失蹤。

「她說的某些因素，應該是指上早稻的前科。」

上早稻三年前曾經入獄服刑，因為涉及直銷，違反特定商交易法和詐欺罪，被判處有期徒刑，在廣島監獄服刑兩年。

「上早稻從上丘商業高中畢業後，進入廣島東西信用金庫工作，但五年後遭到開除。他嗜賭，工作態度又差，因為違反服務規程，遭到公司開除。他半調子的會計能力反而成為禍害，離開信用金庫之後，又去直銷公司擔任會計。因為公司遭到檢舉而被逮捕。他在服完兩年刑，出獄之後，才去吳原金融工作。」

友竹停頓了一下，似乎在問到目前為止，各位有問題嗎？

默默聽友竹說明案情的大上開了口。

「八成是在監獄認識了加古村組的某個人，不知道是他自己主動找上門，還是對方來找他，總之，應該是透過獄友，和幫派之間搭上了關係。」

不知是否因為大上搶先說了他原本想說的話，讓他感到不悅，他只是冷冷地應了一聲：

「嗯，應該是吧。」

友竹清了清嗓子，調整心情後，加強語氣說：

「上早稻失蹤案的調查分三組人馬進行。首先是唐津、高塚。」

被叫到名字的兩個人看著友竹，坐直了身體。

「你們負責監視吳原金融的辦公室，輪流監視出入的人員，只要有可疑跡象，就立刻回報。」

兩個人默默點頭。

「然後，柴浦和瀨內，你們去清查吳原金融的資金流向，也請笹谷提供協助。」

友竹提到了智慧型犯罪股股長的名字，然後看向柴浦和瀨內。運動員型的柴浦微微皺起眉頭，比起坐在辦公室查帳，他更適合去現場跟監。

二課內，黑道組織股和智慧型犯罪股之間的關係並非很融洽。日岡剛進二課一個星期，就已經察覺到兩個股之間微妙的氣氛。只有柴浦的搭檔瀨內和智慧型犯罪股的關係良好。他和智慧型犯罪股的偵查員是警察學校的同學，日岡也曾經看到他們一起去吃飯。友竹在進行人員安排時，應該也考慮到這一點。

「接下來，」友竹看向身旁的大上。

「上哥和日岡，你們負責向潤子瞭解情況，然後直偵加古村組的人。」

日岡記筆記的手忍不住用力。所謂直偵，就是直接去找事件相關人員探口風。這和跟監或監視不同，必須當面接觸，所以往往會有危險性。

他想到報到當天，就在日之丸柏青哥店的停車場和苗代打架的事。只要為了辦案，大上會把下屬當成棋子，也不惜把下屬推入火坑。他有一種不祥的預感，但能夠加入第一線偵查的興奮超越了不祥的預感。

友竹猛然站了起來。

「今天的會議到此結束，加古村最近太囂張了，該好好收拾他們了！」

除了大上和日岡以外，所有人都站了起來，很有精神地回答：「是！」日岡也慌忙站了起來。

柴浦帶頭走出會議室。友竹叫住了大上，「我有事找你。」於是，日岡跟著其他前輩走出會議室。

來到走廊上，唐津高舉雙手，伸了一個懶腰。

「今天開始要監視嗎？真累人啊。」

今年四十歲的唐津是巡查長，進入二課已經有五年。雖然深夜到凌晨可以閉一下眼睛，但可能分成兩組，二十四小時監視對體力是很大的考驗，他難得說洩氣話。

坐在唐津旁邊的柴浦探頭看著他的臉問：

「唐津兄，你是因為這個，才會覺得累人吧？」

柴浦伸出兩根手指，做出抽菸的動作。柴浦進入二課四年，警階和唐津相同，都是巡查長，但比唐津小三歲。

唐津被看穿了心思，尷尬地抓了抓頭。

「你不抽菸，所以無法理解，對我這種老菸槍來說，晚上的監視有多痛苦。」

日岡以前在刑事課實習時就曾經聽說，晚上監視時，必須特別注意抽菸的問題。如果嫌犯住在冷清的住宅區，晚上就要躲在黑暗中監視。在黑暗中抽菸，等於告訴嫌犯自己的位置。為了避免嫌犯發現遭到警方監視，要盡可能避免抽菸。實在忍不住時，要把菸塞進空罐，遮住火光。

「既然這麼痛苦，那就乾脆戒菸，更何況抽菸對健康有害。」

柴浦勸說道。柴浦不抽菸，不知道是否因為小時候得過哮喘，所以特別注意健康，抽屜裡有好幾種常吃的健康食品。他還說整天外食，會導致蔬菜攝取量不足，所以午餐也都吃太太做的便當。柴浦認為，抽菸就像是自己慢慢拉緊套在脖子上的繩子。

和唐津一起負責監視行動的高塚從後方插嘴說：

「我可以負責晚上，唐津哥，你可以負責白天。」

唐津轉頭看著高塚，不懷好意地笑了起來。

「我怎麼可能這麼不識相，讓新婚不久的人晚上監視？監視當然重要，但晚上的任務也很重要啊。」

高塚立刻漲紅了臉。高塚去年才剛結婚。有些人可能覺得男人二十七歲結婚太早了，但警界前輩經常勸年輕人盡可能早點成家。一方面是因為有了家室，可以在社會上建立信用，另一方面是考慮到駐在所勤務的問題。駐在所是派出所和住家在同一棟房子內，基本上都派有家室的人去駐在所。雖然目前在轄區分局工作，但隨時有可能因為犯錯被降職，調去偏鄉的駐在所。人生不知道會發生什麼狀況，必須做好充分準備，因應各種情況。

走在高塚身旁的瀨內咬牙切齒地嘆著氣說：

「如果可以，我真希望可以代替你晚上監視。」

柴浦大笑起來。

「你老婆還沒原諒你嗎？」

瀨內是柴浦的同期，進入二課兩年。瀨內在分局內是出了名的妻管嚴。一個月前，他太太發現他把私房錢藏在升等考試問題集裡，把他罵得狗血淋頭。瀨內一個勁地道歉，還咬牙請太太和七歲的女兒吃了特上壽司賠罪，但他太太仍然很生氣，懷疑他還在其他地方藏了私房錢。

瀨內垂頭喪氣，吐了一口氣。

「我也是從這麼點零用錢裡省下偵查費，才這麼一點私房錢，你們不覺得應該睜一隻眼閉一隻眼嗎？」

大家聽了瀨內的訴苦，都表示同意。

辦案時需要偵查費，像是監視或跟監時需要的交通費，但最大的開銷，就是請線民吃飯的餐飲費和酬謝。

只要在辦案的部門工作，都或多或少需要向協助偵查工作的人員支付某些開支，但二課和公安警察的偵查員支出的金額特別高。

向專門偵辦組織犯罪的二課提供線索的人，幾乎都是稱為線民的內鬼。

花在線民身上的錢因為沒有收據，所以無法報公帳。

線民當然不希望任何人知道，自己和警察私下來往。線民最怕曝光，即使因為他們提供了線索，向他們支付酬金，他們也不可能簽收據。他們甚至害怕被人看到自己和刑警在一起，當然不可能留下自己的名字。因此，付給線民的大部分費用只能由刑警自掏腰包。

手上的線民越多，開銷就越大，但如果沒有提供內部消息的線民，就無法揭發組織犯罪。

提到偵查費，日岡想起了尾谷組的一之瀨。

大上和一之瀨雖然分別身處不同的立場，但看起來親密無間。一之瀨是大上的線民嗎？日岡來分局報到的第一天，三個人就一起去喝酒，當時由大上買單。雖然名義上是日岡的歡迎會，但實質是不是為了維繫和線民之間的關係？

歡迎會——日岡的腦海中浮現出三天前的夜晚。

星期五晚上，大上班的成員為日岡舉行的歡迎會。由於大家工作結束的時間不同，全員都到齊時，快晚上十點了。

歡迎會的地點在東分局附近一家大眾居酒屋，物美價廉。七個人吃吃喝喝，三張諭吉的萬圓紙鈔就搞定了。先走一步的友竹留下一萬圓，剩下的全都是大上支付。雖然其他人說，大家各付各的，但大上拒絕了，叫他們才賺這麼點錢不要裝闊。聽說大上每個月都會以慰勞的名義帶下屬去吃飯，每次都由他買單。當其他人鞠躬道謝時，大上笑著激勵他們說，這個月也要好好努力。

大上的警階比較高，也曾經多次得到表彰，薪水的確比其他下屬高，但除了線民的交際費以外，還要請下屬吃飯，日常的生活開銷沒問題嗎？他的太太會不會抗議？

「大上先生的太太也很辛苦。」

日岡想起歡迎會的事，忍不住說道。

邊走邊聊的其他四個人同時閉了嘴，相互使了一個眼色。雖然只有短短一剎那，但日岡還是看到了。

他知道自己說錯話了。因為大上四十多歲，所以理所當然地認定他一定有家室，但也許他還沒結婚。

「對不起，大上先生還是單身嗎？」

日岡覺得很尷尬，自言自語地問，但沒有人回答。大家都垂著雙眼，默默走在走廊上。

日岡看向走在身旁的唐津。

唐津察覺到他的視線，停下腳步吐了一口氣，手搭在日岡的肩上，把他的身體拉了過來，在他耳邊小聲地說：

「上哥的太太和兒子出車禍死了。」

日岡驚訝地看著唐津。

唐津告訴他，大上的太太和孩子在十六年前，大上二十八歲時車禍身亡。他太太名叫清子，當時二十四歲，兒子只有一歲。

當時，大上在廣島北分局搜查二課，忙著處理第三次廣島大火拼事件，整天忙得不可開交，經常睡在分局，每個星期最多只能回租屋處兩次。

這一天，已經連續五天沒回家的大上終於回家了。原本以為總算能夠在家裡好好睡一覺，沒想到兒子哭鬧不已。兒子既沒有發燒，看起來也不像是哪裡不舒服，只是不停地大哭。

他很想抱起哭鬧的兒子，但已經精疲力竭，只能把哭鬧的兒子交給太太，自己上床睡覺。清子怕吵到疲憊不堪的丈夫，背著哭鬧的兒子出了家門。

那天晚上下著雨，清子撐著雨傘走在路上。也許擔心在住宅區內走動會吵到左鄰右舍，她走往狹窄的縣道。三年前，附近建了一條新的分流道，縣道平時沒什麼車子。

雨夜的視野不佳。從清子後方駛來的車輛可能沒有注意到行人，以時速超過六十公里的速度撞到了他們母子。附近居民聽到撞擊聲出來察看，看到卡車駛離現場。

警方立刻針對這起肇事逃逸事件發佈了緊急動員令，投入大量警力展開搜索。車禍現場只留下應該是撞到清子母子的車輛碎片和烤漆。

警方很快在距離現場兩公里處發現了被丟棄在路旁的卡車。保險桿凹了下去，左側的車頭燈也破裂。比對後發現，正是那輛肇事車輛，從車牌查出是德山市內一家建設公司的車輛，但在兩天前遭竊報案。

不知道司機是否戴了駕駛專用的手套，方向盤上沒有留下肇事逃逸者的指紋。奇妙的是，不僅沒有指紋，甚至沒有任何灰塵，研判嫌犯可能用小型吸塵器仔細清理過。

因為死者是警察的妻子，縣警全力偵辦，但偵查工作極其困難。即使案發至今已經十六年，仍然沒有找到凶手。大上趕到醫院，在停屍間內放聲大哭，說是他殺了他們母子。

唐津難過地嘆了一口氣，垂下肩膀。

「他可能想要說，如果自己抱起兒子哄哄他，就不會發生那種事了。」

日岡不知道該說什麼。

「這件事在縣警很有名，資歷深一點的人都知道。」

唐津看著半空，小聲嘀咕道。

日岡曾經聽過很多關於大上的傳聞，但第一次得知關於他太太和兒子的事。

「我完全不知道這件事。」

他好不容易才擠出這句話。

「已經是很久之前的事了，再加上有一些不便提起的傳聞。」

傳聞——日岡用眼神發問。

唐津露出「我說漏了嘴」的表情，清了清嗓子。

「總之，就是這麼一回事，所以你別在上哥面前提他家人的事。」

唐津拍了拍垂頭喪氣的日岡肩膀，結束了這個話題。

（三）

偵訊室內，日岡在大上身後探頭看著坐在椅子上的潤子。

從潤子的長相，一眼就可以看出她和她哥哥二郎有血緣關係。缺乏立體感臉上的小鼻子、小眼睛，還有兩道看起很懦弱的八字眉，都和失蹤人口登記卡上的照片一模一樣。

不知道是否因為美髮師的職業關係，她對衣著似乎很講究。一頭波浪長髮染成棕色，用一個漂亮的髮夾夾在腦後。花襯衫搭配一件黃色波浪裙，脖子上繫了一條和裙子同色的圍巾。也許是因為她的長相太不起眼，再加上臉上沒有表情，所以雖然她衣著花俏，卻散發出一股寂寥的感覺。

大上確認她就是潤子本人後，直接進入了正題。

「妳哥哥的原籍是廣島市，那裡是你們的老家嗎？」

潤子垂著雙眼，點了點頭。

「我祖父那一代就住在那裡。地點位在海田近郊，之前的房子在原子彈爆炸時毀了，現在的房子是祖父在戰後不久重新蓋的。」

潤子十歲時，祖父就死了，父親也在她二十歲時去世，兩個人都罹患了原爆症。在哥哥離家之後，她一直和今年五十五歲的母親兩人一起住在那裡。

日岡坐在後方的小桌子旁，記錄潤子所說的內容。

接著，大上又問了二郎的經歷。

潤子說的情況和友竹在會議上說的內容大同小異。

不知道是不是越說越激動，潤子的嘴唇顫抖著。

「不知道是人太好，還是只是腦袋不靈光……我哥哥從小就很容易被騙。」

潤子在桌子上握緊了手上的手帕。

「他從小就不會懷疑別人，讀中學和高中時，經常被同學慫恿去偷東西或是被人使喚。之所以會離開信用金庫，也是因為在同事的慫恿下開始買股票，結果買了垃圾股，為了彌補虧損的錢，又迷上了賭博。」

潤子的眼眶有點溼潤。

「原本以為他終於該汲取教訓了，沒想到在賽腳踏車場上認識了一個男人，對方邀他一起做莫名其妙的生意，專門賣鍋子和清潔劑。說什麼不需要店面，也不需要任何準備，只要幹勁和人脈。聽到對方這麼說，我哥哥又躍躍欲試……好像叫什麼直銷，就是以前的老鼠會。即使告訴他，聽起來很賺錢的事，背後一定有陰謀，別去做這種聽起來就有問題的生意，他也聽不進去，堅稱這次一定沒問題，完全不聽我和我媽的勸說。果然不出所料，結果賠上了為數不多的存款和僅剩的幾個朋友，但他仍然沒有清醒，竟然又跑去那家公司當會計。最後終於遭到逮捕坐牢了。我媽那陣子整天以淚洗面，覺得兒子造成了他人的困擾，留下了前科，對不起死去的父親和祖父。」

不知道是否想起了當時的事，潤子用手帕擦拭著眼淚。

也許是因為內心充滿了對哥哥的憎恨和痛苦，潤子的談話內容偏離了二郎，聊起了因為痛心導致心臟病惡化的母親，以及自己也因為哥哥的關係而解除婚約。

日岡希望潤子別再訴苦。大上和自己都很忙，必須盡快掌握二郎的消息，立刻展開偵查。

但是，大上似乎並不以為意。他不時點頭，聽潤子訴苦，而且中途還不時安慰她說：「是這樣啊」、「妳受苦了」，似乎在鼓勵她繼續說下去。

日岡也知道有時候能夠從看似與主題無關的談話中，掌握重要的線索，大上應該也是基於這種想法，讓潤子繼續說下去。只不過即使日岡知道這個道理，聽她說了三十分鐘，忍不住有點心浮氣躁。

潤子說到她從解除婚約的痛苦中站起來，她母親的心臟也終於恢復到不需要吃藥的程度時，話題才終於又重新回到二郎身上。潤子剛才談到她和母親終於恢復平靜的生活時露出的平靜表情，再度變得凝重。

「我哥哥在監獄沒有惹事，順利服完刑出獄了。出獄那一天，哥哥回到老家，吃著媽媽煮的飯時說，他以後要認真工作。當時我心想，哥哥雖然留下了前科，但坐牢之後，終於洗心革面，以後終於要規規矩矩做人了。沒想到……竟然又聽信了那個人的花言巧語，去做那種缺德的工作……」

她用力抿著嘴唇。

之前一直靠在椅背上，從容地聽她說話的大上坐直了身體。

「妳知道那個人是誰嗎？」

潤子抬起視線，似乎在回想。

「我記得好像姓久保。」

「妳知道名字嗎？」

「這就不知道了。」

大上抬眼看著天花板，似乎在想什麼事。

潤子說，二郎出獄一個月後，就有一個姓久保的人打電話給二郎。剛下班回家的潤子把電話轉給了二郎，二郎和對方聊了很久之後，滿面笑容地走進飯廳，開心地告訴她們母女，他找到工作了。二郎興奮地說，吳原的一家金融公司要僱用他當會計。潤子問他，是誰介紹的工作，二郎含糊其詞。在母親的追問之下，很不甘願地說出是服刑期間認識的人。雖然她們母女說服他，最好還是不要接那個工作，但二郎不聽勸阻，隔天就帶著隨身物品去了吳原。

「哥哥離家的時候，我和媽媽就表明要和他斷絕關係，隨便他去做什麼，以後不管他了。」

「那是多久之前的事？」

大上插嘴說。

「那時候櫻花開始慢慢綻放，所以是去年的三月底。」

潤子抬起原本低著的頭，看著大上。

「哥哥家裡有電話時，曾經和我聯絡過，我們又吵了一次……那次之後，已經有一年多完全沒聯絡了。」

潤子發現二郎失蹤的過程，和友竹在會議上的說明一樣。

「妳是從哪裡得知吳原金融的名字？」

大上似乎只是向她確認。

「房東告訴我的。房東人很好，還拿出租約幫我查了電話。」

「嗯。」大上用力點頭。

「吳原金融應對的態度怎麼樣？」

「很冷漠，只說我哥哥無故曠職多日，所以已經開除了他。我問了很多次，對方才終於告訴我，我哥哥從三月下旬之後就沒有再去公司。雖然我哥哥已經不是他們的員工了，但曾經在公司上班的人下落不明，這樣的態度不是太冷漠了嗎？」

潤子很憤慨，加強語氣說道。

「我哥哥以前也說辭就辭，或是突然搬家，雖然向來我行我素，但都會告訴我聯絡的地址和電話，不可能不告而別。我猜想他一定捲入了什麼麻煩。」

大上點了點頭。

「我瞭解了。我們會著手調查，接下來就交給警方吧。」

短暫的沉默之後，潤子緊咬著嘴唇，然後擠出一句話。

「雖然我哥哥不成材，但哥哥畢竟是哥哥。我媽媽也很擔心，晚上都睡不著。」

潤子低著頭，深深地鞠了一躬，懇切地說：

「請你們一定要找到我哥哥，拜託了。」

潤子走出偵訊室後，日岡看了一眼手錶。已經四點多了。這意味著過了兩個多小時。

大上轉過頭時露齒一笑。

「連上線了。」

日岡聽不懂這句話的意思，忍不住問：

「什麼線？」

「是酒飽中，酒飽中啦。」

「酒飽中？」

日岡重複了這個名字。

「加古村組的幫眾中，有一個叫久保忠的，綽號叫酒飽中。」

「那個人就是上早稻的妹妹剛才提到的久保嗎？」

「是啊，大家都叫他艽鬼酒飽中，是靠安毒和女人過日子的下三濫。」

艽鬼的艽是指非洛艽。雖然安毒也是安非他命的黑話，但在戰前，安非他命曾經以「非洛艽」這個商標名在市面上流通。因為當時可以合法販售，所以目前仍然有人使用以前的舊名。

「上早稻在服刑時，久保也因為毒品被逮，關進了廣島監獄。八成是因為原本擔任會計的人因為某種原因離職，加古村組正在找新的會計，久保得知後，就去找了上早稻。」

原來他已經推測出這些情況，但剛才向潤子瞭解情況時，完全沒有表現出認識久保的態度。

日岡提起這件事，大上狠狠瞪著他說：

「那當然啊，在向相關人員瞭解情況時，自己掌握的一絲一毫都不能透露。因為不知道對方會告訴誰，這是偵訊的基本。」

原來是這樣——日岡牢牢記在腦海中的筆記本上。

回到二課後，大上吩咐日岡去泡咖啡。

現在還有心情喝咖啡嗎？不是應該調查久保住在哪裡，準備展開監視行動嗎？雖然日岡心裡這麼想，但並沒有說出口。八成是大上有大上的辦案方式。

他在茶水室泡好即溶咖啡後，送去大上的座位。

大上脫了襪子，把腳翹在桌子上，正在剪指甲。

「喔，放那裡就好。」

他用下巴指了指桌子右側。日岡聽從他的指示，放下咖啡後，回到了自己的座位。

大上剪完指甲後，喝了一口咖啡，把和平短菸叼在嘴上。日岡慌忙跑去大上的座位，從懷裡拿出一百圓打火機，但試了好幾次，火都點不著。日岡不抽菸，不太會用一百圓打火機，幾乎沒有一次就成功的經驗。

大上果然一巴掌打在他的頭上。

「笨死了，給我！」

大上從日岡手上搶過打火機，自己點了火，用力吸了起來。他放鬆了臉上的表情，吐著煙說：「完成工作之後抽支菸，真是賽過活神仙啊。」

日岡覺得工作還沒有完成，但還是沒有說出口。

大上喝完剩下的咖啡，穿了襪子，穿上了皮鞋。那不是警局發的鞋子，而是名牌漆皮皮鞋。

他一穿上鞋子，立刻站了起來，放在桌上的巴拿馬帽戴在頭上。

「走囉！」

突如其來的命令，讓日岡感到不知所措。

「要去哪裡？」

「笨豬！當然是去久保家啊。」

他是在自己剛才泡咖啡時，查了久保的住址嗎？大上再怎麼厲害，應該也不可能掌握每一個混混住在哪裡。

大上可能察覺了日岡臉上的訝異，指了指自己的腦袋說：

「做我們這一行，記憶力是關鍵。」

他拍了拍日岡的肩膀，露齒笑了起來。

有關幫派分子的所有資料，即使再小，也要記在腦海中——日岡再度深深記在腦海中。

（四）

久保住在位於坂目川上游的住宅區鍛冶町。日岡記得曾經在鄉土史課本上讀到，江戶時代，這一帶住了很多鍛造刀子的鍛造師，所以有了鍛冶町這個名字。

車子經過跨越河面的幸橋，駛入了住宅區。這裡的道路沒有拓寬，也沒有實施規畫整理，所以路都很窄，而且錯綜複雜。

大上指示日岡把車子駛進岔路，停在第一個轉角處，然後用下巴指著擋風玻璃前方說：

「久保就住在那裡，是四樓最右邊那間，我記得是四〇三室。」

日岡順著大上的視線望去，發現緩和的彎道前方有一棟四層樓的公寓，牆上寫著「雅伴綠色公寓」。

日岡有一種異樣的感覺。公寓的外觀以白色為主色，牆壁、門和樓梯的欄杆都使用了米色、粉紅色這些女性喜愛的顏色。很多住戶的陽台上都放著觀賞植物的盆栽，看起來不像是幫派分子住的地方。

日岡說出了內心的疑問，大上告訴他，是久保的女人住在那裡。久保沒有住家，都住在女人家裡。

大上把原本後傾的巴拿馬帽拉了下來，遮住了額頭。

「之前他住在其他地方，半年前換成這個女人，目前都住在這裡。」

坐在車上，可以看到公寓的正門出入口和四樓的情況，他們決定在這裡等待久保出現。

埋伏了一個小時左右，天空下起了雨。他們隔著雨水滴落的擋風玻璃，注視著公寓的情況。

這是日岡第一次監視，所以不知道要領，內心越來越著急。到底要在這裡埋伏多久？

下了將近一個小時的雨停了之後，久保終於出現了。

暮色籠罩街頭，路燈亮起來時，四〇三室的門打開了。一個男人走了出來，仰望著天空。年紀大約三十五、六歲，一頭短髮，留著鬍子，穿了一件全黑的T恤和短褲。天快黑了，他竟然戴著墨鏡，腋下夾了一個小皮包，一看就像是吃軟飯的。

前一刻還倒在副駕駛座上的大上跳了起來。

「是久保！開始行動！」

日岡走下車，按照大上事先的吩咐，走向公寓的逃生梯。大上走向正門。他們兵分兩路，無論久保走哪個出口，都可以逮到他。

在四樓走進電梯的男人出現在一樓的停車場，正準備坐上車。

大上快步走向停車場，日岡也跟了上去。

久保坐進白色小轎車，大上立刻擋在車子前方，確認日岡也趕到後，繞到駕駛座旁。

日岡站在車子前方擋住去路。

隔著擋風玻璃，可以看到久保錯愕的臉。

大上彎下腰，敲了敲駕駛座旁的車窗。

「久保先生，可以打擾一下嗎？」

大上出示了警察證。

車窗搖了下來，久保探出頭說：

「我還以為是誰呢，原來是上哥，有什麼事嗎？」

久保露出諂媚的笑容問道。

「我們接到線報，說你有安毒。」

大上揚起嘴角說道。雖然他說話的語氣帶著歉意，但他的眼睛沒有笑。

「誰、誰啊——」

久保努力想要擠出笑聲，但只有喉嚨微微發抖，笑聲中帶著顫抖。

「是誰在胡說八道？」

「這就不太方便……」

久保咂著嘴，咬牙切齒地說：

「我的確有前科，但蹲了苦窯之後就完全戒了，早就不玩安毒了。」

大上仍然好聲好語地說：

「我完全理解，你已經改邪歸正，還要為以前的事情遭到懷疑，心裡一定很不爽。但你也知道，這是我們的工作，既然接到了線報，當然不可能置之不理，麻煩你讓我們確認一下。」

日岡忍不住倒吸了一口氣。原本以為大上只是請他配合調查，沒想到還要檢查他的隨身物品。

久保坐在駕駛坐上不發一語，似乎在思考。

「搜索令，」久保開了口，「你應該沒有搜索令吧。如果有的話，你早就動手了。既然只是要我配合調查，那就由我決定要不要配合。我拒絕！」

他拿下墨鏡，發動了引擎。

大上立刻把手伸進車窗，轉動車鑰匙，關掉了引擎。

「幹嘛！你這個死條子！」

久保怒不可遏地大叫著。

大上把手放在久保的肩上，壓低嗓門說：

「久保先生，我勸你最好別小看我們！」

他獨特的沙啞聲音充滿威嚴。

久保的臉頰微微抽搐，他吐了一口氣，似乎下定了決心，推開了大上的手。

「我趕時間，我要閃人了。」

他再度發動了引擎。

「久保！」

大上的吼聲在停車場內產生了回音。

「給你臉，你不要臉，竟敢不把警察放在眼裡，那就別怪我不客氣了！」

大上怒目圓睜地大吼道。

久保愣了一下，像石頭一樣僵在那裡，嘴裡發出無力的聲音。

「上哥，請你多包涵，我真的在趕時間。」

他好像快哭出來了。

「久保，既然你問心無愧，至少讓我們檢查一下皮包。」

久保的喉結上下移動了一下，他吞著口水。

「真的……只是檢查皮包而已嗎？」

日岡看到久保的臉上掠過一絲喜色。

皮包裡沒有見不得人的東西——

日岡對此深信不疑。否則久保不可能同意。大上應該也很清楚這件事，如果皮包裡搜不出任何東西，搜索行動就會陷入瓶頸。久保發現自己被警察盯上之後，很可能躲起來避風頭。大上到底在打什麼主意？

日岡在一旁提心吊膽，大上卻語帶溫柔地說：

「對，只要檢查皮包就好。」

久保拿著皮包下了車，臉上的表情就像是準備接受預防接種的小孩子。

「請你們動作快一點。」

大上接過皮包後，看著日岡說：

「日岡，你去車上拿手電筒和塑膠布過來，為了以防萬一，順便把檢驗劑也一起帶過來。」

日岡點了點頭，急忙跑回車上。目前只能相信大上。

他拿了所有的東西跑回來時，大上和久保正談笑風生。

「久保先生，我們也想趕快搞定，趕快回家。」

大上露出燦爛的笑容，一看到日岡，立刻恢復嚴肅的表情發出指示。

「日岡，把塑膠布鋪在車子引擎蓋上。因為有雨水，小心別弄溼了。把手電筒從上面照下來。」

日岡聽從大上的指示。停車場內雖然有照明，但天色已黑，四周的光線昏暗。

「久保先生，可不可以請你打開皮包？」

久保打開了皮包，看著大上。大上戴上白色手套，接過了皮包，向皮包內張望了一下。日岡把手電筒對準皮包，方便大上看清楚。

「把裡面的東西一樣一樣拿出來——」

大上把皮包還給久保，用下巴指著引擎蓋上的塑膠布。

「然後放在這上面。」

久保點了點頭，先把皮夾拿了出來。那是一個很大的ＬＶ皮夾，裡面只有紙鈔和零錢。接著，又拿出了公寓的鑰匙。久保把拿出來的東西都放在塑膠布上，放面紙的小包裡有兩個保險套。

大上把保險套拿在手上看了一下，發出猥瑣的笑聲。

「Ｌ號嗎？太了不起了。」

久保無視大上的笑聲，把手伸進皮包，拿出了呼叫器和宮島的護身符。

「全都在這裡了。」

檢查順利結束，久保露出愉快的表情。

日岡垂頭喪氣。

果然什麼也沒有。這下子加古村組應該會提高警戒。上早稻失蹤事件的偵查會難上加難。

為什麼要這麼魯莽地搜索？日岡用眼神問大上。

大上面帶笑容。那是大膽無敵的笑容，確信自己穩操勝券。

「還有吧？」

大上把香菸放在嘴上。日岡正準備拿出打火機，大上制止了他，自己點了火。

他吐著煙說：

「可不可以把皮包內側口袋裡的東西拿出來？」

「裡面沒東西。」

久保說著，把手伸進皮包。

他在皮包裡摸索著，臉上的表情突然僵住了。

他戰戰兢兢地拿出一個塑膠袋，滿臉驚愕的表情。

「怎麼會……太扯了。」

大上立刻從久保手上搶過塑膠袋。

他叼著菸，把塑膠袋放在燈光下。那是小包裝的安非他命。絕對沒錯。

「久保！這是什麼？」

「我不知道，我真的不知道。」

久保拚命搖頭。

「日岡，你看著他，如果他敢亂動就揍他。」

「是！」

雖然日岡這麼回答，但還搞不清楚狀況。他半信半疑地繞到久保身後。久保的嘴像金魚一樣一張一闔，似乎難以相信眼前發生的事。

大上把變短的菸吐在地上，把安非他命檢驗劑拿了過來，很客氣地說：

「久保先生，如果顏色變了，就是安非他命。」

他把小包裝裡的粉末倒進試劑，然後搖動試管。透明的液體漸漸變成了藍色。就是安非他命。

大上看著手錶，用冷靜的聲音宣布：

「十九點零三分，逮捕持有安非他命的現行犯。」

然後，他大聲地說：

「日岡，幫他戴上手銬！」

日岡急忙想要為久保戴上手銬，久保扭著身體反抗。

「我不知道，那不是我的！我什麼都不知道！」

日岡費了力氣，才終於用手銬銬住久保。

久保轉頭看著大上，吐著口水咒罵：

「大上，你陷害我！竟然用這種卑鄙的手法。我要在法庭上說出一切，把你踢出警界！」

大上無視久保的叫喊，對日岡說：

「日岡，用無線聯絡支援，要強制搜索車子。我來看著這傢伙。」

日岡難以釋懷，快步跑向便衣警車。

——大上，你陷害我！

久保的叫聲一直在他耳邊響起。

久保垂頭坐在偵訊室的椅子上。

他跪坐在椅子上，雙手向後，被綁在椅子上。他的眼神空洞，面無血色。大上讓他維持這個姿勢已經三個小時，久保的體力似乎也已經到了極限。

隔了桌子，坐在久保對面的大上在菸灰缸裡捻熄了菸，探頭從下方望著他的臉。

「你還不想說嗎？」

久保沒有回答大上的問話，默然不語地低著頭。他應該沒有力氣說話了。

日岡看向牆上的時鐘。即將傍晚四點。逮捕久保至今，已經快兩天了。

那天，機動搜查隊迅速趕到現場，在他們的協助下，強制搜索了久保的車子，在工具箱內找到了十包安非他命，後車廂內藏了一打注射器。雖然注射器的數量不足以販售，但絕對是他自己使用的。在尿液檢查中，也出現了陽性反應。

但是，日岡心裡很清楚，這明顯是違法搜索。

如果在未經對方同意的情況下強制搜索，在法庭上被視為是違法蒐集證據，將適用排除法則。也就是說，因為搜索行動本身就是違法行為，即使搜到了違禁品也是白費力氣。之前也曾經有案例適用違法蒐集證據排除法則，被告獲判處無罪。

所以，大上設下了陷阱。在嫌犯主動配合調查時搜到了毒品，就是合法搜索，程序完全沒有問題。一旦發現了違禁品，就可以當場進行強制搜索。

我猜想——日岡暗自想道。

大上應該在從久保手上接過皮包時，把毒品塞進了他的皮包。在接過皮包時，迅速把事先藏在手中的毒品塞進了皮包的內側口袋。

這就意味著大上偷偷持有安非他命。他到底是從哪裡得到的？

大上在偵訊時，完全沒有調查毒品的來源，而是追問上早稻的事。雖然是不同的案子，但這才是真正的偵查目的，所以也並不意外。

日岡第一次見識到大上偵訊嫌犯，覺得根本就是電視上看到的暴力刑警。大聲咆哮、丟東西，前一刻還輕聲細語，下一秒就在嫌犯耳邊大吼大叫，但大上在面會這件事上提供了方便，讓久保可以和他的女人會面。

大上軟硬兼施，試圖從久保口中瞭解上早稻的情況。目前已經知道，加古村組的人拚命尋找上早稻的下落。當初是久保介紹上早稻去吳原金融，他一定知道某些事。

但是，久保堅稱他什麼都不知道，死也不願開口。

大上怒氣沖沖，決定展開持久戰。他要求久保跪坐在硬梆梆的木頭椅子上，雙手反綁在椅背上。如此一來，腳會麻，手會痛，久保應該很快就會求饒，沒想到久保還是沒有招供。

從逮捕久保至今已經超過四十五個小時，距離移送檢方還有整整兩天，四十八個小時。拘留的期限很快就到了。

大上結束偵訊，命令日岡辦理移送檢方的手續。

日岡把久保帶去分區內的拘留室後回到二課。

大上正在向友竹報告偵訊久保的情況。

友竹靠在椅子上，皺著眉頭，抱著雙臂。

「連你偵訊他，他也不招供，久保這傢伙還真有膽識。」

大上一臉不悅地否定了友竹的話。

「那才不是有膽識，而是相反，正因為沒有膽識，才死不開口。」

「什麼意思？」

大上眼神犀利地看著友竹。

「因為他一旦向我透露上早稻的事就小命不保了，所以才死不開口。」

友竹瞪大了眼睛。

大上指著自己的鼻子說：

「我的嗅覺很靈敏，這件事很大條，追查下去，不知道會逮到牛鬼，還是蛇神。」

友竹坐了起來，吞著口水：

「所以可能是大案子？」

大上默默點著頭，看著半空，好像敵人就在那裡。

第三章

——日誌

昭和六十三年六月二十五日。

下午兩點。拜訪加古村組辦公室附近的施主，蒐集加古村組的動向。

晚上七點。廣島瀧井組組長家。

＝＝＝＝＝＝＝＝＝＝＝＝＝＝＝＝＝＝

＝＝＝＝＝＝＝＝＝＝

＝＝＝＝＝＝＝＝＝＝＝＝＝＝＝＝＝＝＝＝＝＝（刪除三行）

晚上十點。廣島市流大道的旅館「旅莊　香月」向領班瞭解情況。

（一）

聽到大上在身後說了聲「就是這裡」，日岡停下了腳步，打量著眼前這家店。老舊木造平房的黑色瓦屋頂上，掛了一塊生鏽的鐵皮招牌，用紅色油漆寫著「吉田菸舖」。這是今天拜訪的第九家。

大上和日岡正在拜訪加古村組辦公室周圍的施主。警察口中的施主，是指那些會定期向警方提供案件相關消息的一般民眾。拜訪施主和辦案時的探訪不同，並不是在案件發生時才上門瞭解情況，而是平時就不時造訪，瞭解是否可能有和案件相關的線索，以及瞭解是否有案件發生的跡象。施主可能是加油站的員工，或是私人店家的老闆、咖啡店老闆。

施主和那些與幫派有密切關係的線民不同，他們都是善良的民眾。不知情的人或許會懷疑，這些人和違法情事毫無關係，怎麼可能掌握和事件相關的線索？但規規矩矩過日子的人，更能夠在日常生活中發現不尋常的事。即使乍看之下和事件沒有關係，他們眼中的不尋常，有時候會成為寶貴的線索。對刑警來說，拜訪施主是揭發事件不可或缺的重要工作之一。

昨天晚上舉行的大上班偵查會議上，釐清了吳原金融的實際情況。

吳原金融背後的金主，是本地歷史悠久的酒莊名田造酒的老闆磯貝孝次郎，今年六十三歲。

吳原金融的老闆名叫福井佐吉，福井以前是廣島仁正會的會長綿船幸助的結拜弟弟，今年五十五歲。他原本是綿船組的幹部，十年前因為上繳的錢的問題惹怒了綿船，被逐出幫派。目前已經退出江湖，是加古村組的地下顧問。

「福井的姪女嫁給了加古村組的太子野崎，所以他們有姻親關係。他和加古村原本就是同鄉，算是以前在混混時的前輩，之前關係就很不錯。在福井和野崎成為親戚之後，一下子縮短了彼此的距離。福井是被綿船逐出幫派的人，無法在道上拋頭露臉，應該是付給他一些錢，向他借用了人頭而已。由野崎實際經營吳原金融，完完全全就是幫派的地下錢莊。」

負責監視吳原金融的唐津繼續加強語氣說道：

「而且，吳原金融雖然是登記有案貸款公司，但經營方式很可怕，利息從隔一到直五不等，完全無視出資法和利息限制法。」

聽唐津說，隔一就是隔一晚，就要支付一成的利息。直五就是八天要支付五成的利息。之所以叫「直五」，是因為在月曆上，借款日下一行的那一天，就是第八天還款的日子。

沒錢的人根本不可能支付這麼高額的利息。錢莊當然也很清楚這一點，他們故意不讓債務人還清所有的借款，只要求支付一部分利息，然後設法讓債務人破產。如果是大主顧，最初會將利息控制在法定利息的範圍內。當債務人的財務體質逐漸變弱之後，就會提升利息，最後連骨頭會被啃得精光。即使無法收回本金，在債務人逃走時，他們收到的利息就已經是當出借出本金的五到十倍。

利息是錢莊的收入來源，但唐津說，吳原金融最大的收入來自清理破產的公司。他們用低利貸款給中小企業的老闆，建立信賴關係後，以貼現的方式買入支票，但最後會找理由把對方逼到破產，再以債權人的身分侵吞資產。因為擔心留下記錄，所以吳原金融沒有銀行帳戶，全都是以現金交易。

「根據智慧型犯罪股提供的資料，他們最近可能鎖定了市內一家金屬加工業者。那家公司名叫東金工業，專門生產各種零件。因為新投資的事業失敗，資金周轉不靈，一年半之前以貼現的方式把支票賣給吳原金融，結果兩次跳票，最後破產了。董事長廣瀨典久今年三月上吊自殺，公司被以吳原金融為主的債權人接收，但他們只花一點點錢就強迫一般債權人答應，結果大部分資產都落入加古村的手中。據說光是工廠的土地就值一億五千萬，再加上零件加工機器，絕對不下兩億。」

股長友竹默默聽著唐津報告，一臉嚴肅地靠在椅背上。

「今年三月，不就是上早稻失蹤的時候嗎？」

唐津用力點頭。

「上早稻的失蹤和東金工業破產可能有關聯。」

友竹抱著手臂沉思片刻，雙手突然拍著桌子，猛然站了起來。

「加古村得到巨款和上早稻失蹤的時間相同，應該不是巧合，上早稻不是掌握了某些會讓加古村吃牢飯的重要證據，就是帶著危險的錢逃走了。」

「我不太懂。」

大上在一旁潑冷水。

「什麼意思？」

友竹對自己的推論很有自信，聽到有人提出質疑，生氣地瞪著大上。

「我也認為上早稻的失蹤和吳原金融有關。但是，但我不太同意股長的見解。」

大上認為，上早稻曾經因為直銷遭到逮捕。那些有違法前科行為的人，對犯罪的抵抗也比較薄弱。上早稻曾經服過刑，即使接觸到不法的證據，也不可能向警方告密。更何況對方是黑道，一旦告密，一定會追殺他到地獄。至於錢的問題也一樣，上早稻雖然有前科，但並不是幫派分子，而且個性也很溫和，沒膽量帶著黑道的錢逃走。

大上說到這裡，轉動脖子，揉了揉眉間，似乎認為難以理解。

「最難以理解的是，加古村組的成員完全都不透露有關上早稻的消息，每個人都閉口不談，酒飽中也一樣。這是他第三次因為毒品被逮，目前正在假釋，到時候還要服完之前剩下的刑期，至少要坐五年的牢，但他仍然不願開口，可見事關重大。」

大上點了點頭，鋒芒收斂的雙眼看著半空。

「我認為這起事件沒這麼單純。」

友竹聽到大上說他的見解太單純，皺著眉頭，噘起了嘴巴。他沒有反駁大上的意見，是因為內心也同意。他清了清嗓子後，巡視著所有人的臉說：

「無論如何，都必須趕快找到上早稻的下落。找出上早稻的失蹤和加古村組有關的證據，才能對相關機構同時展開大規模搜索，知道了嗎？」

所有人都很有精神地回答後，從椅子上站了起來。

於是，大上和日岡根據友竹提出的搜索方針，開始在加古村組辦公室周圍探訪。

今天下午，他們去了隔壁的中餐館、加古村組的幫眾經常聚集的咖啡店，以及附近的加油站，但並沒有得到任何有用的線索。

第九位施主所在的吉田菸舖，就在加古村組辦公室所在的住商大樓對面，中間隔了一條大馬路。不到四公尺的入口裝了玻璃拉門，有一半被已經褪色的窗簾遮住了。

大上指示日岡：「把門打開。」

日岡把手放在門上，試圖打開門，但一隻手打不開。門似乎有點卡。

他費了很大的力，仍然打不開，大上在後方打他的頭。

「真是笨手笨腳，閃一邊去！」

大上把頭上的巴拿帽稍微向後挪了挪，走到前面。

「開這道門要有點訣竅，先往左邊抬一下，搖晃一下再推開。」

一陣嘎答嘎答的聲音後，門打開了。

店內是水泥地，裡面沒有人。

狹小的店內有一個放冰棒的舊式冰品櫃和木製的陳列台，只到膝蓋高度的陳列台上，放著保麗龍做的組合式滑翔機、五彩繽紛的紙球和彈力球等古早玩具，透明的玻璃瓶內裝著糖果和仙貝。雖然掛著菸舖的招牌，但似乎也同時是柑仔店和玩具店。

大上很熟門熟路地坐在通往後方住家的門框上，對著裡面大喊一聲：

「婆婆，在家嗎？」

不一會兒，裡面傳來了動靜，一個駝背的老婦人從珠簾後探出頭。看起來年近八十歲的老婦人一看到大上，滿是皺紋的眼尾垂得更低了。

「果然是阿上啊，你的沙啞聲音，即使我耳背，也馬上就聽出來了。」

她笑著調侃道。

「妳耳朵可能不好，但女人味有增無減啊，皮膚也光滑溜溜，該不會有男人了？」

老婦人大聲笑了起來。

「對我有興趣的男人，無非就是那個沒出息的孫子，老是瞞著父母來向我要錢。」

「妳是說慎司嗎？他最近身體還好嗎？」

老婦人露出苦笑，用力地嘆了一口氣。

「身體是很好，只是下半身好過了頭，整天圍著女人的屁股打轉，孩子真的不能偷生，他和我那個死去的老公一樣。」

「妳千萬別這麼說，慎司也有可愛的地方啊。」

「是啊，不管怎麼說，那孩子本性很善良。」

老婦人走到水泥地空間，看到站在大上身後的日岡，瞪大了下垂的眼睛。

「啊喲，今天帶了這麼年輕的人一起來。」

大上用下巴指著日岡，向老婦人介紹說：

「他是剛分配到東分局的新人，年紀和慎司差不多。」

日岡向老婦人鞠了一躬。

「我姓日岡，請多指教。」

「沒問題。」老婦人笑著點了點頭，在大上身旁坐了下來。

「長得很好看啊，而且看起來比我家慎司聰明多了。」

「對不對？」

大上笑了起來，趁他還沒有開始那番「大學生論」之前，日岡插嘴問：

「這位是？」

「喔喔，」大上恢復了嚴肅的表情看著日岡說：「這位是桂婆婆，在這裡開這家店很多年了。」

大上從懷裡拿出和平短菸，移到旁邊那個中間挖空的塑膠圓椅上，然後把放在舊木桌上的菸灰缸拉了過來，把菸叼在嘴上。日岡從上衣內側拿出打火機，立刻為他點了火。

「我去倒茶，你們等一下。」

桂婆婆「嘿喲」一聲站了起來。

桂婆婆走去後面，大上把臉湊到日岡面前說：

「她的孫子慎司是五十子會的準幫眾。」

日岡大吃一驚。因為從他們剛才的談話，完全沒有這種感覺。

「原來是這樣……」

日岡小聲地說。

大上把菸灰彈進菸灰缸，皺起了眉頭。

「但桂婆婆並不知道，她應該做夢都沒有想到孫子會去混幫派。」

桂婆婆用托盤端著茶走出來，大上慌忙捻熄了菸。

「對面的杜鵑鳥最近怎麼樣？」

杜鵑鳥是大上用來代表加古村組的暗號，桂婆婆似乎知道杜鵑鳥的意思，點了點頭，把茶放在他們面前時說：

「是啊，初春的時候吵吵鬧鬧的，這陣子總算安靜下來。」

「是從什麼時候開始安靜下來？」

大上喝著茶問道。

桂婆婆在門框上坐了下來，雙手捧著茶杯，看著上方，似乎在回想。

「差不多是櫻花飄落的時候。」

桂婆婆說，四月初時，加古村組的辦公室有很多人進進出出，似乎發生了不尋常的事，但在櫻花飄落的時候就逐漸安靜下來，恢復了原狀。

「一開始是年輕人神色緊張地進進出出，我以為他們要打架，所以都不敢隨便出門。」

「是這樣啊。」大上小聲嘀咕，喝完茶後站了起來。

「婆婆，給我一條老樣子。」

「好哩好哩。」桂婆婆應了一聲，費力地站了起來，從架子上的香菸中，拿了一條和平短菸交給大上。

大上從口袋裡拿出錢，拿了一張皺巴巴的五千圓交給桂婆婆。

「不必找了，妳去買點有營養的東西補一補。」

「謝謝你每次都這麼費心。」

桂婆婆擠出滿臉的皺紋，接過了五千圓，放進圍裙口袋裡，露出滿面笑容。

「對了，這個給你。」

桂婆婆似乎突然想到了，伸手從架子上拿了一包菸遞給大上。

「原來不是擺設啊。」

「這是卡斯特淡菸，最近剛出的，菸廠做促銷時送的，你帶回去吧。」

「是嗎？那就謝謝啦。」

大上笑著接了過來。

日岡忍不住暗忖。

大上每拜訪一位施主，都會留下一千圓。一條和平短菸要兩千四百圓，這代表桂婆婆提供消息的價值是其他施主的兩、三倍嗎？搞不好她在施主中有特殊的地位。今天拜訪這些施主，大上已經花了一萬多圓。雖然他是單身，但光靠薪水應該無法應付這些開銷。

日岡的腦海中想起已經移送檢方的久保說的話。在結束最後一次偵訊，把他送回拘留室時，久保轉過頭，吐著口水大罵大上。

——大上，你靠收幫派的抽頭過日子！從我們這裡拿好處，結果又陷害我們，難道不覺得丟臉嗎！我要在法庭上全都抖出來，你就等著吧！

大上真的像久保說的那樣，向幫派收賄嗎？

「你在發什麼呆啊，走囉！」

大上的斥責聲打斷了他的思考。抬頭一看，發現已經走出去的大上在店門外瞪著他。日岡向桂婆婆鞠了一躬，跟在大上的身後。

回到停在附近的車上，大上打開桂婆婆送給他的菸，拿出一支叼在嘴上，然後靠在副駕駛座上。日岡慌忙拿出打火機為他點菸。

大上吐著煙，小聲嘀咕說：

「不太妙。」

他不喜歡卡斯特淡菸嗎？

「不是你喜歡的味道嗎？」

大上詫異地看著日岡，日岡慌忙補充說：

「我以為你覺得這種菸的味道不如和平短菸。」

「你這頭笨豬，我不是說香菸。」

「那是說——」

大上打斷了日岡的話，咬牙切齒地說：

「是上早稻。」

日岡聽不懂這句話的意思，看著他的臉。

「你這傢伙真不機靈。」

大上嘆著氣，向日岡說明。

上早稻很可能已經遭到加古村組綁架。上早稻在三月底失蹤，加古村組的人得知消息後拚命尋找他的下落。桂婆婆剛才說，在櫻花飄落的時候就恢復了平靜，也就是說，加古村組顯然在四月中旬已經抓到了上早稻。

「如果加古村組的辦公室目前仍然一陣忙亂，代表上早稻仍然在逃，問題是辦公室已經恢復了平靜，沒必要再忙亂了，就代表這個意思。」

如果大上沒有猜錯，上早稻在四月中旬遭到加古村組綁架，至今已經超過兩個月了。即使關在人煙稀少的地方，也很難長期監禁一個人。

搞不好上早稻已經——

大上似乎察覺了日岡腦海中浮現的推測。

「他妹妹很可憐，他搞不好已經被做掉了。」

這時，大上上衣內的呼叫器響了。

大上拿出呼叫器看了一眼，挑起單側眉毛，放回懷裡之後，命令日岡：

「去附近的公用電話。」

他面色凝重，似乎在想事情。

日岡急忙發動了引擎。

來到大馬路上，把車子停在公用電話亭前。大上走下車，默默走向公用電話。

不到一分鐘，大上又回到車上，關上副駕駛座旁的車門說：

「馬上去廣島。」

「去廣島嗎？」

從吳原開車到廣島只要三十分鐘，距離並不遠，但廣島不是轄區，他去那裡有什麼事？大上這個人很複雜，甚至不知道是公事還是私事。

日岡正在猶豫，大上不耐煩地咂著嘴說：

「別磨蹭了，趕快開車！」

日岡慌忙應了一聲，踩下了油門。

（二）

「喔，這就是你說的那個——」

瀧井銀次坐在舊沙發上，看著日岡。

「沒錯。」大上看著日岡點了點頭。

瀧井穿了一件細條紋的襯衫，外面套了一件薄質開襟衫，微鬈的頭髮理得很短。他的下巴很尖，鼻子很挺。不知道是否經常打高爾夫球，皮膚曬得黝黑，再加上薄唇和銳利的眼神，看起來很精悍。

日岡自我介紹後，微微鞠躬。

瀧井露出有點嚴肅的表情向日岡點頭，但立刻放鬆了臉上的表情，動作誇張地用力握住了大上的手，深深地鞠躬。

「真是太感謝你了，阿章，多虧了你，我才能夠活到今天。不管怎麼謝你都不足夠。」

坐在玻璃茶几對面的大上露出無奈的笑容。

「你說話老是這麼誇張。」

瀧井猛然抬起低著的頭，用力搖頭說：

「不，她什麼都做得出來，上次的事，你應該也知道。她得知我在外面亂搞後，立刻去廚房拿了菜刀。這次已經是累犯，所以她真的想殺了我，她一臉可怕的表情，舉起菜刀，想要做一個了斷，嘴巴流著口水，大喊大叫著朝我撲過來。如果不是佐川及時勸阻，後果不堪設想。」

不知道瀧井是否想起剛才的可怕，他的肩膀抖了一下。瀧井一臉凶相，只要被他瞪一眼，大部分人應該都會嚇得發抖，但他此刻的表情好像快哭出來了。

日岡和大上正在瀧井組的辦公室。瀧井組的辦公室和住家連在一起，地點位在廣島市西域的住宅區，這一帶屬於高級住宅區。

瀧井銀次曾經是前綿船組的幹部，屬於武力派的幫派分子，當年曾經是綿船組五人幫之一。綿船組以前是成立多年，以廣島市為根據地的幫派組織，解散之後，以綿船組的成員為中心，重新成立了全縣最大的幫派仁正會，瀧井擔任仁正會的幹事長。根據縣警的資料，瀧井組有八十名幫眾，在仁正會中勢力位居第三。

第二次廣島大火拼事件被認為是在日本最大的黑道組織神戶明石組，和同樣將總部設在神戶的對立幫派神風會的代理戰爭，在第二次廣島大火拼事件之際，神風會旗下的綿船組為了對抗明石組，和廣島的各個幫派結合，成為目前的仁正會，光是縣警掌握的成員就有六百人。

在仁正會成立的同時，綿船組也就形同解散，綿船的五名小弟原本在綿船組內擔任幹部，在綿船組解散之後，分別帶領了一些人馬，目前都在仁正會擔任最高職位。

仁正會的會長是前綿船組組長的綿船幸助，副會長是吳原的五十子會會長五十子正平，理事長由前綿船組的太子溝口明擔任。幹事長瀧井在仁正會內是在會長、副會長和理事長之後，位居第四高職的幹部。

副會長五十子原本和綿船組是敵對關係，但為了對抗和明石組關係密切的宿敵尾谷憲次，所以才會拋開面子，投靠仁正會。沒有人瞭解他內心真實的想法，道上紛紛傳言，他想要幹掉會長，成為第二代會長。

前綿船組五人幫之一的總部長笹貫幸太郎和理事長溝口之前就不和，在參加幹部會議時也會保持距離，彼此也都冷漠以對。聽大上說，雖然仁正會表面團結，但內部是一盤散沙。

離開吉田菸舖後，大上的傳呼機響起，找他的人正是瀧井組的太子佐川義則。佐川是瀧井的得力助手，負責幫派的大小事和照顧瀧井的私生活。佐川驚慌失措地聯絡大上，說瀧井外遇被妻子洋子發現，目前鬧得不可開交。

日岡聽從大上的指示，立刻趕來廣島，來到瀧井銀次的家裡。佐川從屋內衝了出來，對著大上深深鞠躬時，腦袋都幾乎快碰到膝蓋了。

「上哥，拜托你，無論如何想想辦法，只有你勸得動嫂子，萬事拜託了。」

佐川哀求的聲音快哭出來了，只差沒有跪下來。

大上在來這裡的路上告訴日岡，這不是瀧井第一次外遇，之前曾經多次鬧得天翻地覆，每次都由大上居中協調，才終於搞定。

大上一臉不耐地對著深深鞠躬的佐川說：

「知道了，知道了，洋子在裡面嗎？」

「對。」

佐川抬起頭，露出鬆了一口氣的表情。

「仔銀呢？」

仔銀應該就是指瀧井，把銀仔倒過來唸，就變成仔銀了。

「老大逃到辦公室了。」

佐川落寞地說。

大上嘆了一口氣，向日岡發出指示：

「你留在車上，接下來的場面小孩不宜。等我處理完之後會來叫你。」

大上難得用無力的聲音說話。

（三）

三十分鐘後，瀧井組的小弟來叫日岡。

「大上先生請你進去。」

事情似乎終於搞定了。

走進辦公室，大上靠在沙發上，翹著二郎腿，一看到日岡，立刻拍了拍自己身旁。

「來，你坐這裡。」

日岡順從地在大上身旁坐了下來。

大上的視線移回瀧井身上。

「話說回來，你還真不懂得記取教訓，照理說，你很瞭解洋子有多麼可怕。」

瀧井尷尬地看著自己的褲襠。

「我說阿章啊，我當然很清楚，只是兒子年幼無知，看到眼前有好吃的肉，就……」

他們認識多年，再加上同年，所以都用小名稱呼彼此。

大上苦笑起來。

「我能理解你的心情，但既然要偷吃，就要記得擦嘴巴。」

「我已經很小心了，但不知道為什麼，就是會被她知道。女人的直覺太可怕了。」

瀧井揚起嘴角繼續說道：

「不過，你等著，我下次一定不會再出這種紕漏了。」

大上重重地吐了一口氣，露出無奈的表情。

「我說仔銀啊，你也該為洋子想一想，你能夠有今天，都是她的功勞。」

瀧井感慨地點了點頭。

「是啊……我很清楚，如果沒有你和洋子，我不可能有今天。不是被警察抓去坐一輩子的牢，就是被丟去海裡餵魚了。」

從瀧井的這句話中可以瞭解，雖然原本是大幫派旗下的團體，但在正式成為獨立的幫派之前，應該做了不少有高風險的事。

想要自立門戶，成為獨立的幫派，需要有能耐和運氣。多年來，應該是他太太在背後默默支持他，但奇怪的是，瀧井沒有提到他的手下，反而說大上也有功勞，聽起來像是大上協助他完成了那些高風險的事。也許大上為了獲得對偵查有利的線索，多次為瀧井大開方便之門。他們之間的交情顯然非同一般。

洋子也一樣。雖然她性情剛烈，但之所以願意聽大上的規勸，可能是因為瞭解彼此的辛勞，建立了情同戰友的信賴關係。無論是尾谷組的一之瀨，還是仁正會的瀧井，大上顯然和黑道幫派交情匪淺。

「對了，」瀧井喝完小弟送上來的茶後，恢復了嚴肅的表情，「關於你上次要我打聽的事，年輕人已經查到了消息。」

大上猛然從沙發上坐直了身體。

「找到上早稻的下落了嗎？」

日岡驚訝地看著大上，大上之前似乎向瀧井打聽關於上早稻在失蹤後的下落。

瀧井把手下都趕了出去，十坪左右的會客室內只有瀧井、大上和日岡三個人，但瀧井仍然壓低嗓門說：

「我派手下去旅館和三溫暖四處打聽，最後發現有一個男人獨自住在流大道的幽會旅館。」

流大道是尋歡作樂的地方，規模在廣島市內首屈一指，那裡有許多餐廳、酒店、色情店和幽會旅館，有點像東京的歌舞伎町。

瀧井的話說到一半，大上就垂頭喪氣，露出失望的表情。

「一個男人住在幽會旅館，不值得大驚小怪。可能被女人放了鴿子，或是打算叫小姐，也可能把那裡當成商務飯店使用。」

瀧井為了吸引大上的注意力，慌忙繼續補充說：

「問題是在那裡住了半個月，就很不尋常了。」

「半個月？」

大上的雙眼發出銳利的眼神。

那個男人在四月上旬住進了流大道上的幽會旅館，幽會旅館方面對這個來路不明，獨自投宿的男人感到不安，想要趕走他，但他都按時結帳，所以也無法採取行動，只能希望他早點離開，結果有幾個凶神惡煞的混混衝去那家幽會旅館。他們知道男人住在哪一個房間，衝進那個房間後，不顧男人奮力抵抗，就不由分說地把他帶走了。

「那是兩個月前，四月中旬發生的事。」

大上看著瀧井的眼睛，聽他說完之後，發出了低吟。

「被帶走的那個男人就是上早稻嗎？」

瀧井放鬆了臉上的嚴肅表情，聳了聳肩說：

「雖然無法斷定，但聽手下的年輕人說，被綁架的那個人很像你說的上早稻，而且，那些綁架的混混都是陌生面孔，搞不好是從吳原來的。」

大上看著遠方，似乎在沉思。他把視線移回瀧井身上時問：

「那個男人住在哪家幽會旅館？」

「香月。」

瀧井立刻回答。

那是一家老舊的幽會旅館，是偷情的中年男女經常出入的幽會旅館。

「流大道上不是有一家叫『皇帝』的酒家嗎？從旁邊的小路走到底就看到了。」

大上猛然站了起來。

「日岡，走囉。」

日岡慌忙從沙發上站了起來，急忙跟著大上走出會客室。

在玄關穿鞋子時，瀧井走出來送他們。幾名手下跑了過來，瀧井伸手制止了他們，叫他們別過來。

日岡踩在石板上走在前方，聽到大上和瀧井在身後竊竊私語。

「阿章，你最近小心點，我聽到一些不太平靜的風聲。」

「什麼風聲？」

「縣警的監察官似乎在注意你的動向。」

日岡忍不住停下腳步，看著前方，伸長耳朵聽他們說話。

大上冷笑一聲。

「又不是最近才開始。」

瀧井用嚴肅的語氣向他提出忠告：

「但這次真的要小心，據我掌握的消息，對方已經建立了線民網。」

日岡走向停在瀧井家門口的車子，坐進駕駛座等大上。

已經晚上九點多了，設置在大門上方的探照燈照在大門前的路上，像紅燈區的探照燈一樣明亮。

轉頭一看，大上停下腳步，抱著瀧井的肩膀搖了搖。

「香月的事謝謝你，我去查看看。」

瀧井誇張地搖著手說：

「我才該向你道謝，照理說，我應該請你去喝酒，但今晚要好好安撫我老婆。對不起，下次再請你。」

「我無所謂，你今晚要用你引以為傲的小鋼炮好好孝順老婆，向她賠不是。」

大上笑了起來。

瀧井把手放在大上的肩上。

「我的小鋼炮——」

他搖晃著大上的肩膀，露出了苦笑。

「不知道是怎麼回事，面對相處多年的老婆就沒辦法發射了，真是傷腦筋啊。」

大上笑了起來。

「是啊，男人的炮彈面對舊戰場，向來都發揮不了作用。」

兩個人的大笑聲響徹夜晚的住宅區。

笑完之後，瀧井摟著大上的肩膀，轉過身。

日岡不經意地看著他們，發現瀧井從夾克內側口袋中拿出了什麼東西，然後把嘴貼近大上的耳邊，小聲說著什麼。

日岡豎起耳朵，隱約聽到「這個月的」幾個字。

大上點了點頭，把瀧井給他的東西放進西裝口袋裡。日岡從他們背影的縫隙中，看到了一個白色信封。

——這個月的。

他再度想起久保的話。

——大上，你靠收幫派的抽頭過日子！

大上果然向幫派收賄嗎？既然瀧井說是「這個月的」，代表他每個月都向幫派收抽頭嗎？

日岡從他們的背影移開視線，咬著嘴唇。

副駕駛座的門打開了。

「喔，讓你久等了。」

大上心情很愉快。

「不會。」

日岡回答時不敢看大上的眼睛，他知道自己的表情很僵硬。

大上靠在副駕駛座上，深深地戴上巴拿馬帽。

「去流大道瀧井說的那家香月幽會旅館，向旅館的人瞭解情況。」

瀧井可能回屋了，門口不見他的蹤影，只有燈光照亮的路面。

日岡發動了引擎，默默把車子開了出去。

瀧井說的沒錯，香月一看就是情人幽會的旅館。位在小巷深處，只有招牌微微亮著燈，四周的圍牆差不多有一人高，看起來像民宅。這家幽會旅館的屋齡應該超過三十年，雖然重新粉刷了牆壁，也換了新招牌，但這些小修小補無法掩飾建築物的老化。

走進幽會旅館內，發現實際狀況並沒有想像中那麼糟糕。木地板走廊擦得很乾淨，黑黑亮亮，每個房間門口都放了小型滅火器，完全不見任何灰塵，這裡的打掃似乎並不馬虎。

按了櫃檯旁的鈴，窗簾從內側拉開，一個上了年紀的女人探出半張臉。

大上對她說：

「不好意思，打擾妳工作，我們是警察，想向負責人瞭解一下情況。」

門。

女人原本露出訝異的視線看著兩個可疑男人，但在大上出示警察證後，急忙打開了櫃檯旁的門。

裡面是三坪大的木地板房間，似乎是辦公室。日岡和上大跟著女人走進辦公室，坐在房間角落的鐵管椅上。

女人用內線聯絡之後，不一會兒，一個男人走了進來。他自我介紹說，他是領班服部。他的年紀不到六十歲，頭髮擦了髮臘，試圖掩飾微禿的頭頂。他在白襯衫外穿了一件褐色短褂，可能是旅館的制服。

服部坐在小茶几對面，重新綁好短褂的帶子，用試探的眼神輪流看著大上和日岡。

「請問有什麼事嗎？我們沒有做任何需要麻煩刑警上門的生意。」

他的聲音顯得有點不安，不像是在擔心這種地方常見的幫忙找小姐，或是違反消防法的問題，聽起來像是有其他不可告人的祕密。

大上直截了當地問：

「四月中旬時，不是有人在這裡綁架了一個男人嗎？我們接獲了線報，所以來瞭解情況。」

服部的臉頰斷斷續續地抽搐著。雖然他故作冷靜，卻難掩內心的慌亂。

「不，那是——」

說到這裡，他閉了嘴。

大上用充滿威嚴的眼神瞪著他。

「他們說，他們是朋友，是朋友之間、有一些、紛爭。」

大上默然不語地注視著服部的眼睛，就連日岡都感到有點害怕。

服部露出無力的諂媚笑容，抓了抓頭，繼續說：

「對方看起來像小混混，我們也不想招惹麻煩引起後患，雖然應該馬上報警，但看起來不像是什麼重要的事，總之，我們沒有惡意，之前對瀧井組的人也這麼說了。」

他結結巴巴地自我辯解後，鞠了一躬說：

「請見諒。」

大上點了點頭，看向辦公桌上的小電視。小電視中有旅館入口和櫃檯附近，以及一樓和二樓走廊的畫面。

「這是監視器的影像吧？你們有留下錄影帶嗎？」

「當然有啊，警方曾經這麼要求，所以我們留了三個月份的錄影帶。你們等一下，我馬上就拿來。」

服部說完，起身走去辦公室深處，打開一個鐵櫃的門，窸窸窣窣找了一陣子，似乎在確認錄影帶的日期。

「找到了，應該是這兩天。」

服部拿著兩盒錄影帶走回辦公桌旁，打開錄影機，把正在錄影的帶子拿出來後，把手上的一盒放了進去。

電視螢幕上的雪花消失後，出現了入口附近的模糊影像。

服部拿著遙控器不斷快轉、停止，在晚上十點左右的時間帶停了下來，得意地說：

「找到了，就是這個。」

日岡從服部身後看著螢幕。

螢幕角落出現的日期是四月十五日，時間是晚上十點十五分。

重播的影像中，四個男人無視櫃檯女人的勸阻，直接衝上通往二樓的樓梯。五分鐘後，四個男人再度出現在螢幕上，他們架著一個男人，想要把他帶走。遭到綁架的男人兩側被架住，嘴裡塞了東西。男人踢著腳拚命反抗，最後，四個人抬著他的雙手雙腳，把他帶走了。

「就只有這樣而已。」

服部按了遙控器的停止鍵，關了電視。他把錄影帶拿出來時，嘮嘮叨叨地自我辯解，但日岡完全沒有聽到他在說什麼。

他的腦海中不斷重複剛才看到的監視器影像。

影像中總共有五個男人，日岡認識其中兩個。一個是加古村組的苗代，日岡第一天去吳原東分局報到時，就和他在「日之丸柏青哥」的停車場打了一架。苗代是那四個綁架的男人之一，另一個遭到綁架的人，就是之前看過照片的上早稻。

「大上先生——」

日岡看著坐在身旁的大上。大上一臉嚴肅的表情瞪著已經沒有畫面的電視螢幕。

日岡整個身體轉向大上。

「遭到綁架的那個人就是上早稻，上早稻失蹤果然和加古村組有關！」

大上不理會語氣激動地對他說話的日岡，問服部：

「這盒錄影帶是不是可以提供給我們作為偵查資料？」

服部無奈地嘆了一口氣，把錄音帶交給了大上。

「謝謝你的合作。」

大上從服部手上接過錄影帶，命令日岡：

「日岡，馬上把停在停車場的車子開過來，十二點之前趕回局裡。」

「是。」

大上小聲嘀咕說：

「明天就要打仗了。」

日岡看著大上的眼睛，用力點了點頭。他邊跑邊看手錶。

時間已經是晚上十一點多了。

第四章

——日誌

昭和六十三年六月二十七日。

凌晨十二點多。吳原市東本町二丁目，幫派分子在赤石大道的酒店「里子」店內鬥毆，尾谷組的三名幫眾和加古村組的兩名幫眾相互鬥毆。

凌晨一點半。尾谷組的準幫眾柳田孝（二十一歲）在赤石大道上遇刺，腹部中刀，身受重傷。

凌晨三點。柳田孝在吳原紅十字醫院死亡，死因為出血性休克。

凌晨四點。要町三丁目上傳來多次槍聲，一一〇接獲民眾報案。

清晨七點半。加古村組辦公室的玄關遭人開槍。

上午九點。尾谷組的幹部備前芳樹住家遭人開槍。

上午十點。和大上班長一起前往尾谷組辦公室，向太子一之瀨守孝瞭解情況。

＝＝＝＝＝＝＝＝＝＝＝＝＝＝＝＝＝

＝＝＝＝＝＝＝＝＝＝＝＝＝（刪除兩行）

（一）

吵鬧的鈴聲把日岡從夢中驚醒。

他不加思索地掀開被子。

不是鬧鐘鈴聲，而是放在牆邊的黑色電話響起。

他在黑暗中爬到電話旁，伸出手，把摸到的電話放在耳邊，半夢半醒間報上了姓名。

但是，電話已經掛斷了，只聽到嘟、嘟、嘟的斷線聲音。

他睡意朦朧地偏著頭，掛上了電話。他覺得只聽到兩、三次鈴聲而已，但電話鈴聲可能已經響了很久。

他拿起枕邊的鬧鐘放在面前。清晨五點二十分。

有人打錯電話嗎？還是分局的緊急聯絡？

他搖搖晃晃地走去上完廁所，又去廚房喝了水，坐在每天都鋪在地上的被褥上。如果是緊急聯絡，應該還會再打來。

日岡雖然是單身的年輕警員，卻住在公寓。因為警局的單身宿舍沒有空房間，所以安排他住在離分局不遠的公寓。

昨天在偵查會議上確認了加古村組的四名幫眾和上早稻二郎失蹤事件有關，將以擄人綁架的嫌疑聲請苗代等四人的逮捕令。調度完人力後，將對加古村組相關的地方同時展開大規模搜索。

之後，大上邀日岡去喝酒，但日岡在半夜十二點之前回到了家。平時大上總是要求日岡陪他到最後，昨天難得一早就讓他離開了。日岡說要搭計程車送大上回家，大上搖手拒絕了，說他還要去其他地方。

如果大上要繼續喝酒，日岡必須作陪。因為日岡肩負為大上開路的使命。

日岡這麼表示後，大上無奈地笑了笑。

「你真是老實得有點笨了，不過，這也是你的優點，只是你可以再稍微機靈點。」

日岡聽不懂是什麼意思，看著大上的臉。

「你沒有女朋友嗎？」

日岡這才知道大上要去女人那裡。他的腦海中浮現了「小料理屋　志乃」的老闆娘晶子的臉。

日岡目送大上的身影消失在昏暗的巷子內，回到了自己的公寓，連衣服都沒換，就倒在地上。三坪大的公寓內只有一床被褥和一張小矮桌，從老家帶來的小型行動電視仍然裝在紙箱裡，放在房間角落。因為他根本沒時間看電視。他每天幾乎都外食，一坪大的廚房從來沒用過，只有偶爾在家吃泡麵而已。

他躺進被子，工作的疲勞漸漸爬上全身。雖然他想寫日誌，但懶洋洋的身體不想動彈。腦袋昏昏沉沉，腦海中浮現了大上和晶子翻雲覆雨的樣子。大上和晶子的身影，以及上早稻遭到綁架時的監視器畫面在意識中交織在一起，他快睡著了。

日岡趕走這些想法，微微轉動脖子。他坐在地上，確認了鬧鐘。五點二十三分。他的鬧鐘設在六點。還可以睡半個小時。

他把被子拉了過來，正打算躺下時，電話鈴聲再度響起。他立刻伸手接起電話。

「你好，我是日岡。」

他一口氣說道。

『是我，已經起床了嗎？』

是大上。既然他問「已經起床了嗎？」代表剛才那通電話也是他打的。日岡向他道歉。

「對不起，我剛才接起來時，已經掛斷了。」

大上無視日岡的道歉，突然開口說：

『阿孝出事了。』

阿孝——他是誰？日岡用睡迷糊的腦袋思考著，卻怎麼也想不起來。

聽到日岡沒有吭氣，電話彼端傳來咂嘴的聲音。

『上次去尾谷的辦公室，不是有一個金髮飛機頭的年輕人嗎？就是他。』

日岡想起來了，他好像和赤石大道上的酒吧媽媽桑有一腿。日岡想起他略帶稚氣的臉龐。

日岡向大上確認，大上回答說：

『沒錯。剛才紅十字醫院已經確認，阿孝死了。』

日岡頓時清醒。大上剛才說「出事」，是指被人殺害的意思。

日岡想起大上之前在尾谷組的辦公室調侃阿孝的情景。

——里子媽媽桑的前夫和之前的男人都因為晚上太賣力，結果精盡人亡，你也小心別被榨乾了。

阿孝以為他在說謊，大上又補充說，那兩個人真的死了。

日岡想起當時的對話，茫然地握緊了電話。

聽大上說，昨天半夜十二點過後，加古村組的兩名幫眾，和包括阿孝在內的三名尾谷組的年輕人在「里子」酒店發生糾紛。

起初他們都各自安靜喝酒，但加古村組的總領琢也開始糾纏里子的媽媽桑，雙方爭吵起來。

阿孝看到總領找自己的女人麻煩，立刻上前理論。雙方越吵越凶，最後大打出手。

在雙方大打出手時，阿孝拿起放在店裡的鐵凳砸向總領，總領的頭部受傷。他抱著淌著鮮血的腦袋，和其他加古村組的幫眾邊罵邊離開了酒店。雙方的紛爭暫時告一段落。

在這場風波平息了一個小時後，也就是凌晨一點半左右，阿孝才離開酒店。尾谷組的另外兩個人已經先離開了，只有阿孝和媽媽桑還留在酒店內。

酒店位在住商大樓的三樓，媽媽桑在鎖門時，阿孝先走出大樓，遭到了三名暴徒攻擊。阿孝腹部中刀，被救護車送去醫院，在凌晨三點確認死亡。

『據我得到的消息，媽媽桑看到其中兩個人逃走的背影，其中一個人的頭上綁著繃帶，八成就是總領。他因為被阿孝打破頭，所以行凶報復。』

大上說，他七點之前會到分局，要求日岡也趕快過去。說完之後，他就掛上了電話。

日岡的睡意全消了。掛上電話後，手一直放在電話上，忍不住開始思考。

加古村組和尾谷組原本就不和，小弟之間的紛爭，很可能會演變成兩個幫派之間的火拼，而且，這次已經有人送了命，事情不可能就這樣靜靜落幕。

內心感到極度不安。

日岡站了起來，打開燈，迅速換好了衣服。刷完牙，洗完臉，走去玄關。當他準備穿鞋子時，電話又響了。

他一接起電話，就聽到大上激動的聲音。

『剛才在要町發生了開槍火拼事件！我馬上去分局，你也趕快過來。』

要町是吳原市花柳巷，歷史悠久，聽說戰後美國兵常去那裡找女人。

難道不祥的預感猜中了嗎？

日岡緊緊握著電話。

「尾谷組和加古村組是為了阿孝的事火拼嗎？」

『先別管這些，你趕快去分局！』

大上沒有回答日岡的問題，粗暴地掛上了電話。

（二）

日岡六點不到就抵達了分局。

一走進二課，發現大上已經坐在座位上。他伸出雙腿，眉頭緊鎖，看著半空，頭上戴著那頂成為他標誌的巴拿馬帽。

日岡走到大上身旁去向他打招呼，立刻聞到一股酒臭味。

日岡請示大上有什麼指示時，他開了口。

「去泡杯咖啡，泡濃一點。」

大上說話的一切似乎在暗示日岡，什麼都別問。日岡只好閉了嘴。

他去茶水室燒了開水，泡好咖啡後走進辦公室，齋宮課長和友竹股長剛好走進來，看到大上和日岡比自己更早到，滿臉訝異的看著他們。

「你們來得真早，已經知道那起事件了嗎？」

齋宮站在門口問道，站在齋宮身旁的友竹用帶著怒氣的聲音對大上說：

「上哥，你昨晚去了哪裡？一直聯絡不到你。」

大上微微低下頭。

「不好意思，我人在外面。」

「我也打了你的傳呼機，你沒有看到嗎？」

友竹用責備的語氣問道。

大上的傳呼機隨時帶在身上，不可能沒看到，但他若無其事地顧左右而言他，拿下帽子，轉動著脖子說：

「是這樣啊，我沒看到，是不是打錯號碼了？」

友竹想要反駁，但齋宮一臉不悅地走向自己的座位。友竹也沒再說什麼，嘟著嘴，在自己的座位上坐了下來。

齋宮坐下之後，看著大上說：

「除了值班人員以外，只有我和友竹股長知道尾谷組準幫眾的死亡事件和要町的火拼，你到底是從哪裡得知了消息。」

日岡聽了齋宮的話，大吃一驚。他巡視室內，除了齋宮和友竹以外，的確只有大上和自己而已。

日岡這才知道，大上的消息不是來自分局，而是透過其他管道得知。如果是接到二課的通知，其他人應該也會提早來分局。日岡因為太緊張，沒有想到這些事。

大上喝著日岡為他泡的咖啡。

「我在外面聽到了消息。」

「外面是哪裡？」

友竹立刻追問。

「話說回來，」大上轉移了話題，「現在發生這些事件，可真有點棘手。」

「嗯。」齋宮低吟著，抱著雙臂，靠在椅子上。

棘手——顯然是在指上早稻失蹤案的調查工作。日岡也很在意這件事。

從廣島回來之後，在隔天二十六日下午舉行的大上班偵查會議上，大上報告了在廣島查到的線索。

大上把流大道上的香月幽會旅館領班給他的錄影帶放在桌上，對友竹說：

「這盒錄影帶拍到了加古村組的苗代和另外三個人把上早稻從香月帶走的畫面。由此可以證明，加古村組和上早稻的失蹤絕對有關。」

友竹問了大上，從哪裡得知香月的線索，大上沒有明說，不置可否地應了一聲，友竹可能猜想是從幫派那裡得知的消息，所以沒有繼續追問。線索的來源並不重要，必須以破案為最優先。

錄影帶放進會議室的錄影機內，所有人一起看了錄影帶上的影像。確認幫派分子資料卡之後，也查明除了苗代以外的另外三個人的身分。他們分別是加古村組的幫眾橫山將太和今村明俊，另一個是剛領到幫徽徽章的大江克巳。

友竹立刻決定要逮捕苗代等人，並同時對和加古村組有關的地方展開搜索。

齋宮聽取了友竹的報告後，希望上級同意以涉嫌強行綁架上早稻的嫌疑，聲請苗代等人的逮捕令。只要人員安排妥當，就立刻向法院聲請逮捕令，逮捕苗代等人，並同時展開搜索。

沒想到天亮之前發生的一連串事件，破壞了原本的計劃。上早稻的綁架事件固然很緊急，但眼前發生了幫派準幫眾的殺害事件，和有可能危及民眾安全的開槍事件，就必須優先偵辦。

友竹心浮氣躁地抓著頭髮。

「時機真不巧。」

「總之，」齋宮坐直了身體，「立刻召開偵查會議，決定今天發生的兩起事件的偵查方針。」

齋宮指示日岡立刻通知大上班的成員。日岡急忙拿起自己前方的電話，打開課員的通訊錄。

上午七點，黑道組織股的成員全都到齊後，立刻召開了會議。友竹在會議上向大家說明了阿孝死亡的詳細情況。

今天凌晨，位在市區的紅十字醫院通報，有一名腹部中刀的男子被送去醫院。從男子身上的駕照發現，他是住在吳原市寺町二丁目三十六番，職業不詳的柳田孝，年紀為二十一歲。柳田是尾谷組的準幫眾，死因為出血性休克。

凌晨一點半左右，一名經營餐飲店的女子打電話給一一九，說她的朋友遭到暴徒攻擊。報案女子是在赤石大道上經營吧檯酒吧「里子」的高木里佳子，今年三十三歲，和柳田半同居，是男女朋友。

當天凌晨四點左右，要町三丁目的十字路口附近發生了開槍事件。警方接獲送報的年輕人報案後，機動搜查隊的隊員立刻趕到現場。那名送報的年輕人證實，兩派看起來像幫派分子的人相互開槍，現場共有五、六個人。目前還在調查總共發射了幾顆子彈，但在案發現場附近的銀行鐵捲門上，發現了兩個彈痕，又在附近的人行道上找到了三個空彈殼。

「分局的公關室一早就接到了媒體和附近居民的電話，對目前的狀況感到不安。」

在友竹說明情況告一段落之後，唐津問：

「要町的開槍事件應該和柳田事件有關吧。」

「八成是。」友竹表示同意，大上在一旁插嘴說：

「我倒不這麼認為，」

所有人的目光都集中在大上身上。

大上靠在椅背上繼續表達他的看法。

「遭到殺害的柳田還不是尾谷組的正式成員，他是還沒有領到幫徽徽章的小嘍囉。雖說是和自己幫派關係密切的人，但還沒有正式結拜，尾谷組可能為這種人採取報復行動嗎？」

大上把頭轉向唐津。

「開槍事件發生在凌晨四點，再怎麼說，動作也未免太快了。」

凌晨四點離柳田遇刺還不到三個小時，確認柳田的死亡之後才一個小時。即使尾谷組打算報復，加古村組的人剛好在這麼晚的時間在外遊蕩也未免太巧了。

「所以，」唐津窺探著大上的臉色問：「班長認為兩派人馬只是剛好遇到，為了其他事發生爭執，然後相互開槍嗎？」

「這我就不知道了，目前還無法確定是加古村組和尾谷組的人相互開槍。無論如何，吳原這一陣子會很不太平。」

所有人都靜靜地點著頭。

原本緊閉雙唇的齋宮用強烈的語氣對所有人說：

「我必須以市民的安全為最優先，因此，必須立刻逮捕刺殺柳田的人。雖然目前還無法了解開槍事件的真相，但無法排除發展為幫派火拼的可能性。所有人必須全力偵查，無論如何，都必須防止火拼的發生。」

友竹聽完齋宮的指示後說：

「局長指示，立刻和一課一起成立柳田孝刺殺事件，和要町開槍事件的偵查總部。詳細情況晚一點再談，但黑道組織股的成員暫時必須專心偵辦這兩起案子。下午一點，將在第二會議室舉行偵查總部會議。」

日岡果然沒有猜錯，目前顯然無暇處理上早稻失蹤事件。

大上縮起嘴唇，看著半空，似乎在思考什麼。

齋宮指示大家分別蒐集線索後，會議正準備結束，有人打開會議室的門。

二課的智慧型犯罪股的淺目巡查長探頭進來，上氣不接下氣地說：

「剛才有人開槍射擊加古村組的辦公室！」

大上猛然從椅子上站了起來。

「有沒有人傷亡？」

淺目用肩膀喘著粗氣，搖了搖頭。

「目前還不瞭解詳細情況，但目前並未接獲救護車出動的消息，可能並沒有人受傷，機動搜查隊已經趕往現場了。」

「課長！」

大上看向齋宮，齋宮用力點了點頭。

「你去現場！要避免事態進一步擴大，凡事以民眾的安全為優先考量！」

「知道了。」

大上拿起掛在椅背上的上衣，瞥了日岡一眼。

日岡慌忙站了起來，跑向停車場，準備去開偵查車。

（三）

加古村組的辦公室所在的住商大樓的入口，已經拉起了禁止進入的封鎖線，大樓周圍擠滿了媒體記者和看熱鬧的人。

日岡把車子停在警車後方，急忙戴上了二課的臂章。

大上已經下了車，用肩膀擠開人牆，走向在封鎖線前警戒的員警。日岡也跟了上去。年輕員警發現大上後，立刻挺直身體，對著大上立正站好。

原本站在旁邊的機動搜查隊隊員跑了過來。

「上哥，辛苦了。」

「情況怎麼樣？」

上大問。

機動搜查隊的隊員說，一個小時前，連續傳出好幾聲槍響，加古村組的人立刻在馬路上叫囂，附近居民報了警。員警趕到現場後調查發現，加古村組的招牌和大樓的牆上都有彈痕。幸好沒有人路過，並未造成任何人受傷，目前正在追查開槍逃離現場的那輛白色轎車。

大樓的一樓是停車場，二樓是加古村組的辦公室，三樓和四樓是感覺很可疑的酒店和麻將館。雖然日岡覺得幫派開的店，應該沒有人敢上門，但黑道似乎有黑道的生存方式。

日岡和大上走過鑑識人員身旁，一起上了樓，二樓的怒罵聲更清晰地傳入耳朵。

大上左手按著巴拿馬帽，推開員警擠了進去。日岡也跟在他的身後。

大上看著擋在門口的幫眾中年紀最大的那個人，規勸他說：

「野崎，你別激動。」

他是加古村組的太子野崎康介。瘦瘦的臉上戴了一副焦糖色鏡框的眼鏡，頭髮用髮臘梳到腦後，穿了一套細條紋的西裝，繫著窄版領帶，簡直就像是演藝圈的落魄經紀人。

野崎微微撇著兩片薄唇，似乎覺得遇到了麻煩人物。

那些激動的小混混從野崎身後擠過來，伸手準備去推大上。

「你想幹嘛！閃開！」

日岡急忙想要擠出前面擋住，但還沒有走出去，野崎就甩了小混混一記耳光。

「給我閉嘴！」

小混混摸著挨打的臉頰，一臉困惑，似乎不知道自己為何被打，但還是乖乖地退了下去。

野崎站在大上面前，用手指推了推鏡框。

「上哥，我們是受害人，沒理由這麼對待我們吧？簡直就把我們當成是加害人了。」

野崎雖然努力克制，但聲音還是難掩怒氣。

大上用平靜的聲音回答：

「我們很清楚，你們是受害的一方。」

大上瞥了一眼那幾個氣鼓鼓的幫眾，對野崎說：

「可不可以先處理一下這些吵鬧的傢伙？外面都可以聽到他們的叫囂，民眾都很害怕。如果你們不聽勸阻，就要以違反噪音管制法逮捕你們。」

野崎咂著嘴，用眼神制止了身旁的幫眾。幫眾很不甘願地散開了。大上轉頭命令制服員警在辦公室外待命。

加古村組的辦公室看起來很普通，像教室般大小的空間用長台隔成兩半。長台的後方有三張辦公桌，前方入口旁是會客空間。用布簾隔開的會客空間內放了一組小型沙發和沙几。最後方有一張黑檀木的大桌子，上方掛著幫徽的匾額。如果沒有這塊匾額，應該很多人不知道這裡是幫派的辦公室。

大上和野崎隔著茶几，在沙發上坐了下來。日岡站在大上身後。

大上張開雙腿，微微前傾地看著野崎的臉。

「到底發生了什麼事？」

大上問，野崎把頭轉到一旁，翹起二郎腿，把手肘架在沙發的扶手上，托著臉頰，只有兩眼看著大上。

「我也不知道，聽到槍聲後，幾個年輕人跑出去察看，就變成這樣了。」

「你知道是誰開的槍嗎？」

大上把菸放在嘴上時發問，日岡立刻從後方為他點菸。

「不知道。完全搞不懂……」

野崎噘著嘴，小聲嘀咕道。

站在野崎身後的一名幫眾用外面也可以聽到的大聲吼道：

「當然是尾谷組的傢伙啊！」

另一名幫眾也插嘴說：

「柳田因為里子酒店的事被殺，他們懷恨在心，所以來找我們麻煩。」

「少囉嗦！閉嘴！」

野崎脫下一隻鞋子，丟向身後的幫眾。

室內鴉雀無聲。

「加古村——」大上吐了一口菸問：「目前人在哪裡？」

「老大昨天去京都了。」

野崎穿上幫眾遞給他的鞋子，淡淡地回答。

「去京都有什麼事？」

大上立刻追問。

野崎沒有回答，慢條斯理地從西裝胸前口袋裡掏出洋菸，用登喜路的打火機點了菸。

「總之，可不可以請你們趕快離開？你們也看到了，我們現在很忙。」

「野崎，從昨天到今天清晨，你人在哪裡？」

野崎吐了一大口菸，看著大上說：

「我在家睡覺，有什麼事嗎？」

聽他的語氣，就知道他在裝糊塗。野崎知道要町的開槍事件。

大上在菸灰缸裡捻熄了香菸站了起來。

「那好，今天我就先離開。」

大上重新戴好巴拿馬帽，用眼神向日岡示意。

日岡搶先走過去開了門，等大上走過來。

大上在門前停下腳步，轉過頭說：

「如果繼續聽到槍聲——野崎，到時候你就要做好心理準備。」

「是嗎？你敢對尾谷說同樣的話嗎？」

大上和野崎互瞪著，交錯的視線幾乎迸出火花。

當室內的空氣緊繃到極限時，聽到有人衝上樓梯的聲音。抬頭一看，是剛才的機搜隊員。

隊員看到大上，快步走過來向他咬耳朵。大上臉色大變。

「真的嗎？」

隊員點了點頭，壓低聲音說：

「請你立刻和分局聯絡。」

隊員報告完畢後就走了，日岡小聲地問：

「發生什麼事了？」

聽到日岡的問話，大上大聲地說：

「就在剛才，尾谷組的幹部備前芳樹的住宅遭人開槍。」

日岡驚訝地看著大上。

大上之所以大聲說話，應該是要說給身後的野崎聽。在這個時間點遭人開槍，顯然是加古村組的報復。

日岡看向身後的那些幫眾，每個人臉上都露出冷笑，故意噘著嘴，把頭轉到一旁。

野崎在身後大聲地說：

「看來哪裡都很忙啊。」

那些幫眾大笑起來。

大上緩緩轉過頭，瞪著那些人說：

「你們就趁現在多笑幾聲。」

他的聲音低沉，很有威嚴。

大上把手放在日岡的肩膀上，用下巴指向樓梯的方向。

回到停在路邊的車上，大上立刻用無線電和齋宮聯絡。

打開無線擴音器，傳來齋宮嚴肅的聲音。根據機搜隊回傳的消息，上午九點左右，備前住家遭人開槍。雖然備前和他太太在家，但並沒有受傷。

目前，一課和二課提前召開共同偵查總部會議，在擔任行動指揮的副局長指示下，一課負責柳田孝刺殺事件的查訪工作，並向相關人員瞭解情況，二課負責針對開槍事件，向尾谷組和加古村組的幹部和幫眾蒐集線索。

「大上班負責尾谷組的監視警戒工作，土井班負責加古村組。土井班已經前往加古村組，瀨內和高塚正前往備前的住家。阿上，你馬上去尾谷組的辦公室。」

齋宮認為，一連串的開槍事件很像是尾谷組和加古村組的相互報復。為了避免事態擴大，希望大上去勸說尾谷組的太子一之瀨。

「阿上，拜託你囉。」

齋宮不等大上回答，就匆匆掛斷了。

大上把無線的通話機放回原位，看著前方說：

「你也聽到了，馬上去尾谷的辦公室。」

日岡用力踩下油門，鳴響了便衣警車的警笛。

（四）

附近的閑靜住宅區陷入一片喧嘩，可以看到負責警戒的警車和機動隊員的身影。殺氣騰騰的幫眾聚集在尾谷組辦公室門口，至少有二十人。他們都擠到了門外，東張西望，觀察周圍的情況。

日岡把車子開到辦公室前方，幫眾立刻圍了上來，似乎隨時準備打架。

大上下了車，對圍過來的幫眾大吼：

「你們在大馬路上吵什麼！不是會造成民眾的困擾嗎？趕快進屋去！」

幫眾一看到是大上，紛紛退下了。

日岡站在大上前面為他開路。

走進大門，一個身穿西裝的中年男人跑了過來，彎下身體，雙手放在腿上，默默地鞠躬。

「喔，矢島，一之瀨在裡面嗎？」

矢島隆弘——日岡想起了他的資料卡。他是尾谷組的資深幹部，在第三次廣島大火拼事件中，槍殺了五十子會的幹部，被判處二十年有期徒刑，兩年前才剛刑滿出獄。

矢島抬起臉，點了點頭說：

「太子在裡面。」

說完之後，他再度彎下腰，伸出一隻手，請大上和日岡進去。

隨矢島走進辦公室，發現一之瀨坐在沙發上抽菸，身後有五、六名幫眾正在等候指示。

一之瀨看到大上後，把嘴裡的菸捻熄，緩緩起身鞠了一躬。

「辛苦了。」

他的聲音很平靜。雖然眼前發生了緊急狀況，但他仍然鎮定自若。日岡不由地對他感到佩服，但看到桌上的菸灰缸後，似乎看到了一之瀨內心的焦慮。菸灰缸裡堆滿了一之瀨抽的Hi lite菸菸蒂。

大上在對面的沙發上坐了下來，日岡坐在他旁邊。剛才聚在門外的幫眾也都跟了進來，將近四十個男人讓室溫也似乎變高了。

「守孝——」

大上叼著菸說道，日岡遞上了火。

「事情鬧很大啊。」

大上吐著煙，嘆了一口氣。

一之瀨看著地上，轉過頭咂著嘴。

「加古村那傢伙竟然做這麼無恥的事。」

「備前在幹嘛？」

「他揚言要把加古村組的人都殺光。雖然我下令手下去安撫他，但不知道能撐多久。」

一之瀨憤怒地瞪著半空，然後將視線移向大上，探出身體說：

「上哥，這次的事，是他們先挑釁。我接到電話時，你在旁邊應該聽得很清楚。」

日岡驚訝地看向大上。

第一起開槍事件發生在今天凌晨四點左右，原來那時候大上和一之瀨在一起喝酒。難怪大上知道柳田孝的死亡事件和要町的開槍事件無關。

大上默默點了點頭，說了聲：「我只是確認一下。」然後要求一之瀨說明詳細的情況。

一之瀨咬牙切齒地說明了一連串發生的事。

事情的起源是加古村組的幹部和山靖把備前開的酒廊裡的小姐挖走了。備前經營的「瀟灑」酒廊在尾谷組的地盤內，在赤石大道上也是數一數二的高級酒廊。

和山挖走的那個小姐名叫那美，進「瀟灑」才半年。年紀二十一歲，再加上姿色艷麗，轉眼之間，就成為店裡最受歡迎的紅牌小姐。和山把店裡最賺錢的小姐挖走了。

備前得知消息後，約了和山在他常去的酒吧見面。兩個人都帶著手下，準備在要町的那家酒吧談判。

和山做事情太不上道，備前要求他放過那美，但和山顧左右而言他，堅稱那美跳槽和自己無關，是她自己的決定。

時間慢慢過去，雙方的談話始終沒有交集。

備前曉以大義，試圖藉由談判解決這件事，但在天亮之前，和山手下的一句話激怒了備前。

——雖然你有模有樣地說大道理，但我看尾谷組的氣數也差不多了。

對方羞辱自己的幫派，備前當然不可能充耳不聞。

「幹！你敢再說一遍！」

備前怒不可遏地大罵道，雙方立刻陷入了混戰。

兩方人馬總共有六個人打成一團。

五分鐘後，發生了開槍事件。

正當店內打得不可開交時，尾谷組的一名手下衝了進來。這個名叫阿實的年輕人臉色鐵青，上氣不接下氣地大喊著，阿孝被人捅了。然後告訴其他人，阿孝在里子酒吧和加古村組的人發生爭執，走出酒店時遭到暴徒攻擊。

「是加古村的人刺殺阿孝！」

阿實說完這句話，整家店內鴉雀無聲。備前打破了寂靜。

「你們這些畜牲，我不會讓你們活著離開！」

和山與他的小弟發現情況不妙，被備前的氣勢嚇到了，慌忙逃走了。

備前率領小弟緊追不放。

追到大馬路上，在即將追上和山等人時，加古村組的年輕人狗急跳牆，轉頭向他們開槍。備前等人也不甘示弱，拔槍應戰。雖然雙方沒有人受傷，但附近民眾聽到槍聲都害怕不已，四周陷入了一片恐慌，警方接獲通報後，立刻派員警趕到現場。

大上面不改色地聽著一之瀨說明這些情況，他應該早就掌握了大致的情況。

日岡在腦海中整理著剛才聽到的內容。

齋宮率領的偵查總部不顧大上的反駁，認定第一起開槍事件是尾谷組對柳田遇刺進行的報復行動，但事實並非如此。如果一之瀨所說的情況屬實，事情的起源是因為加古村組的人挖走了酒店小姐，也是加古村組的人先開了槍。

大上在今天早上的偵查會議中提出質疑，尾谷組不可能為了一個還沒有結拜的小囉嘍遇刺，這麼快就採取報復行動。也許因為他瞭解內情，所以才會提出這樣的質疑。

一之瀨握緊了放在腿上的雙手。

「加古村的人之前就不斷挑釁，不僅闖入我們的地盤，而且還試圖賣安毒，但我一直忍耐，不希望事情鬧大。因為在老大回來之前，我不能輕舉妄動——我一直這麼告訴自己，所以都咬牙忍下來了。即使加古村恩將仇報，我也都忍下來了。但是——」

一之瀨的聲音因為憤怒而顫抖。

「既然他汙辱尾谷組，我就忍無可忍了。加古村——既然這麼不上道，即使拚了命，也要幹掉他！」

聽到一之瀨打算親手消滅對方，大上立刻規勸說：

「守孝，我完全瞭解你的心情。但是……你肩負了繼承尾谷組的重要使命，你怎麼可以這麼衝動？一旦真的打仗，你絕對會成為頭號目標。而且，萬一你遭到逮捕，加上之前的刑期，要坐十年的牢，所以我勸你要冷靜。」

一之瀨皺著眉頭，不甘示弱地說：

「上哥，黑道靠面子吃飯。小姐被挖走了，還有人汙辱我們幫派，你還叫我繼續忍耐嗎？我們要怎麼繼續在道上混下去？更何況——」

一之瀨加強語氣說道：

「即使我能夠忍耐，年輕人也忍不下去了。尾谷組的人都把幫派的名譽看得比自己的生命更重要。」

聽到一之瀨這麼說，日岡想起大上之前告訴他的事。

尾谷組是少數精銳主義，成員雖然不多，但從上到下都很有膽識，只有重義氣，肯繼承尾谷憲次意志的人才能加入。幫眾都接受了尾谷薰陶，不可能坐視他人汙辱尾谷組這塊招牌。

「還有，」一之瀨瞪著大上說：「阿孝雖然還沒有正式結拜，但他是我們的兄弟。自己的兄弟遭到殺害，怎麼可能不報仇？」

大上默默聽他說完後，閉上眼睛，靠在沙發上。室內一片沉默。

大上似乎對自己的想法很滿意，點了點頭，睜開了眼睛，把臉湊到一之瀨面前，小聲地說：

「那好，我不會讓你面子掛不住，給我一點時間。」

一之瀨露出訝異的眼神看著大上的臉。

「你想要怎麼做？」

「反正交給我就對了。」

大上站了起來，看著日岡說：

「喂，走囉。」

不等日岡的回答，大上就走向出口。

一之瀨在背後叫住了他。

「上哥！」

大上轉過頭。

一之瀨低聲問他：

「你說給你一點時間，要多久？」

「一個星期。」大上說完之後，想了一下，又繼續說道：「不，五天就夠了。在期限之前，你管好你的手下，讓他們不要造次。」

「三天。」一之瀨不加思索地說，「我等你到後天，但不能繼續等下去了。」

大上凝視著一之瀨的臉，靜靜地點了點頭。

「沒問題。」

大上轉過身，日岡也跟在他身後。站在辦公室水泥地空間關心事態發展的幫眾也都散開，為大上讓路。

當大上走向出口時，所有幫眾都向他鞠躬。

第五章

——日誌

昭和六十三年六月三十日。

上午十點。大上班偵查會議。

上午十一點。開偵查車和大上班長一起去鳥取監獄。

下午三點。抵達鳥取監獄，和尾谷組組長尾谷憲次面會。

[redacted]（刪除兩行）

晚上八點多。回到吳原，直接前往尾谷組辦公室。

[redacted]（刪除一行）

（一）

看到北房交流道的標誌後，日岡把車子駛向右側車道，隨著車流，從岡山高速公路轉入了中國高速公路。

「再兩個小時應該就可以到了。」

日岡邊開車邊說道。

「如果沒有遇到車禍或塞車的話。」

坐在副駕駛座上的大上看著窗外回答。

一上高速公路，天氣就不太穩定，似乎隨時會下雨。

日岡和大上正趕往鳥取監獄。他們從吳原經過山陽道，來到岡山後，在北房交流道從岡山高速公路轉入中國高速公路，然後在津山交流道沿著五十三號國道南下進入鳥取市區。

三天前發生的尾谷組準幫眾柳田孝刺殺事件，以及加古村組和尾谷組之間的槍擊事件引發輿論嘩然。全縣最大的地方報《安藝新聞》在事件發生的翌日六月二十八日的早報上，以「吳原市幫派會再度爆發火拚嗎？」為題，大篇幅報導了這兩起事件。

廣島縣警認定連續發生的兩起開槍事件是幫派分子之間的火拚，在吳原東分局成立了「吳原市幫派火拚事件特別偵查總部」，在翌日二十九日上午八點，以違反槍炮刀械法的嫌疑，同時搜索了加古村組和尾谷組的辦公室。

但是，所有的幫派分子身上都沒有任何武器，在兩個幫派的辦公室都沒有搜到任何有助於佐證嫌疑的證據。雙方應該察覺到警方的動向，把槍枝藏去其他地方。警方從加古村組的辦公室沒收了幫眾名冊和兩把木刀，從尾谷組搜到了一把古董火繩槍。

在同時搜索撲空後，大上在偵查會議上向高層提出了一項作戰方案，以上早稻二郎強行綁架事件借力使力，把加古村組逼入絕境。

上早稻應該已經遭到滅口。之前因為開槍事件，導致聲請苗代等人的逮捕令一事暫時擱置，不妨立刻聲請逮捕令，在逮捕後進行偵訊，無論如何都要讓凶手說出上早稻的屍體位置，以共謀強行綁架和遺棄屍體的罪行逮捕組長為首的所有幹部。

「一個巴掌拍不響，只要摧毀其中一方，火拼自然就不會發生。」

大上在整排幹部表前表達了自己的主張。

「如果他們還是不招供呢？」

齋宮插嘴問道，大上微微揚起嘴角說：

「到時候，就用隨地小便之類的理由，把所有幹部都抓起來，反正不怕沒理由逮人。土井，你說對不對？」

被點到名的土井班長垂著嘴角，抱著手臂看著半空。他以前在縣警四課時負責仁正會，在仁正會旗下的五十子會和五十子會旗下的加古村組人面都很廣，聽說加古村組內有他的線民。

高層無法苟同不是對鬧事的雙方各打五十大板，而是袒護尾谷組的做法，但副局長裁示，預防火拼事件發生是當務之急，於是將偵查重點放在有明確犯罪事由的加古村組的相關搜索上，立刻聲請了苗代等人的逮捕令。

沒想到，偵查員前往逮人時，卻沒有抓到嫌犯。苗代等人在開槍事件的前一天就躲了起來，這三天都沒有回家，也沒有去幫派的辦公室。偵查總部雖然全力追查苗代等人的行蹤，目前並未掌握有力的線索。

日岡緊握方向盤，用眼角窺視副駕駛座。大上看著遠方，默默地抽著菸。

我不會讓你面子掛不住。大上向一之瀨掛保證至今已經過了三天，今天是最後期限。大上做夢也沒想到，苗代幾名綁架的人竟然會藏匿無蹤。

昨天，大上接獲唐津的報告，目前查不到苗代等人的下落，臉上充滿了憤怒和困惑。

日岡對唐津的報告也無法釋懷。

槍擊事件當天，在大上班的偵查會議上決定要逮捕苗代等人，他們就在當天消失無蹤。這是巧合嗎？

「我去上廁所。」大上走出會議室，日岡追了上去，問大步走在走廊上的大上：

「苗代他們為什麼會在槍擊事件的前一天躲了起來？」

大上停下腳步，把臉微微轉向日岡。

「你想說什麼？」

苗代等人在四月中旬綁架了上早稻。大上在日岡報到的第一天，也就是六月十三日，在柏青哥店的停車場嚇唬他。照理說，他很早就可以躲藏起來了，為什麼現在才躲藏？

「在警方決定逮捕他們的那一天剛好不見了蹤影，時機不是太巧了嗎？」

大上冷笑一聲，語帶不滿地說：

「不愧是大學生啊，你也注意到了。」

大上今天提到「大學生」時的語氣和平時不同，帶著輕蔑的諷刺。

大上在廁所前停下腳步，斜斜地看著日岡說：

「這代表那裡有狗。」

狗——難道土井班內有把偵查情報透露給幫派的內鬼嗎？

日岡心情複雜地咬著嘴唇。

大上罵那些把消息透露給加古村組的人是狗，但如果是聲請逮捕尾谷組成員的逮捕令呢？大上會採取什麼態度？他是不是也會把消息透露給一之瀨呢？

日岡雙手握緊拳頭。

——無論是黑狗還是白狗，都是狗。

大上伸手握住了廁所的門把，日岡終於回過神，叫住了大上。

「和一之瀨約定的時間只剩下明天了，大上先生，你打算怎麼辦？」

逮捕苗代等人，順藤摸瓜，解決幫派的火拼——這個計畫已經落空了，很難在一天之內解決目前的情況。如果大上無法遵守約定，一之瀨會怎麼做？他會無視大上的制止，和加古村組全面開戰嗎？果真如此的話，和日本最大的黑道組織明石組關係良好的尾谷組，和加古村組之間的對決，很可能會把與加古村組關係良好的五十子會，以及更高階的仁正會也一起扯進來，進而發展為大規模的火拼事件。

大上沉默片刻，轉頭看著日岡說：「等我撒完尿再考慮。」然後用力推開廁所門走了進去。

（二）

在津山交流道下了高速公路，進入了五十三號國道，過了河之後，就一路往鳥取市前進。

日岡在上午的偵查會議中，才接獲大上的指示，得知要去鳥取監獄。

「會議結束之後，我打算去鳥取監獄。」

大上對齋宮說完後，用大拇指指著日岡說：

「由他負責開車。」

所有偵查員都露出訝異的表情看著大上。齋宮問他，目前火拼事件的危機一觸即發，為什麼要去鳥取監獄？

目前還無法立刻抓到苗代等人。雖然只是準幫眾，但一之瀨對於手下的人遭到殺害，不知道能忍到什麼時候。

「所以，我要去見能夠壓制一之瀨的人。」

齋宮臉色大變。

「你要去見尾谷憲次嗎？」

日岡聽到齋宮小聲嘀咕的這個名字，終於恍然大悟。之前聽說尾谷以殺人罪的同謀共同正犯正在服刑，還有三個月將出獄，的確只有尾谷能夠制住一之瀨。

「一之瀨應該願意聽他老大的話。」

齋宮眉頭深鎖，抱著雙臂。照理說，必須由警察壓制幫派，但如今警方無法壓制，只能尋求服刑中的幫派老大協助，這件事讓他感到屈辱嗎？齋宮想了片刻，可能認為這是壓制一之瀨的唯一方法，靠在椅子上重重地吐了一口氣之後，命令大上立刻去見尾谷憲次。

「我會打電話給鳥取監獄的典獄長。」

日岡來到吳原東分局之後，曾經熟讀了縣警搜查四課彙整的尾谷組相關資料。

日岡握著方向盤，在腦海中回想著描寫尾谷憲次的內容。

尾谷憲次大正九年（一九一七年）在吳原市出生，十五歲時，和戰前在廣島最有勢力的賭博大老長谷川正五郎結拜，成為長谷川一家的手下。之後，日中戰爭爆發，他在二十歲時被徵召入伍，被送往滿州——目前的中國東北部。太平洋戰爭結束時，尾谷在南方，長谷川正五郎在廣島被投下原子彈時死亡，大部分幹部不是戰死，就是遭到原子彈的輻射，長谷川一家也形同解散。

昭和二十一年（一九四六年），尾谷復員回國後，得知幫派已經滅亡，回到了老家吳原，設立了只有八名成員——大部分都是以前長谷川一家的成員——的尾谷組。

在尾谷組成立的四年後，尾谷在黑道之間聲名大噪。

昭和二十五年（一九五〇年），吳原因為朝鮮戰爭的特需而變得熱鬧起來。在戰後的貧困和混亂中，出現了大大小小、各式各樣的黑道幫派，其中，販售非洛芃的大西組，和掌管當地賭場的三和一家——也就是之後的五十子會，成為吳原的兩大幫派。這兩大幫派為了爭奪地盤發生衝突，演變成造成三人死亡的火拼事件。

保持中立的尾谷為了協調兩大幫派，拜訪了備後的權威衣笠義弘。衣笠是尾谷以前的老大長谷川正五郎的結拜弟弟，以輩分來說，算是尾谷的叔叔，他率領的衣笠組在廣島第二大城市福中市是歷史悠久的幫派組織。

衣笠答應了尾谷的拜託，出面為大西組與三和一家的火拼調停，但也因此在吳原和福中之間埋下了新的禍根。

火拼雖然結束，在雙方握手言和之後，衣笠想要與三和一家總長的三谷和重結拜為兄弟。大西組組長大西玄太得知後大力反對，因為一旦衣笠成為三和一家的後盾，彼此的力量就會失衡，如果日後再度發生火拼，大西毫無勝算，早晚會被消滅掉。衣笠是不是一開始就打算掌握吳原？

這和原本談的不一樣。大西去找居中協調的尾谷理論。

尾谷得知衣笠的盤算後，立刻前往福中，說服衣笠打消和三谷結拜的念頭。

然而，衣笠沒有接受尾谷的說服，反而把他痛罵一頓，說你這種小鬼竟然敢對我這個叔叔輩的人說三道四，太狂妄了。尾谷被衣笠丟過來的菸灰缸砸到了額頭，受了傷。

尾谷咬牙忍耐，拚命拜託，徹底遵守了黑道的分際。

但是，和尾谷一起前往衣笠組的手下成田幹也對衣笠的行為感到憤慨。在黑道的世界，仲裁的人絕不可以偏袒某一方。看到衣笠不顧仁義，不僅羞辱自己的老大，而且還讓老大受了傷。成田下定決心，一定要做一個了斷。

當天的談話沒有結果，尾谷等人回到了吳原，但成田在翌日獨自前往福中。

成田在深夜潛入衣笠的家中，用匕首抵著正在睡覺的衣笠，逼他切下自己的手指，向他的老大尾谷道歉。他可能擔心會引發全面的火拼，所以並沒有打算取衣笠的性命。

衣笠的手下聽到動靜後，抓住了成田，以慘絕人寰的方式凌遲他。奄奄一息的成田被丟在貨車的車斗上，由衣笠組的幫眾開車送回吳原，結果在半路上就斷了氣。成田的屍體故意被丟在尾谷家的門口示眾。

尾谷得知消息後，不顧小弟拚命勸阻，隻身前往福中，逼衣笠引退。

最後，衣笠當場表明願意引退，並切下手指向尾谷道歉。尾谷在身上綁了炸藥——以不畏死的決心制服對方。他不怕死地衝進敵營，終於讓對方屈服的膽量，成為黑道廣為傳頌的佳話。

日岡看了縣警的調查資料，仍然不瞭解尾谷到底使用了什麼魔法。照理說，尾谷和衣笠見面時，應該有很多衣笠組的成員在場，當然也會對他嚴格搜身。為什麼尾谷可以把炸彈綁在身上進入衣笠組的辦公室。

他忍不住問了之前一直感到納悶的問題。

「昭和二十五年時，尾谷不是曾經逼退衣笠組的組長嗎？當時，衣笠組為什麼沒有對尾谷搜身？」

「突然問這個，是怎麼回事啊？」

大上看著日岡問。

「我之前看了縣警的資料，尾谷在小弟遭到殺害後，不是獨自前往衣笠組嗎？結果成功地讓衣笠屈服……」

「喔，你是說炸藥事件。」

「我搞不懂，雖然他把炸藥藏在身上纏的白布下，但衣笠組的人為什麼讓帶著炸藥的尾谷去見組長？」

大上坐在副駕駛座上放聲大笑起來。

「你這傢伙真奇怪，竟然對這種陳年往事……」

「不，我只是好奇而已。」

大上恢復了嚴肅的聲音說：

「你有沒有看過準備赴死的人？」

日岡想了一下，想不到任何人。

「沒有。」日岡回答，大上好像想起什麼似地用力嘆了一口氣說：「誰都不敢靠近準備赴死的人，更不敢去碰他的身體。」

日岡看著地圖確認道路，沿著河岸開著車。

「大上先生，你為什麼會當警察？」

日岡看著前方問道。

大上有點驚訝，稍微提高音量問：

「你今天是怎麼回事？在練習偵訊嗎？」

開長途車時，有時候會脫口說出腦海中浮現的念頭，日岡此刻就屬於這種情況。

「不，並沒有特別的理由，只是想問一下而已——」

「是喔。」大上懶洋洋地回答後，日岡用眼角的餘光捕捉到他看向窗外。

大上看著遠方的山脈片刻，突然開了口。

「我爸爸以前在滿州當警察。」

「滿州嗎？」

「對啊。」大上回答，然後又補充說：「我是在滿州出生的。」終戰後，大上在三歲時，母親帶著姊姊和他三個人一起回到日本，但他的父親被蘇聯軍關在西伯利亞，臨終之前，都沒有再踏上日本的土地。

大上回到廣島之後，在戰後的混亂中健康成長。

中學時代，他憑著柔道打響了知名度，畢業後，又進入當時被認為是不良分子聚集地的廣島北高中。他在高中時也參加了柔道社，憑著膽量和武藝，成為左鄰右舍無人不知的不良學生。

「太猛了，你是不是大哥？」

日岡語帶佩服地問，大上搖著手說：

「不是不是，我不是大哥，另外一票人中有一個大哥。」

大上不喜歡和別人成群結黨，所以和那票人保持距離，像一匹孤獨的狼，總是獨來獨往。

大上嘆著氣，似乎在緬懷當年。

「比起三餐，我更喜歡打架。只要看到那些不良學生裝模作樣，我就主動找他們打架。如果是單挑，我幾乎百戰百勝，我和他們的大哥也打了好幾次，幾乎沒有輸過——應該說，我會一直打到贏才罷休。」

大上苦笑著，點了一支菸。

大上說，只有一個人，讓他贏不了。

「你也認識那個人。」

「誰？」

日岡握著方向盤的手忍不住用力，身體微微前傾問道。

大上吐著煙說：

「以前是西高大哥的仔銀，瀧井組的瀧井銀次。」

啊——日岡輕輕叫了一聲。聽到大上這麼說，他恍然大悟。大上和瀧井同年。

「我記得是二年級的時候，忘了當初是為了什麼事，總之，我決定和仔銀單挑，雙方當然都是赤手空拳。我們打了三十分鐘，他的手臂斷了，我的肋骨也斷了。拳頭舉不起來之後，就用頭相互頂對方。最後，兩個人都同時昏倒了，所以算是不分勝負。我們當時在農田裡打架，等醒來之後，發現腦袋躺在牛糞上，兩個人的頭髮上都是牛糞。從此之後，我們就臭味相投。」

日岡忍不住笑了起來。

「原來是這樣啊，所以你們現在一個混黑道，一個當警察。人生真的不知道未來會走怎樣的路。」

上大捻熄了菸，自虐地笑了笑。

「我會當警察，也是一念之差。當時我整天打架，三年級時，柔道的指導老師把我找去罵了一頓，說我既然這麼愛打架，乾脆去混黑道。我回答說，那我就去混黑道，沒想到又被臭罵了一頓，說我這種人根本不可能混黑道。想要混黑道，不能太聰明，太笨也不行，半調子的也不行。而且，只要老大說是黑色，就要把白色也說成是黑色，像我這麼魯莽冒失的人，不是被幹掉，就會坐一輩子的牢。如果不想死，就去當警察——既然老師這麼說，我又不想死，所以就當了警察。」

聽說當時整個社會經濟起飛，民間企業的薪水也不斷成長，很少人願意去當警察，許多柔道部和劍道部的老師都會物色、挖角學生去當警察，目前似乎仍然有這種傾向。

「原來是這樣。」

日岡忍著笑，點了點頭。

——我不想死，所以當了警察。

大上在說這句話時帶有自嘲的感覺，應該是感到有點不好意思，所以才故意這麼說。日岡認為，正因為大上意識到自己繼承了父親的基因，才會走上和父親相同的路。

順著道路繼續往前開，不一會兒，就看到了路標。鳥取監獄在下一個丁字路口向左轉。

順著路標前進，在河流對面的道路盡頭，就是用水泥圍牆圍起的鳥取監獄，可以看到圍牆內的監視塔。周圍都是農田，監獄後方是一片樹木鬱鬱蒼蒼的延綿山脈。

鳥取監獄的收容分類屬於B級，主要收容刑期未滿十年，犯罪傾向顯著的累犯。日岡覺得鳥取監獄感覺很沉重，不光是因為天氣陰沉的關係，更因為瞭解這座監獄的背景。

下午三點。他們比原本預計的時間稍微提早抵達了鳥取監獄。

把車子停在停車場後，走去大門。大上向警衛報上自己所屬部門後，警衛請他們出示縣警證件之後，沒有多問，就把面會用的圓形徽章交給日岡他們。應該是齋宮已經聯絡了獄方。

走進建築物內，一個身穿制服的男人從裡面走了出來。他自我介紹說姓武田，是戒護科長。

「我已經聽說了，這邊請。」

武田帶他們來到位在建築物深處的會議室。

面會時，規定必須由監獄官在一旁陪同。因為這次是為了偵辦案子進行偵訊，所以已經事先清了場。

日岡和大上坐在椅子上，在冷冰冰的會議室內等待尾谷出現。

不一會兒，門打開了。是武田。他身後跟了一個男人。男人個子不高，一頭銀髮理得很短。

——是尾谷憲次。

「尾谷，進來。」

武田說道，尾谷邁著穩重的步伐走了進來。

可能是因為資料卡上的照片是尾谷穿著和服便裝的關係，所以本人看起來比較矮，再加上穿了監獄內的工作服，感覺更加瘦小。但他的背挺得筆直，整個人看起來就像是飽經風霜的古老佛像，散發出非比尋常的威嚴。

他濃眉下的眼神銳利。從臉上深深的皺紋和抿成直線的嘴唇，都可以感受到他強韌的意志。

尾谷走去靠裡面的座位，在日岡他們對面坐了下來，武田為尾谷解開了腰繩，微微欠身後，轉身走了出去。

武田一走出去，大上立刻雙手放在桌上，深深地鞠躬說：

「老大，向你請安。」

這完全是黑道打招呼的方式。

尾谷的眼角露出笑意，也客氣地欠身打招呼。

「彼此彼此，謝謝你一直照顧守孝。」

他的舉手投足和說話的語氣都很平靜溫和，完全看不出他當年曾經在腹部綁上炸彈，隻身闖入敵營。

「這位好像是第一次見面。」

尾谷看向大上身旁的日岡，大上告訴他，日岡是最近被分到自己手下的下屬。

「雖然他還年輕，但很值得信賴。」

「喔。」尾谷瞇起眼睛，「原來就是你啊……我聽守孝說了，聽說是廣大畢業的大學生。」

日岡慌忙鞠了一躬。

「很高興見到你。我姓日岡，名叫日岡秀一。」

「秀一？」

尾谷重複了他的名字，挑起單側眉毛，停頓了一下，靜靜地說：

「原來是這樣，難怪大上先生這麼照顧你。」

又提到了自己的名字。日岡感到納悶。一之瀨和志乃的老闆娘晶子聽到日岡的名字時，也都有相同的反應。自己的名字對大上有特別的意義嗎？

他偷偷觀察大上的表情。

大上無視日岡的疑問，說了聲：「時間很緊湊。」然後就直接進入了主題。

「那我就有話直說了，加古村的事，你有沒有聽到消息？」

尾谷點了點頭，說一之瀨昨天來面會，他已經瞭解了大致的情況。

「老大，你怎麼對他說？」

尾谷靜靜地回答：

「我告訴他，他想怎麼做，就去怎麼做。」

「老大——」

大上聽到尾谷的回答，似乎感到意外，他皺著眉頭，加強語氣說：

「加古村一開始的目的就是守孝，他一直在等守孝沉不住氣之後動手。他整天找麻煩，也在你們的地盤上撒野，就是想要正面開戰。如果現在動手，不就是中了加古村的計，不，是中了加古村背後的五十子的計。」

加古村組表面上是獨立的組織，但其實是五十子會旗下的幫派。五十子的目的，就是利用加古村組挑釁，取一之瀨的性命。如果在火拼中幹掉一之瀨，就無關黑道的道義。如今，尾谷還在服刑，只要除掉一之瀨，吳原就完全落在他們手上。

即使大上說破了嘴，尾谷仍然無動於衷。

「我說大上先生，我們這一行，有人上門挑釁，就不能逃避，更何況事出有因，更沒有理由迴避。」

大上仍然不肯罷休。

「話雖如此，但不能讓守孝成為標靶，以後要由他來統治廣島的黑道。」

尾谷微微揚起嘴角，似乎表示他心裡很清楚，但隨即露出嚴厲的表情毅然地說：

「如果守孝這次死了，代表他只有這點能耐。」

尾谷應該在一之瀨身上看到了自己年輕的時候。

看到尾谷心意已堅，大上也不知該說什麼。

會議室內陷入了沉默。

大上深深地吐了一口氣，微微低著頭。

「好吧，既然老大已經說到這個地步，我也沒什麼好說了，但是──」

大上抬起頭，向尾谷的方向探出身體。

「在我完成計畫之前，可不可以再等一下？」

尾谷一臉訝異的表情摸著下巴。

大上向尾谷說明了在昨天的偵查會議上提出的計畫。他計畫利用上早稻的失蹤事件，把加古村和他手下的幹部一網打盡，摧毀加古村組。

「我無論如何，都要讓他們坐牢。」

大上雙手放在桌上，把臉湊到尾谷面前。

「老大，等你出獄之後，和五十子會之間可能免不了一戰，你應該很清楚，敵人並不是加古村，而是五十子這個混帳。只要不消滅他，吳原就不會太平。守孝應該留到那時候再上戰場，到時候，守孝是死是活──就真的聽天由命了，但是，我對守孝有信心。」

尾谷閉著眼睛，不發一語地聽著大上說話，隨即靜靜地點頭說：

「好，那我就相信你的話，再等一陣子。我會立刻派鴿子去通知守孝。」

鴿子是指監獄內部可以傳話的人。

日岡可以感覺到身旁的大上全身的緊張終於放鬆。

「謝謝，我等一下馬上去和守孝見面。」

大上鬆了一口氣，派日岡去叫監獄官。

日岡打開會議室的門，告訴等在門外的武田，偵訊已經結束了。

武田點了點頭，走了進來。

尾谷從椅子上站起來時，武田為他繫上腰繩。

大上對著尾谷離去的背影深深鞠躬。

（三）

天空下起了雨，日岡開車趕回吳原。他們在沿途幾乎沒有交談，八點多時終於回到吳原。

在即將抵達尾谷組辦公室時，日岡才放慢了速度。辦公室前的探照燈光下，停了一輛陌生的小貨車。

「好像有客人。」

日岡嘀咕道，大上默默凝視前方，目不轉睛地注視著那輛白色小貨車。

在附近停好車，站在大門前時，一個短髮的年輕小弟出來開門。他應該已經從監視器看到了他們。

「正在等兩位。」

尾谷的鴿子已經通知一之瀨，大上等一下會來這裡。日岡很驚訝鴿子傳消息的速度這麼快。

大上走進大門時問短髮男：

「誰來了？」

走在前面帶路的短髮男轉頭看向日岡他們，小聲地回答：

「野津叔叔……」

大上驚訝地提高了嗓門：

「野津？就是老大的結拜弟弟野津芳夫嗎？」

「是。」短髮男鞠了一躬，大上露出訝異的表情。

「他不是已經退出江湖了嗎？他來這裡幹什麼？」

不知道是被下了封口令，還是真的不知道，短髮男微微偏著頭，轉頭看向前方，默默帶日岡他們走向辦公室。庭院內站了不少身強力壯的男人，可能正在警戒，擔心有人上門尋仇。

短髮男靜靜打開門後，大上和日岡跟著他走了進去。

一之瀨坐在會客室的沙發上，幹部備前和矢島坐在他的兩側。一之瀨對面坐了一個留著花白短髮的男人，背對著他們。他應該就是野津。尾谷組的每個人都面色凝重，不知道是否清了場，會客室內沒有其他人。

短髮男對一之瀨說：

「大上先生來了。」

四個人同時看向他們。

野津年紀大約六十五、六歲，他的皮膚黝黑，看起來像農民，臉上的皺紋很深。

一之瀨露出笑容，向他們招著手說：

「喔，上哥，我們在等你，我已經聽老大說了。」

備前和矢島站了起來，為大上和日岡讓位。

日岡在大上的要求下，在空位上坐了下來。一之瀨和野津面對面坐著，大上和日岡坐在他們的斜對面。

短髮男離開後，大上看著野津說：

「好久不見。」

「大上兄，好久不見。」

野津欠身打招呼。

大上露出試探的眼神，輪流看著一之瀨和野津的臉。

「怎麼了？為什麼都悶悶不樂？」

誰都沒有開口，繼續保持沉默。野津瞥了日岡一眼。

大上露出笑容，故意用開朗的聲音對野津說：

「他是我手下的年輕人，也是得力助手。守孝也認識他，不必擔心。」

一之瀨對野津輕輕點了點頭。

野津似乎瞭解了，對日岡微微點了點頭。日岡在向他點頭打招呼時想，野津應該是為了不欲為人知的事來這裡。

沉默仍然持續。

大上終於忍不住，試圖讓他們開口。

「野津先生，你不是已經退出江湖了，怎麼會在這裡？」

野津可能難以啟齒，咬著嘴唇，不發一語。一之瀨也沒有吭氣。站在一旁的備前解圍說：

「野津先生得知這次的騷動很擔心，特地趕過來。」

備前的回答沒有說到重點。

「真是的——」

大上嘆著氣說：

「守孝啊，我已經下定決心要挺你了，這件事也不能告訴我嗎？」

「上哥，」一之瀨為難地開了口，「不是你想的那樣。」

大上瞇起眼睛，露出嚴厲的神情瞪著一之瀨。

一之瀨終於放棄了，重重地吐了一口氣，對備前說：

「你來說明。」

備前點了點頭，開始詳細說明情況。

野津在十五年前退出江湖，在縣北部的老家次原當酪農。從新聞中得知這次的事件後，他立刻領出所有的存款，賣了自己的牛，籌了五百萬圓的資金。他說，自己這個退出江湖的老人既不能衝去殺了對方，也不能擋子彈，只能籌措一點在火拼時會用到的資金，所以他急忙帶了慰問金過來。

低頭一看，紫色方巾包著好像磚塊的東西放在桌上。

備前說完後，野津幽幽地開了口。

「但是，無論我怎麼拜託，太子就是堅決不肯收下。」

一之瀨立刻插嘴說：

「即使是叔叔拜託，我們也不可能拿已經退出江湖的普通人的錢。」

剛才始終不發一語的矢島一臉憔悴地看著大上說：

「從剛才到現在，已經僵持了一個小時。」

他似乎希望大上做出仲裁。

原本看著膝蓋的野津抬起頭，露出哀求的眼神看著一之瀨說：

「太子，你說的話很有道理。我已經退出江湖，如果你收了我的錢，的確很沒面子，但是，大哥對我的恩情，我一輩子都還不完。當初我犯錯退出江湖時，大哥什麼話都沒說，就包給我三百萬。當時，大哥的賭運不佳，一直都沒贏錢，幫派也欠了不少錢，大家手頭都很拮据，但大哥把自己所有的家當拿去當了錢，拿了那筆錢給我，叫我回老家養牛。」

野津看著遠方，似乎在回想遙遠的記憶，眼眶中泛著淡淡的淚光。

「大哥經常說，不能給規規矩矩的老百姓添麻煩。雖然我已經退出江湖，但如果現在不報恩，我就是個混蛋，這讓我死都無法瞑目。」

野津將視線移回一之瀨身上，雙手撐著桌子，深深地鞠躬。

「太子，拜託你了。雖然我目前只能先湊到這些，但接下來我會再籌一千萬或兩千萬，請你收下。」

一之瀨用力吐了一口氣，從下方探頭看著野津的臉說：

「叔叔……請你把頭抬起來，你的心意，我完全瞭解了。」

是嗎？野津露出滿臉喜色，猛然抬起頭。一之瀨看著野津的眼睛，勸導他說：

「叔叔，你的心意，我真的心領了。我收下你的心意，但錢請你帶回去。即使老大在這裡，應該也會對你說相同的話。」

野津皺起眉頭。

「太子，你別這麼說嘛。」

他一臉快哭出來的表情。

備前露出求助的眼神看著大上，他一定很希望眼前這場沒有止境的爭執趕快結束。

大上終於看不下去，插嘴說：

「我說守孝啊，你不妨站在野津先生的立場上考慮一下。如果你是野津先生，既然已經把錢帶來了，怎麼可能就這樣收回去呢？」

一之瀨反駁說：「上哥，雖然你這麼說，但我真的不能收下。黑道有黑道的規矩。」

大上可能覺得雙方的話都有道理，他皺起眉頭，抱著雙臂，靠在沙發上。

會客室內再度陷入了沉默。

大上緩緩坐直了身體，看著低頭不語的野津說：

「野津先生，這筆錢可不可以交給我？」

日岡忍不住倒吸了一口氣，這完全違反服務規程。

野津聽了大上貿然的提議，驚訝得瞪大了眼睛。一之瀨、備前和矢島也都目瞪口呆。

一之瀨驚訝地問：「上哥，你說交給你，是什麼意思？」

大上露出無敵的笑容，向一之瀨宣布：

「我會用這筆錢把加古村趕盡殺絕！」

大上將視線從一之瀨移到野津身上，努力讓他放心。

「這筆錢，絕對不會變成死錢。」

死錢——野津嘀咕道。野津可能覺得照目前的情況，雙方會一直僵持下去，最後也許只能把這筆錢帶回去，搞不好真的會變成死錢。他露出嚴肅的表情，用力點了點頭。

「好，大上先生，那就請你好好運用這筆錢。」

大上吐了一口氣，再度看著野津的雙眼說：

「請你放心，我會運用這筆錢，讓吳原成為尾谷組的天下。」

大上單手拿起放在桌上的方巾包裹，交給了日岡。

「拿著，這是重要的錢，千萬別弄丟了。」

「大上先生！」

日岡努力克制自己的聲音，但發出的聲音仍然很尖銳。

「沒關係。」

大上說完，從沙發上站了起來，走向出口。

在尾谷組幫眾的目送下回到車上，日岡把包裹塞回大上的手上，語帶憤怒地說：

「大上先生，這也未免太過分了！」

哼——大上用鼻子哼了一聲，看著日岡，微微揚起嘴角。

「局長不是說了，預防火拼事件發生是當務之急，這筆錢就是為了達到這個目的的偵查費用。」

偵查費用——偵查要用五百萬圓嗎？

日岡說不出話，大上露齒而笑，把包裹丟向後車座，向他發出了指示。

「現在去志乃。」

「志乃嗎？」

不可能帶著這麼大一筆錢去喝酒。他去志乃有什麼事嗎？

日岡用眼神問道，大上把雙手抱在腦後，仰躺在座椅上。

「我要去播種，把他們趕盡殺絕。」

日岡聽不懂這句話的意思，凝視著大上的臉。

第六章

——日誌

昭和六十三年七月一日。

下午三點。在東分局向『日之丸』柏青哥店的店員菅原信二瞭解情況，證實他曾在兩年前遭到加古村組的幫眾吉田滋的暴力、威脅，受理了菅原的報案。

＝＝＝＝＝＝＝＝＝＝＝＝＝＝（刪除一行）

晚上十一點半。在「小料理屋　志乃」遇見吉田滋。

＝＝＝＝＝＝＝＝＝＝＝＝＝＝＝＝＝＝＝＝＝

＝＝＝＝＝＝＝＝＝＝＝＝＝＝

＝＝＝＝＝＝＝＝＝＝＝＝＝＝＝＝＝＝＝＝（刪除三行）

（一）

在約定的十一點來到志乃時，已經打烊了。從店旁的小巷走進去，輕輕敲了敲後門。晶子可能已經等候多時，門立刻從裡面打開，她從門縫中探出頭。

晶子確認是他們後，迅速向周圍張望了一下，讓日岡和大上進入店內。

「不好意思，給妳添麻煩了。」

大上一臉抱歉，右手摸著巴拿馬帽，微微欠了欠身。晶子輕聲笑了起來，搖了搖頭說：

「我沒關係啦，你不要這麼見外。來，趕快工作、趕快工作。」

晶子推著大上的背說道。大上按照原本的計畫，走去二樓的包廂，日岡躲在樓梯下方。晶子在一樓的吧檯內坐了下來。

十一點半。約定的時間到了。日岡看著手錶，屏息斂氣地等待著。

不一會兒，就聽到了有人敲店門的聲音。坐在吧檯內的晶子向日岡使了一個眼色後站了起來。「來了。」她用嬌媚的聲音應道，打開了拉門。日岡躲在樓梯後方看著店門口。

一個男人鑽過已經收進來的布簾，帶著得意的笑容走了進來。他的年紀不到四十歲，五官輪廓很深，看起來像混血兒。用髮臘固定的頭髮梳向腦後，花俏的開襟襯衫胸前戴了一條金項鍊。此人正是他們等待已久的造訪者——加古村組的吉田滋。

晶子把手放在吉田的胸前，故作嬌媚地說：

「吉田先生，不好意思，這麼晚把你找來。」

吉田摟著晶子的肩膀，把臉湊向晶子，距離近得幾乎可以感受到彼此的呼吸。

「別這麼說，我伸長脖子等待妳哪天答應我的邀約。」

毫不知情的吉田還以為追求已久的晶子終於答應自己了。

昨天晚上，大上離開尾谷組的辦公室後，立刻來到志乃。大上在中途用公用電話聯絡，晶子會在打烊之後，在店裡等他們。

大上和日岡坐在吧檯前，晶子把兩個杯子放在他們面前，為他們倒了啤酒。日岡也拿起啤酒瓶，點頭示意後，為晶子的杯子倒滿了酒。

「謝謝，那我們來乾杯。」

乾杯後，晶子喝了半杯酒，用手掩著嘴問：

「你說有事要拜託我，是什麼事？」

大上一口氣喝完杯子裡的啤酒，大聲打了一個嗝。

「加古村組的人中，有沒有人對妳有意思？」

晶子聽了大上突如其來的問題，訝異地皺著眉頭說：

「為什麼突然問這件事？也不是沒有人追我。」

「妳應該也知道尾谷組和加古村組的事吧？」

晶子點了點頭。

「是不是指開槍事件？報紙和新聞都大肆報導。」

本地電視台在傍晚的新聞中，報導了縣警搜查四課課長的記者會，報紙上早就開始連載消滅黑道幫派運動的相關消息。

大上告訴晶子，目前事態緊急，如果不趕快解決，很可能發展為幫派之間的火拼，到時候會影響普通民眾的生活。

「在吳原金融當會計的上早稻今年三月失蹤了，是加古村組的人幹的，苗代和幾個人下的手，我們已經掌握了證據。」

大上把手肘架在吧檯上瞪著前方。

「東分局打算利用上早稻失蹤事件，把加古村組的幹部一網打盡。只要把那些幹部抓起來，那些小弟就像是丟進鍋子的章魚，想逃也無處可逃了。那些幹部一定會服刑多年，加古村組等於實質解散了。」

大上說到這裡，把臉轉向晶子。

「但是，關鍵的苗代等人躲了起來，而且加古村組的人這次口風都特別緊，即使正面迎戰，也無法解決問題。」

大上說到這裡，晶子似乎已經瞭解了一切，她看著大上說：

「你是要我把加古村組內對我有意思的人約出來，對嗎？」

「妳真機靈。」

大上揚起嘴角笑了起來。

晶子想了一下，說出了幾個人的名字。大上挑選了其中一人。

「那就找吉田滋，他向日之丸柏青哥店的獎品換現金處收保護費，欠了日之丸不少情，選他太合適了。吉田又是掌管吳原金融的野崎的小弟，和出入日之丸的苗代交情也不錯，他一定知道有關上早稻失蹤的線索。」

大上請晶子明天晚上十一點半約吉田來店裡，說有事要和他商量。

「吉田來這裡後就交給我們。我在二樓包廂等，等他來店裡，妳只要帶他上來就好。」

日岡不發一語地聽身旁的大上說完後，問了一個腦海中浮現的疑問。

「為什麼不去分局的偵訊室偵訊他？不是可以找到很多理由抓他嗎？」

大上用眼角瞪了日岡一眼，輕輕咂著嘴說：

「你這個笨蛋！怎麼可能在分局裡做違法的事！」

日岡驚訝地看著大上問：

「你該不會打算違法偵查？這——」

大上用強烈的語氣打斷了他的責備。

「你什麼都別說，在一旁看著就好，我會搞定。」

「但是──」

晶子原本在一旁聽他們說到這裡，靜靜地站了起來，拿起吧檯內的電話，看著手上的通訊錄，按了電話的按鍵，但沒有說話。幾秒鐘後，就掛上了電話，電話鈴聲馬上就響了。

「你好，這裡是志乃。」

晶子接起電話。她轉頭看著大上，露出了笑容。

「啊，吉田先生嗎？不好意思，這麼晚聯絡你，你是不是在忙？」

日岡微微站了起來。對方是吉田。晶子剛才應該打了他的呼叫器。

「嗯，是啊，我遇到了一點麻煩，我想你應該可以幫我解決。」

晶子在電話中說，因為不想被別人知道，所以約他一個人來店裡見面。

「真的嗎？」

晶子露出興奮的表情。

「那明天晚上十一點半，我等你，拜託了。」

晶子叮嚀他一定要一個人來後，掛上了電話，然後對坐在吧檯前的大上露出得意的笑容。

「這樣就沒問題了吧？」

大上滿意地點了點頭。

「很好，我看妳從明天開始，別在小酒館當老闆娘了，乾脆去當演員。」

計畫已經開始進行，無法後退了。

大上拿起放在吧檯上裝了五百萬的包裹，遞到低著頭，滿臉無法釋懷的日岡面前。

「我會不擇手段，把加古村組那些壞蛋趕盡殺絕。即使讓吉田滋見血也無所謂。」

日岡猛然抬起頭，看著大上。

大上到底想幹什麼？

日岡用眼神發問，但大上沒有回答，露出無敵的笑容。

（二）

「我在等你。不好意思，這麼晚約你過來。」

晶子用撒嬌的聲音向吉田道歉。吉田不知道自己已經踏進陷阱，一臉色瞇瞇地說：

「既然是媽媽桑有事要找我，我怎麼可能不來呢？妳找我有什麼事？」

晶子推開吉田放在他肩上的手，把拉門鎖了起來。

「我是說了，不想被別人聽到嗎？所以也不想被人打擾，我們去二樓慢慢聊……」

晶子按照原本的計畫，請吉田去二樓。吉田完全沒有起疑心，邁著輕快的腳步走上二樓。大上等候的那間包廂的門打開，隨即聽到吉田的驚叫聲。

「這是怎麼回事？你怎麼會在這裡！」

日岡從樓梯下方衝了出來，跑上二樓，走進包廂後關上了門，擋住退路，避免吉田逃走。

吉田轉過頭，輪流看著日岡和晶子的臉，然後心灰意冷地地聳了聳肩。

「搞什麼嘛，原來是上哥找我有事。」

大上背對著門盤腿而坐抽菸，仍然戴著巴拿馬帽。他沒有回頭，對著天花板吐了口煙。

「阿滋，不好意思，把你找來這裡，你坐下吧。」

大上用菸指著靠內側的座位。在警察局的偵訊室偵訊也一樣，會要求嫌犯坐在最不容易逃走的內側座位。晶子應該已經按照昨晚討論的結果，把紙窗外的遮雨窗鎖好了。

吉田可能發現已經無處可逃，不甘不願地在矮桌對面坐了下來。他一臉不悅地問：

「你竟然透過媽媽桑約我來這裡，到底有什麼事？如果你有事找我，不需要這麼麻煩，去我們的辦公室，或是找我去分局都沒問題啊。」

晶子背靠著柱子站在那裡，雙手握在胸前，一臉無辜的表情。

大上嘴角上揚，拿起了放在矮桌上的酒盅。

「別這麼說，這是不適合對外公開的事。」

吉田可能發現情況不太妙，臉色也緊張起來。

大上在自己的酒杯中倒滿了酒，一口氣喝完後說：

「我說阿滋啊，你兩年前為了收保護費的事打了日之丸的店員。」

吉田可能太意外了，原本就很大的眼睛瞪得更大了。

「這麼久以前的事，我怎麼記得……那件事怎麼了嗎？」

「我們接獲了報案。」

大上從西裝內側口袋裡拿出報案單，放在吉田面前讓他看清楚。這是今天下午，用半威脅的方式要求店員菅原信二報案。大上平時似乎就記住了各幫派成員的違法行為，大上也在兩年前就掌握了吉田的威脅、暴力嫌疑。

「暴力、脅迫、武力妨礙業務──」

大上的聲音越來越尖銳。

「日岡，總共幾年？」

和上次在日之丸停車場恫嚇苗代時一樣。日岡看著半空，默默計算刑期。

「暴力行為的法定刑期是兩年以下，脅迫罪也是兩年，武力業務妨礙是三年以下，總共的上限是七年。」

大上用力點頭。

「即使打對折，也要三年半嗎？差不多啦。」
吉田焦急地大聲說：
「上哥，你把這麼久以前的事挖出來，到底想說什麼！」
大上把手上的酒杯放在矮桌上，從下方探頭瞪著吉田。
「我說阿滋啊，你們為什麼綁架吳原金融的上早稻？」
吉田臉色大變。
「我、我不知道你在說什麼。」
「上早稻在廣島流大道的幽會旅館遭到綁架，是你們堂口的苗代和其他人幹的，我已經掌握了證據。」
大上把手上的報案單再度亮在吉田面前。
「我勸你趕快把知道的事說出來，我就不處理這張報案單。」
吉田額頭上冒著汗，他的眼神飄忽，把頭轉到一旁，不看那張報案單。
「我什麼都不知道。即使知道，也不可能把朋友的事向警察告密。」
「是喔。」大上露出虎牙笑了起來，「你很有骨氣嘛，但是，我會不擇手段讓你開口高唱的，也不惜用暴力。」
吉田似乎豁出去了，把頭轉了回來，看著大上冷笑著說：

「警察用暴力嗎？真是看不下去了，我要回去了。反正你沒有逮捕令，這是非法偵訊。我要找律師去向公安委員會投訴。」

這次輪到大上冷笑一聲說：

「還公安委員會呢，你這種連稅都不繳的壞蛋，話倒是說得有模有樣的。」

「是誰向壞蛋收抽頭？我覺得向黑道要錢，靠著櫻花徽章仗勢欺人，還在那裡自吹自擂的人更惡劣。」

大上把手上的酒杯往桌子用力一放，怒喝一聲：

「老虎不發威，你就把我當病貓嗎！日岡！」

「是、是！」

日岡聽到大上突然叫自己的名字，渾身緊張起來。

「把他銬起來！」

日岡忍不住猶豫起來。的確有人報案控告吉田，但這是翻以前的舊帳，勉強逼迫對方報案，而且，吉田並沒有用武力反抗，為他戴上手銬似乎不太妥當。

「大上先生，這有點——」

他原本想說「這有點過頭了」，但話還沒說完，吉田就猛然站了起來，準備逃走。

看到吉田衝向紙拉門，日岡不加思索地撲了上去，把他按倒在榻榻米上，把他雙手拉到身後，銬上了手銬。

吉田掙扎著，日岡把他按在壁龕的柱子前，大上把臉湊了過來，一臉不屑地從下方看著他說：「我說阿滋啊，我這個人言出必行，即使見血，也要讓你開口。」

吉田朝著大上的臉吐了一口口水。

「如果你敢，你就試試看啊！」

大上面不改色，用手背擦著臉上的口水。

「算你有種！」

大上瞪著吉田，對著日岡大叫一聲：

「日岡，去下面拿菜刀上來！」

手銬之後又是菜刀嗎？這太不尋常了，完全踰越了偵查的分際。

日岡站在原地不動，看在一旁的晶子插嘴說：「我去拿。」

日岡驚訝地看著晶子。晶子帶著一如往常的平靜表情走出包廂，衝下樓梯下了樓。當她回來時，手上拿了一把二十公分左右的菜刀。她喘著氣問：

「這把可以嗎？」

大上從晶子手上接過菜刀，滿意地笑了笑說：

「嗯，足夠了。」

吉田伸出雙腿坐在榻榻米上，大上在他面前舉起菜刀說：

「阿滋啊，我馬上就讓你見識一下，我是不是玩真的。」

大上的臉上已經不是警察的表情，簡直像是凶惡的罪犯。吉田的臉頰抽搐著，冷汗從他的額頭流了下來。

日岡忍無可忍，擋在大上和吉田之間。

「大上先生，別鬧了！繼續玩下去——」

「阿秀！」晶子叫了起來。日岡轉頭一看，發現她用從來沒見過的嚴肅表情看著日岡，「你靜靜地看著就好。」

她說話的語氣不容他人爭辯。

日岡被晶子的氣勢嚇到了，茫然地站在原地。大上緩緩轉過頭說：

「日岡，不必擔心。你不在這裡，什麼都沒看到。就是這麼一回事。」

到時候要說，一切都是大上的獨斷專行，自己一無所知嗎？

警察絕對不能恐嚇他人，但事到如今，不能當作什麼事都沒發生。眼下只能靜觀事態發生，在緊要關頭，必須挺身阻止大上。

日岡下定了決心，閉上了嘴。

大上轉頭面對吉田，用菜刀的刀刃拍打他的臉頰。

「我說阿滋啊，尾谷組和加古村組打仗，你們這些小兵不是馬上被幹掉，就是去坐好幾年的牢。只要你願意提供協助，我不會讓你吃虧，你好好想一想。」

吉田無意接受大上的勸說，雖然渾身發抖，但還是搖了好幾次頭。

「壞蛋就別裝模作樣了，如果你不願開口，那我就問你的身體。」

吉田仍然頑強抵抗。他可能覺得晶子也在場，警察不可能真的動刀。

他狠狠瞪著大上大吼：

「條子要動刀嗎？如果你敢，就試試看啊！」

大上的嘴角一撇，下一剎那，菜刀一閃，劃過吉田的臉頰。日岡來不及上前制止，吉田的臉頰就噴出了鮮血。

「大上先生！」

日岡的叫喊聲被吉田像野獸般的咆哮聲淹沒了。

「嗚啊啊啊——！」

吉田被反銬著，在榻榻米上打滾。

「吉田！」

日岡衝到吉田身旁，試圖讓他平靜下來，但吉田情緒激動，用盡渾身的力量扭著身體。

「媽媽桑！」

大上鎮定自若地叫著晶子。

「妳用手巾幫他止血一下。」

晶子點了點頭，從和服袖子中拿出手巾，放在滿地打滾的吉田臉上。

「你振作一點，這點小傷沒什麼大不了。」

日岡之前就聽說，女人比男人不怕血。晶子看到鮮血滴落也完全不感到害怕，俐落地用手巾從下巴包住了吉田的傷口，在頭上打了一個結。

吉田稍微平靜下來，喘著粗氣坐了下來，額頭上冒著大滴汗水，瞪著上大。

「你瘋了……」

他的嘴唇不停地發抖。

大上張開雙腿蹲了下來，從下方看著吉田的臉。

「是啊，我的確瘋了。為了偵查，我可以和惡魔交換靈魂。即使你什麼都沒說，我也會去告訴加古村，說你向我告了密。」

吉田好不容易平靜的臉上再度抽搐起來。

大上把臉湊了過去，靜靜地說：

「阿滋啊，」他一改剛才的嚴厲口吻，用親切的語氣說：「如果加古村知道你告了密，不可能放過你。即使你逃進監獄，也會派人在裡面搞死你。你是不是害怕這件事？」

吉田怒目瞪著大上片刻，隨即收起了凶惡的表情，無力地垂下頭。他肩膀顫抖，嗚咽起來。

大上趁勝追擊，繼續說道：

「你留在幫派內也是身處地獄，逃進監獄，也還是地獄。」

吉田用力抬起頭，滿是淚痕的臉看著大上問：

「上哥——我該怎麼辦……？」

大上把手輕輕放在吉田的肩上。

「你就把所有一切都告訴我——然後遠走高飛，不管去沖繩也好，北海道也罷，反正去一個陌生的地方，等事情平息之後再回來。反正加古村那些人會被一網打盡，幫派早晚會被消滅。」

吉田垂著腦袋，無力地搖著頭。他應該為在陌生的地方如何維持生計感到不安。

大上從放在包廂角落的皮包裡拿出一個包裹，走回來後，放在吉田面前。

「這裡有五百萬，有了這些錢，你出門旅行一陣子也不會吃苦。」

大上打開包裹的方巾，吉田看到錢，忍不住瞪大眼睛。大上把方巾上的錢推到吉田面前。

吉田倒吸了一口氣，輪流打量好幾疊百萬現金和大上的臉好幾次。

大上目不轉睛地看著吉田的眼睛：

「你全都說出來，然後馬上帶著這些錢去旅行，這是你最好的選擇。」

吉田再度流下了眼淚。他的肩膀顫抖，然後終於下定決心，說出了上早稻失蹤事件的始末。

據吉田說，上早稻淪為加古村組幫眾的犧牲品。

苗代和吉田等加古村組的幫眾為了花天酒地，經常以小額貸款的名義，向在吳原金融擔任會計的上早稻拿錢。雖然口口聲聲說會還錢，但利用上早稻的懦弱，沒有任何一個人還錢。

在他們漸漸覺得向上早稻提領公司的錢花用是理所當然的時候，加古村為了籌措舉辦葬禮的錢，說要確認金庫。

幫眾都慌了手腳。因為他們前前後後向上早稻挪用了將近一千萬，根本不可能一下子籌到這麼大一筆錢。

如果被組長得知他們挪用幫派的錢，不知道會受到什麼制裁。幫眾擔心惹怒加古村，立刻策劃把一切都推給上早稻，然後向加古村謊稱他帶著錢逃走了。

加古村勃然大怒，立刻情緒激動地命令小弟，馬上把上早稻帶去見他。

如果活逮上早稻，自己幹的壞事就會敗露，必須讓上早稻逃走。苗代和其他人只能把事情告訴一臉難以釋懷的上早稻，並威脅他，要他立刻離開吳原。上早稻當天就離開吳原，不見蹤影。

但事情並沒有結束。加古村得知上早稻逃走之後，更加怒不可遏，要求手下把錢和人都找出來見他——即使找不到錢，至少也要逮到人。

絕對不能讓上早稻活著出現在加古村面前。苗代和其他人密謀綁架躲起來的上早稻，然後殺人滅口，並假裝在嚴刑拷問，逼問他錢的下落時，不小心殺了他。

在向上早稻的朋友打聽他的下落時，苗代從地盤內的一個妓女口中得知上早稻在廣島。那個妓女認識上早稻，兩天前，上早稻還找她去廣島的幽會旅館。

苗代和其他人得知上早稻在廣島後，立刻查到了他住的那家旅館，然後綁架了他。

「之後呢？」

大上皺著眉頭問道。吉田沉默片刻後小聲回答：

「他們把他帶去多島港的倉庫拷問之後殺了他。」

殺他也就罷了，但為什麼要拷問他？

那些錢是苗代他們挪用的，並不是上早稻帶走的，拷問根本沒有意義。

吉田的話解開了日岡內心的疑問。

為了讓加古村看到屍體，所以故意拷問了上早稻，但加古村得知上早稻死了之後，要求手上只要砍下上早稻的腦袋回去見他。

「只有腦袋嗎？」

大上皺著眉頭。

「對，因為屍體的體積太大了。」

吉田說話時的表情好像吞下了什麼很苦的東西。日岡看向晶子，發現她面不改色。她為什麼能夠保持鎮定？

幫眾用鐵鏟割下了上早稻的腦袋，裝在保齡球袋裡帶給加古村。

加古村看到上早稻的腦袋後，輕輕咂了一下，命令手下處理掉。

「上早稻的屍體在哪裡？」

大上繼續追問。這次並不是循正當手續得到吉田的供詞，不能寫在筆錄上，如果找不到上早稻的屍體作為殺人的證據，就無法逮捕加古村組的幹部。

但是，吉田回答說，他並不知道。

苗代負責處理屍體，吉田只知道他們埋在沿海的某個地方，但並不知道詳細地點。

「真的嗎？」

大上厲聲問道。原本靠在柱子上的吉田坐直了身體，向大上探出身體說：

「真的！我知道的事全都說了，請你放過我。」

吉田哭腫了雙眼，看起來不像在說謊。

大上露出試探的眼神看著吉田，然後緩緩站了起來，靜靜地命令日岡：

「幫他解開手銬。」

（三）

吉田抱著裝了五百萬的包裹，向大上鞠了好幾次躬，消失在黑夜中。

吉田離開後，晶子讓大上和日岡坐在一樓的吧檯前，把酒盅和兩個小酒杯放在他們面前。

日岡一口氣喝完了裝在小酒杯裡的酒，晶子再度為小酒杯倒滿了酒，他又再次一飲而盡。憤怒在他內心翻騰。

大上得到了揭露上早稻綁架事件的重要口供，但他採用的方法太惡劣。為了達到目的，竟然用刀子威脅，而且還讓對方受了傷，這和黑道有什麼兩樣？難以想像一個警察竟然會這麼做。

不知道是否因為空著肚子喝酒的關係，喝到第五杯時，已經醉得差不多了。

在一旁喝啤酒的晶子擔心地看著他說：

「阿秀，你喝慢點。」

感情戰勝了理智。日岡無視晶子的忠告，不發一語，自己倒著酒繼續喝了起來。

大上維持自己的速度，慢慢喝著酒。

看到大上違反了服務規程，竟然還若無其事地喝酒，日岡終於脫口說出了內心的憤慨。

「大上先生，你認為的正義是什麼？」

他口齒不清地問。

「阿秀！」

晶子看到日岡找大上的麻煩，委婉地制止，但日岡並沒有住口，他整個人轉向大上，借著醉意緊咬不放。

「你的行為根本是胡來！根本不是維持正義的警察該有的行為！」

大上拿起放在吧檯上的香菸，叼在嘴上，自己點了菸。

「我認為的正義嗎……沒這種東西。」

他對著天花板吐了一大口煙。

日岡追問：「那你為什麼繼續當警察？是為了錢嗎？還是為了權力？」

「阿秀，別再說了！」

晶子加強語氣，再度插嘴說道。大上伸手制止了她。

「日岡，你認為二課刑警的職責是什麼？」

大上反問道，日岡立刻回答：

「是為了摧毀幫派。」

大上在喉嚨深處發出笑聲。

「你要砸了自己的飯碗嗎？如果沒有幫派，我們不是就沒生意了嗎？」

這是歪理。日岡咬著嘴唇。

「更何況，」大上抽著菸繼續說道：「幫派不可能消失。任何人只要吃飯，就會拉屎，所以需要擦屁股的衛生紙。他們就像是衛生紙。」

日岡說不出話。自己在談論嚴肅的話題，根本不想聽這種低俗的玩笑。

大上拿起酒盅，為日岡的小酒杯中倒了酒。

「我們的職責，就是必須睜大眼睛，避免幫派分子對一般民眾造成困擾。然後——消滅行徑太囂張的壞蛋。」

日岡緊緊握住放在吧檯上的拳頭。

大上憑自己的喜好選邊站，只留下自己中意的幫派，摧毀自己看不順眼的幫派。

——我已經下定決心要挺你了。

日岡想起大上在尾谷組的辦公室對一之瀨說的話。

可以說，大上目前並不是對警察組織忠誠，而是效忠尾谷組。這不是一個警察應有的行為。

日岡喝完大上為他倒的酒，靜靜地問：

「大上先生，你進警察學校時，也曾經宣誓過誓詞吧？」

大上聽到這個唐突的問題，皺起眉頭，似乎搞不懂他為什麼提這件事。

日岡坐直了身體，端正姿勢後大聲說道：

「余誓以恪遵日本憲法和法律，盡忠職守，不加入任何要求遵從其規定勝於警察職務的團體或組織，無所束縛，無所畏懼，無所憎恨，遵從良心，不偏不黨，公平中立地執行警察職務。謹誓。」

日岡藉由背誦誓詞，暗中指責大上。大上瞪著他問：

「你認為我違反了誓言嗎？」

日岡低著頭，看著自己面前的小酒杯，用無言表示同意。

大上注視著日岡片刻，輕輕嘆了一口氣，移回了視線。

「日岡，幫派有很多種，你以後就會知道了。」

大正說完，舉起雙手伸著懶腰，結束了這個話題。

「啊，今天有點累，找個女人上床就回家。」

大上自言自語地說完，走了出去。他在這裡每次都賒帳。

晶子站了起來，拿著剛溫好的酒坐在日岡身旁。

「上哥不擅長表達，有時候讓人無法瞭解他在想什麼，但你以後就會瞭解他的想法了。」

「媽媽桑，妳瞭解嗎？」

晶子笑著為日岡倒酒。

「我和他認識這麼多年了。」

日岡已經醉了，聽到「認識這麼多年」這句話，覺得是在指男女關係。這就意味著大上在自己的女人面前說，要和別的女人上床。

「為什麼？」

日岡嘀咕道。

「啊？」

晶子探頭看著日岡的臉，日岡直視著晶子的雙眼。

「你們是這種關係，為什麼大上先生說，他要去找別的女人，妳也無所謂？」

晶子驚訝地瞪大了眼睛，掩著嘴笑了起來。

「阿秀，你真討厭，你誤會了啦。」

晶子笑完之後，為自己的酒杯倒滿了酒，一口氣喝完。

誤會——難道認為他們有男女關係，是低級的猜疑嗎？

「我和上哥之間沒有任何曖昧，即使我希望有，他也不理我。」

日岡覺得自己闖入了他人的私領域，慌忙把頭別到一旁。

晶子用力吐了一口氣，半開玩笑地說：

「他明明愛美女，可能我不是他欣賞的類型。」

晶子這麼漂亮，怎麼可能有男人不喜歡？難道大上有他的良心嗎？

「阿秀，」晶子恢復了嚴肅的聲音說：「你不要討厭他，雖然他很笨拙，做事也很粗魯，但真的是好人。」

日岡為晶子的小酒杯裡倒了酒，代替了回答。

「我看得出來，上哥把你當成自己的孩子。」

日岡突然問了平時一直納悶的事。就是關於自己名字的疑問。

「對大上先生來說，秀一這個名字有什麼意義嗎？」

晶子輕輕嘆了一口氣，看著半空說：

「你知道上哥的太太和孩子車禍身亡的事嗎？」

日岡點了點頭。

「夭折的兒子就叫秀一，而且連字也和你的名字一樣。」

果然是這樣——

他之前就隱約猜到了。無論大上，還是一之瀨、晶子或尾谷，第一次聽到日岡的名字時，都出現了異樣的反應。如果他和大上在一歲就離開人世的兒子同名，這些反應就很正常。

「因為我也曾經遭遇親人死亡，所以對上哥的寂寞感同身受。」

日岡驚訝地看著晶子。晶子向來都很開朗，完全感受不到她曾經失去至親。

晶子低頭看著自己的小酒杯，用手指摸著杯緣。

「十四年前，我老公死了。當時，上哥幫了我很大的忙。」

這代表大上認識晶子的老公嗎？也許晶子的老公也是警察，或者是剛好相反。

「妳先生是怎樣的人？」

日岡借著醉意問道。晶子想了一下，呵呵地笑了起來。

「在你眼中，可能會覺得他是敵人。他是黑道。」

她剛才在二樓時的態度鎮定自若，所以現在得知她曾經是黑道分子的太太，也不會感到太驚訝，反而覺得這樣才合理。

晶子凝望著遠方，臉上露出自豪的表情。

「雖說是黑道，但他可不是小混混，以前是尾谷組的太子。」

尾谷組的太子——日岡感到驚訝不已。

他立刻在腦海中翻著尾谷組的偵查資料。尾谷組目前的太子是一之瀨守孝，在他之前，應該是一個名叫賽本友保的人。

當日岡說出賽本的名字時，晶子輕輕點了點頭。

十四年前的昭和四十九年（一九七四年），賽本被五十子會的幫眾高木浩介開槍打死了。表面上是因為高木浩介在酒吧時，臉上挨了一拳憤而行凶，但江湖上沒有人相信這個動機。因為尾谷組和五十子會之間為了爭奪地盤，處於一觸即發的緊張狀態。五十子會先發制人，展開攻擊，試圖擒賊先擒王。

三個月後，五十子會當時的太子金村安則被人殺害。金村被人發現陳屍在廣島市區的墓地，胸部被尖刀刺傷，導致失血死亡。

金村在屍體被人發現的前一天晚上，沒有帶保鑣，獨自在廣島市內行動。雖然不知道他當天為什麼沒有帶手下，但聽幫眾說，是有人約他見面。

警方當然認定是尾谷組的人殺害了金村，因為自己幫派的太子遭到殺害，所以也殺了金村報一箭之仇。

當時十九歲的一之瀨守孝的嫌疑重大。警方認為賽本很照顧一之瀨，一之瀨為了替大哥報仇而充當殺手。因為一之瀨膽識過人，根本不像是十幾歲的小毛頭。

一之瀨的不在場證明很不明確，他說那天喝醉了，帶流鶯一起去旅館。但他既說不出流鶯的名字，也忘了旅館在哪裡，辦案人員都深信一之瀨在說謊。

只有大上不一樣，他獨自偵查後，找到了金村遇害那天晚上和一之瀨在一起的妓女，並找出了那家旅館，證明了一之瀨的清白。之後，一直沒有找到嫌疑重大的嫌犯，追溯時效即將到期，但至今仍然沒有破案。

日岡闔上了腦袋裡的偵查資料，輕輕吐出一口氣。

「原來妳是賽本的太太。」

晶子看著遠方，似乎在回想遙遠的記憶。

「上哥真的幫了我很大的忙，他的恩情，我一輩子也忘不了。」

晶子將視線移回日岡身上，露出懇求的眼神說：

「拜託你，不要討厭上哥。真的拜託了——」

晶子深深地鞠躬。

「請妳不要這樣。」

日岡抓著晶子的肩膀，靜靜地讓她抬起頭。

「那你答應，不會討厭他嗎？你願意協助他嗎？」

看到晶子不顧一切地懇求，日岡無法搖頭，只能很不甘願地點頭答應了。

晶子立刻露出開朗的表情。

「一言為定喔！你已經答應不會討厭他了！阿秀，謝謝！」

晶子站了起來，從吧檯內的架子上拿下一瓶兩公升左右的特級酒。

「這是雨後之月大吟釀，是店裡最好的酒，你可以盡情地喝。」

晶子打開酒瓶，為日岡的酒杯中倒滿了酒。

「來，乾了這杯。」

晶子說。

事到如今，已經沒有退路。日岡自暴自棄地喝下了酒。

——只能不顧一切向前衝了。

晶子看到酒杯空了，高興地為他倒酒。

第七章

——日誌

昭和六十三年七月六日。

上午十點。大上班舉行偵查會議，相互報告查訪的情況。

下午一點。前往漁協、海水浴場的臨時小屋查訪，繼續偵查。

傍晚六點。前往廣島瀧井組辦公室，掌握了協助加古村組運輸安非他命的漁船。

晚上九點。「小料理屋　志乃」。接受《安藝新聞》記者高坂隆文的採訪。

＝＝＝＝＝＝＝＝＝＝＝＝＝＝＝＝＝＝＝＝＝＝＝＝

＝＝＝＝＝＝＝＝＝＝＝＝＝＝＝＝（刪除兩行）

（一）

熱死了——

日岡用手背擦拭著不斷從額頭滴落的汗水，走在一旁的大上用成為他註冊商標的巴拿馬帽不停地搧著風。

日岡和大上一起來到多島港。多島位在從吳原市向瀨戶內海突出的高浦半島的前端，吳原的造船業很發達，載著汽車和工業產品的大型輪船在吳原港頻繁出入。多島港被小島包圍，定置網漁業和近海漁業成為島上的主要經濟。如果說，吳原港是大門，多島港就像是後門。出入的船隻主要都是漁船，只有因為發生故障，導致柴油不足的拖網漁船，偶爾會來這裡加油，成為這裡難得可以看到的大船。

日岡走在碼頭上，聽著黑尾鷗的聲聲啼叫，看向海面，看到漁船浮現在海灣外的海面上。面向外海的海港應該會有涼爽的海風，但面向海灣的內海在這個季節幾乎沒有風。日岡用憤恨的眼神看著像湖水般平靜的海面。

日岡和大上來到多島港附近探訪已經三天了，大上平時向來要到中午過後才開始活動，但一旦發生事件，偵查總部成立之後，就會從清晨一直工作到深夜，只有在吃飯的時候稍微喘口氣，而且吃飯時也無暇細細品嚐，都是匆匆吃立食蕎麥麵或是丼飯而已。

吃完飯之後，他們沒有休息，就立刻開始查訪。大上在辦案時的旺盛精力令日岡佩服不已，但更覺得他就像一頭飢餓的狼在尋求獵物。

在志乃拷問吉田的隔天早上，大上在偵查會議上報告了上早稻失蹤事件的真相。他當然沒有透露消息來源。

幹部和其他偵查員聽到上早稻被帶去多島港的倉庫嚴刑拷打後，被鐵鏟砍下腦袋時，都忍不住用力嘆氣。

「加古村組的人還不知道消息已經走漏，現場應該留下了血跡和指紋。」

大上雙手撐在桌子上，探出身體，面對坐在上座的幹部，加強語氣說：

「我希望立刻去清查碼頭的倉庫。」

上早稻已經遭到殺害，既然已經得知了殺害現場的消息，當然必須立刻前往現場進行搜索，沒想到偵查總部的總指揮神原副局長面露難色，抱著雙臂，瞪著大上問：

「你從哪裡得到的消息？」

大上微微撇了撇嘴，輕輕咂著嘴，但只有注視他的臉，才能夠察覺到。

「事件相關人員。」

聽到他太過籠統的回答，神原大聲質問：

「不能說嗎？只有內部的人知道那些人挪用幫派的錢，又嫁禍給上早稻。你八成是逼供加古村組的某個人，讓那個人招供的吧？」

——我知道你的招數，和黑道沒什麼兩樣。

神原說話的語氣，可以察覺到他內心對大上的責備。

大上無視神原的質問，用巴拿馬帽搧著臉，默默看著半空。他毫不在意上司的責備。會議室內氣氛凝重，所有偵查員都低著頭。

「總之，」神原重重地嘆氣，決定不再繼續追究，「趕快去聲請搜索令，搜索倉庫。」

他可能認為眼下破案比瞭解消息來源更重要。神原指示齋宮立刻聲請搜索令。

一拿到搜索令，大上班立刻帶領鑑識人員前往多島港。

偵查員抵達碼頭之後，被巨大的倉庫空間嚇到了。

雖然這裡的漁港不算大，但包括目前沒有使用的在內，總共有十間倉庫，而且難以分辨地上和牆上的汙漬到底是倉庫內使用的機器留下的油漬，還是處理捕撈的魚時留下的血跡，或是人的血跡，誰都不難發現，要一一清查每個倉庫需要耗費相當長的時間。

大上命令下屬和鑑識人員去清查海南商事名下的倉庫，尤其要從目前已經不再使用的廢棄倉庫開始清查。

海南商事是加古村組的門面企業，由太子野崎康介擔任董事長。從不動產到漁港的倉庫，只要有錢可賺，海南商事都要插一腳。既然是自己幫派的太子名下的倉庫，就不必擔心被人發現，如果是目前無人使用的倉庫，更是監禁的好地方。

海南商事名下總共有三個倉庫，從老舊的外表就不難看出，其中兩個已經廢棄多年，八成是透過貸款，從債務人手上搶來的，只不過倉儲業不如想像中好賺，侵占之後卻租不出去，所以一直丟在那裡。

搜索在漁協理事長的見證下開始進行。

「有魯米諾反應！」

在開始搜索兩個小時後，海南商事的第三倉庫傳來偵查員的聲音。

正在倉庫周圍調查的大上和日岡跑向第三倉庫。

「就在這裡。」

身穿工作服，蹲在地上的偵查員指著已經生鏽的傳輸帶周圍說道，地上有一片褐色的汙漬，其中一部分發出藍白光。丟在一旁的鐵鏟也發出藍白光，這是魯米諾和氫氧化鈉混合的鹼性溶液中加入雙氧水後，碰到血液產生反應的化學現象。

大上一臉嚴肅的表情瞪著發出藍白光的地面。

「這裡八成就是現場。」

大上之所以沒有斬釘截鐵地說，這裡就是現場，是因為即使有魯米諾反應，也無法馬上斷定就是血跡。魯米諾反應是氧化反應，碰到鐵和銅等可以分解雙氧水的物質也會產生反應，所以只是預備試驗而已。

大上命令偵查員把產生反應的地面附著物和鐵鏟，立刻送去縣警的科學搜查研究所鑑定。

當天晚上的偵查會議上，大上報告了在碼頭第三倉庫出現了魯米諾反應這件事。

「科搜研的鑑定結果將會在兩、三天內出爐，鐵鏟上也有魯米諾反應，我認為那裡應該就是命案現場。」

沒有人對大上的推論提出異議，就連和大上不合的土井也用力點著頭。

神原聽了大上的報告後，轉頭看著齋宮說：「那就等鑑定報告出爐。」

齋宮在做筆記的同時說：

「是。上早稻的血型是A型，鐵鏟上也留下了指紋，如果兩者一致，就會再度通緝苗代等人。」

「結果要等兩、三天才能出爐喔……」

神原低吟道，然後命令偵查員利用這兩天的時間，要求加古村組和尾谷組交出六月二十七日凌晨至清晨發生的槍擊事件的嫌犯。

「上早稻殺害事件是加古村組單獨犯案的事件，但槍擊事件牽涉到兩個幫派。尾谷組的人遭到殺害，他們或許會認為自己是受害人，但是，幫派分子在轄區內明目張膽地開槍行凶，我們不可能視而不見，所以必須徹底追查！」

神原看向大上，狠狠瞪著他說：「阿上，聽到了嗎？」

他的眼神似乎在說，你和尾谷組關係密切，應該可以說服當事人出面投案。一旦尾谷組開槍的人投案，就可以知道相互開槍的對手——加古村組的嫌犯。

大上輕輕點頭表示瞭解。

「還有，土井。」

神原將視線移到土井身上。

「柳田命案的情況怎麼樣？」

東分局搜查一課和二課的土井班目前負責柳田命案的偵察。經營「里子」酒吧的高木里佳子證實，加古村組的總領琢也和木島洋介在店內口出惡言，破壞了店內的物品，昨天以武力妨礙業物和器物損壞的嫌疑，逮捕了總領和木島兩名嫌犯。

土井站了起來，微彎著腰說：

「雖然以另案逮捕了那兩名嫌犯，但他們死不承認犯下柳田命案，我們將繼續偵訊。」

神原要求土井讓嫌犯趕快招供殺害柳田的凶手，命令其他偵查員繼續追查苗代等人的下落，繼續在多島港一帶探訪後，結束了會議。

翌日，大上和日岡前往尾谷組的辦公室。

大上要求參與槍擊事件的幫眾主動投案，一之瀨聽了，咬緊了嘴唇。他坐在辦公室的沙發上，身體微微前傾，指尖不停地彈著桌子，臉上露出不服氣的表情。坐在一之瀨斜對面的幹部備前和矢島也用力抿著嘴唇，始終不發一語。正如神原所推測的，他們認為自己是受害的一方，並沒有過錯。

大上開始說服一之瀨。

經由媒體報導，民眾都知道尾谷組和加古村組發生衝突，才會導致槍擊事件。雖然一之瀨對自己的手下被人幹掉，還要交出手下的人感到難以接受，但民眾並不理會是哪個幫派的成員被殺，對他們來說，發生了槍擊事件才是重點，既然發生了使用槍枝的重大犯罪行為，就希望趕快逮捕開槍的歹徒。

大上對一之瀨好言相勸。

「我很瞭解你的心情，但目前小不忍則亂大謀。加古村組的人很快就會因為上早稻命案一個一個被抓起來。如果只抓一個幫派的人，輿論不會罷休，更何況如果尾谷組完全沒有人被抓，只會讓尾谷組遭到猛烈攻擊。」

大上說到這裡停了下來，把菸放在嘴上。坐在他身旁的日岡立刻拿出百圓打火機，但試了好幾次，都點不著火。大上不耐煩地搶過打火機，自己點了菸，用力吸了一口。

日岡低頭道歉，把放在桌上的打火機放進長褲口袋。

大上吐著煙，探頭看著一之瀨的臉。

「再等一、兩天，加古村組的人殺害上早稻的證據就會出爐，而且，總領和木島也因為柳田的命案遭到逮捕，他們不可能撐太久。別看土井那樣，他就像烏龜，一旦咬住，就不會放開，所以，那兩個人早晚會招供。只要能夠找到上早稻的屍體，一切都解決了。槍擊事件、刺殺柳田事件、上早稻命案，加古村組至少有十個人會因為這三起案子遭到逮捕或通緝。」

大上向一之瀨探出身體，加強語氣說道：

「我之前也說過，我打算利用上早稻的事，把加古村組的幹部都抓起來，但必須顧及輿論，也要考慮到以後的事，所以目前最好把事情處理清楚。」

坐在一之瀨身旁始終低頭不語的備前似乎被大上說服了，他抬起頭說：

「我來扛。」

大上、一之瀨、矢鳥，以及站在沙發稍遠處的四名幫眾都同時看著備前。

「要考慮到平衡問題，這次不可能交出兩、三個小弟，就能夠隨便敷衍過去。」

備前說到「小弟」的時候，用下巴指著站在一旁聽他們說話的幫眾，然後看著大上的臉問：

「能不能由我一個人扛起整件事？」

矢島聽到備前這麼說，立刻提出了異議，兩道剃得很淡的眉毛像昆蟲的觸角般跳了起來。他看著備前說：「請等一下。」

矢島用恭敬的語氣說道。雖然他們兩個人都是幹部，但備前在尾谷組內的資歷比矢島更深，年紀也比他長三歲。

「怎麼樣？你有什麼意見嗎？」

備前厲聲問道。

「有啊，很有意見。」

矢島並沒有退縮。

「並不是只有大哥才是尾谷組的人，我也算是一個小幹部。考慮到日後，大哥你應該繼續留下，這件事由我來扛。」

備前斜斜地瞪著矢島。

「這一切的起源是因為我收保護費引起的問題，所以當然該由我出面。」

兩個人為該由誰出面扛這件事爭執起來。

對尾谷組來說，備前和矢島都是不可或缺的重要幹部，一之瀨應該不想失去任何一方，所以沒有插嘴，靜觀事態的變化。

大上看不下去，伸手援救即將觸礁的船。

「備前，你是守孝的左右手，怎麼可以由你出面去扛？」

矢島得意地挺著身體說：

「那由我來——」

大上用眼神制止了矢島，不讓他繼續說下去。

「矢島，你之前吃了十年的牢飯，不是才剛出來兩年嗎？之前的刑期還沒有服完，這次搞不好不止坐十年牢。」

矢島之前因為殺人罪被判處十二年有期徒刑，還剩下兩年的刑期時假釋出獄。一旦在假釋期間再度犯案，服刑時，就要加上之前沒有服完的刑期。

矢島瞪著大上。

「為了尾谷組，我吃十年、二十年的牢飯也無所謂。」

「笨蛋！」

大上的怒吼聲響徹整個房間。

「每個人都只想耍帥，你們或許無所謂，但尾谷組怎麼辦？在守孝即將成為一個男子漢的關鍵時刻，左右手去坐十年牢，你們認為這個幫派還能夠維持嗎？萬一有什麼閃失，我要怎麼面對尾谷老大！」

備前和矢島都低下頭，縮著肩膀。

「那該怎麼辦？」

矢島懊惱地抬眼看著大上問道。

「槍擊事擊的那天晚上，誰和備前在一起？」

四名幫眾中個子最矮的男人向前一步。

「是我。」

他的年紀看起來和日岡不相上下，但可能經歷了不少風風雨雨，臉上的表情很嚴肅。他姓笹本，領到幫徽徽章已經有五年了。

「還有誰？和敵人談判時，不可能只有一個人保護幹部吧？」

笹本還沒有回答，備前搶先開了口。

「是關谷，是我手下的小弟，目前正在地盤巡邏。」

「是誰開的槍？」

備前伸出大拇指指著自己說：

「是我和笹本，關谷還是小毛頭，他沒有槍。」

「是喔。」大上點了點頭，看著一之瀨說：

「讓笹本和關谷出面投案。」

備前露出痛苦的表情。雖然小弟為大哥頂罪很常見，但他可能不願意讓手下為自己擦屁股。

大上看著一之瀨、矢島和備前。

「笹本和關谷還年輕，而且是初犯。如果是對方先開槍，很可能會判得比較輕。等他們服完刑出來，再好好為他們安排，對他們來說，應該不算是壞事。」

大上看著笹本問：「對不對？」

笹本可能很激動，滿臉通紅地用力點著頭說：

「太子，我去投案。關谷應該也很樂意，他經常說，為了幫派，他願意做任何事。」

大上用力拍著自己的大腿說：

「好，就這麼決定了。你叫笹本吧，你和關谷先商量一下，今天帶著槍去東分局投案。在刑警偵訊時，就說是加古村組的幹部和山等人先開的槍。到時候會根據你們的口供聲請逮捕令，把和山他們抓起來。」

大上斜斜地坐著，巡視了一之瀨他們之後，壓低嗓門說：

「苗代等四人涉及上早稻的強行綁架事件，總領和木島兩個人已經因為武力妨礙業務和器物毀損的嫌疑遭到逮捕了，再因為槍擊事件逮捕和山等三個人，光是這樣，就可以確實逮捕九個人。如果能夠找到上早稻的屍體，再以殺人共犯的嫌疑，拘留太子野崎和其他幹部。即使他們沒有參與殺人，只要抓到人，他們就別想逃了。違反槍炮刀械法、持有毒品罪、恐嚇罪還有傷害罪，要找到逮捕他們的理由太簡單了。」

坐在備前旁的矢島小聲嘀咕：

「如果他們減少超過十名的戰力，加古村組的實戰部隊只剩下三十人左右，我們即使少了笹本和關谷，還有五十名戰力。」

備前用眼角看著矢島說：

「形勢對我們更有利。」

在場的所有人都同時看向一之瀨，大家都在等待他做出決定。

一之瀨抱著雙臂，閉上眼睛沉默了好一會兒，最後終於下定決心，鬆開了手臂，看著笹本大聲地說：「笹本，你和關谷一起去當男子漢！」

笹本露出滿面喜色，深深鞠了一躬，腦袋幾乎快碰到膝蓋了。

大上也露出滿意的笑容，但日岡羞愧地握緊了拳頭。放過實際開槍的罪犯備前，根本就是包庇罪犯。

——大上到底要做多少違法行為才願意罷休？

（二）

第二天，事態一下子有了很大的進展。

之前在碼頭的倉庫發現、送去科搜研的附著物鑑定報告出爐了。

地面和鐵鏟上的附著物果然是血跡，血型是A型，和上早稻的血型一致。鐵鏟上的指紋也和苗代等幾名綁匪的指紋一致。鐵鏟前端鏟子部分附著的肉片和毛髮確定屬於成年男子，縣警除了原本的強行綁架罪以外，還增加了傷害的嫌疑，對苗代等人向全國警察發布了通緝。

同一天，因為在酒吧「里子」武力妨礙業務和損毀器物遭到逮捕的總領，面前土井持續不斷的偵訊終於招供殺了柳田孝，也根據總領的供述，在離犯案現場五百公尺的河岸草叢中發現了行凶時使用的刀子。總領以傷害致死的罪名再度遭到逮捕。

在大上的提議下，笹本和關谷在前一天傍晚主動投案，根據他們的供詞，以違反槍炮刀械法的嫌疑，對加古村組幹部和山靖等三人聲請了逮捕令。雖然他們三人否認嫌疑，但早晚會吐實。

目前為止的發展完全符合大上的預期。

根據科搜研的鑑定結果，猜測上早稻已經遭到殺害，神原指示全力尋找上早稻的屍體。

為了尋找上早稻的屍體，大上班傾全力在發現血跡的沿岸一帶探訪。他們向出入碼頭的漁船相關人員、漁業工會的成員，以及住在海港附近的居民打聽是否曾經見過上早稻或苗代等人。原本以為一個大男人遭到監禁和殺害，應該很快就能打聽到目擊消息，順利找到屍體，沒想到偵查工作陷入了瓶頸。

近海和遠洋的漁船都在這裡出入，很多船員和漁業相關人員都是第一次上岸。苗代他們避人耳目，躲在倉庫，在經常有陌生人出入的漁港找到記得他們的人並不容易。

日岡將視線從無風的海面移回了陸地。

幾隻黑尾鷗停在碼頭，拚命戳著地面。牠們正在吃漁網中掉落的小魚。

日岡太陽曬得昏昏沉沉，走了幾步，突然撞到了東西。

他驚訝地抬起頭，看到了大上的白襯衫。剛才腦袋發昏，沒有發現大上停下了腳步。

大上轉過頭，皺著眉頭說：

「你在發什麼呆？這麼一點熱就吃不消，怎麼當刑警？振作一點！」

日岡鞠躬道歉。在低頭的時候，額頭上的汗水滴在地上。

雖然大上激勵日岡，但他似乎也熱壞了。最好的證明，就是菸抽得比平時更凶了。

大上從懷裡拿出今天的不知道第幾支菸。日岡像往常一樣，拿出百圓打火機想要點火，卻點不著。他焦急不已，拚命點著火，但打火機冒著火星，遲遲點不著火。

日岡每次都要費好大的工夫才能把打火機點著，大上也每次都對他咂嘴，搶過打火機自己點火。如果自己也點不著火，就會拿出火柴點菸。今天也一樣，和平時不同的是，他不僅咂嘴，而且還朝地上吐了口水。

日岡知道，還有另一件事讓大上感到煩躁。

那就是他和一之瀨之間的約定。

為了阻止尾谷組和加古村組之間的火拼，大上要求一之瀨給他幾天的時間。他無法在一之瀨給他的三天時間內搞定，於是去鳥取監獄找了尾谷憲次，爭取了緩衝的時間。接下來只要找到上早稻的屍體，就可以完成當初的計畫。只差一筆，就可以完成整幅畫，卻遲遲找不到完成最後一筆所需要的畫材。

雖然大上不按牌理出牌，但他會千方百計達到目的。既然已經對一之瀨說，只要給他時間，他就不會讓一之瀨的面子掛不住，目前一定想要早日完成和一之瀨之間的約定，否則就會臉上無光。即使旁人也看得出他在為這件事著急。

大上嘆著氣，吐出一大口煙時，他口袋裡的呼叫器響了。

大上原本皺著眉頭，一看到呼叫器的螢幕，立刻露出欣喜的表情。

「是仔銀。」

大上跑去附近的公用電話，應該是去打電話給瀧井銀次。大上簡短地說了幾句後走出電話亭，吩咐日岡馬上去瀧井組的辦公室。

「去那裡之前──」

坐上停在碼頭入口附近的車子，大上靠在副駕駛座上說：

「如果看到菸店，先停一下，哪裡都沒關係。」

剛才抽的可能是最後一支菸。大上是個老菸槍，從多島到廣島市區的一個小時車程，不可能不抽菸，只能在中途去買菸了。

「知道了。」

日岡發動引擎後，立刻把車子開了出去。

離開碼頭大約十分鐘左右，看到前方有一家店，掛著「香菸・CIGARETTE」的牌子。

大上似乎也看到了，命令日岡把車子停在店門口。

菸店老鋪可能喜歡看西洋電影，木造房子的狹小店內貼滿了《絕地七騎士》、《天倫夢覺》等老電影的海報。

大上似乎對電影沒什麼興趣，目不轉睛地盯著牆壁旁的展示櫥。

從地面到天花板的展示櫃內陳列了很多打火機，都是Zippo的打火機。日岡不抽菸，所以不太瞭解，但看到大上瞪大雙眼，充滿好奇心的表情，猜想應該是很難買到的珍品。

日岡也陪著大上一起打量著，一個看起來像是老闆的男人從店內深處走了出來，頭髮和鼻子下方的鬍子都白了。他穿了一件紅色格子襯衫，繫了一條有銀幣的繩狀領帶。

「嗨，老爹，你是老闆嗎？蒐集了不少啊。」

不知道老闆是否因為被當成老人感到不悅，他挑著留得很長的眉毛說：

「如果只看不買，就請離開吧。」

大上不理會老闆說的話，繼續全神貫注地看著展示櫃，然後盯著打火機問老闆：

「這個要多少錢？」

大上的雙眼盯著一個銀色的Zippo打火機，中間刻了一個狼的圖案。那匹狼四肢用力站在地上，伸長脖子看著遠方，不知道是否在抬頭看月亮。

老闆頓了一下，小聲回答說：

「八千圓。」

「真貴啊！」

大上驚訝地叫了起來。

「這匹狼是特別訂製的手工雕刻。」

「是喔。」大上哼了一下，繼續打量那個打火機。當他直起身體時，回頭對站在他身後的老闆說：「我要這個。」

老闆微微噘著嘴，臉上的表情好像是自己珍藏的寶物被人發現了。他不甘不願地用鑰匙打開了展示櫃，從裡面拿出大上要的那個刻了狼圖騰的打火機。

結完帳之後，老闆又免費為他加了油，大上滿意地點了點頭。一走出菸店，立刻像得到新玩具的小孩子一樣，拿著打火機左看右看，不停地打開蓋子，然後又蓋起來。

電石一摩擦，立刻就點著了火。

大上把新買的打火機放到嘴邊，滿臉陶醉地抽了一支菸。

「用喜歡的打火機點的菸，味道就是不一樣啊。」

回到車上，大上看著日岡，嘴角露出了微笑。

「偶然去的一家店，竟然發現了寶物，對不對？」

明明是大上買了打火機，日岡不知道他為什麼要徵求自己的同意。日岡不知道該怎麼回答，不置可否地點了點頭。

大上可能心情很好，哼著歌，靠在副駕駛座上。

「今天應該會有好事發生。」

車子一停在瀧井組的門口，等待已久的幫眾立刻從門內走出來迎接。

瀧井坐在辦公室的沙發上，滿面笑容地歡迎大上和日岡。

「喔，阿章，上次真的謝謝你，多虧你幫了大忙。」

他是指上次他和他太太吵架時，大上為他安撫了他太太那件事。從瀧井臉上開朗的表情來看，他們夫妻之後似乎相安無事。

瀧井請他們在茶几對面的沙發上坐下。

「不好意思，讓你大老遠來這裡。雖然也可以在電話中談，但我想看看你。」

大上苦笑著說：「我這種壞胚子的臉有什麼好看的？」

瀧井聽了大上的回答，放聲笑了起來。

「對了，」大上探出身體，「你找我來，是不是為了那件事？有什麼新發現嗎？」

那件事是哪件事？日岡感到訝異。

瀧井得意地點了點頭，然後要求手下先出去。

原本聚集在辦公室角落的幾個年輕人走了出去，辦公室內只剩下他們三個人後，瀧井輪流看著大上和日岡，笑著說了一個名字。

「新善丸——」

大上皺起眉頭。

「那是什麼？船名嗎？」

「沒錯。」

瀧井說，新善丸是在上早稻遭到監禁的倉庫所在地的多島港從事近海漁業的小型漁船。

「船長名叫善田新輔，五十五歲，離過婚，目前單身。有兩名船員，分別是叫木村薰和中居智也的年輕人。」

「那艘船怎麼了？」

大上追問。瀧井故弄玄虛地點了一支菸，吸了一口。

「船長善田和我一樣，喜歡這個，也是因為這個原因和之前的老婆離了婚。」

他在說「這個」時，豎起了右手小拇指。

「善田喜歡的女人都是美女，聽說他在那些女人身上都花不少錢。聽我手下的年輕人說，他從事漁業賺的錢根本不夠花。」

「他的金錢來源和上早稻事件有關嗎？」

大上問道，瀧井露出意味深長的表情，看著他的眼睛說：
「你應該知道加古村在賣的安毒從哪裡來吧？」
大上恍然大悟地瞪大了眼睛。
「從北韓走私嗎？」
日岡搞不清楚狀況，一臉困惑。大上向他說明情況。
加古村組的安毒主要來自北韓，都是在日本海的海上接貨。
「所以，善田收了錢，協助他們做交易嗎？」
「有不少人曾經看到新善丸在沒有出海捕魚的深夜出船。」
雖然瀧井沒有明說，但在暗示善田協助加古村組走私。
「原來是這樣。」大上摸著下巴。
「雖然不知道是哪裡走漏了消息，但無論哪個幫派，要找人做危險工作時，差不多都會找那幾個人。既然善田和走私有關，很有可能和遺棄上早稻的屍體有關吧？」
大上看著瀧井，露出滿意的笑容。
「這個線索太有用了，太謝謝你了。」
瀧井聳了聳肩，扮著鬼臉說：
「你幫我的忙才是數不完啊。」

「不，最近都是你幫我的忙，真的很感謝。」

大上難得露出嚴肅的表情表達了感謝。

瀧井靦腆地笑了起來。

「你在說什麼啊，這麼見外。」

大上也笑了起來。

「很見外嗎？也對，我們以前就臭氣相投。」

他們可能想起學生時代曾經在牛糞上打架，兩個人都大笑起來。

瀧井收起豪放的笑聲，恢復了嚴肅的表情，壓低嗓門說：

「對了，阿章，你最近和報社記者之間還好吧？」

大上皺起眉頭。

「我和他們沒什麼好不好的，反正就這麼回事吧。不要吞吞吐吐，有話就說清楚。」

瀧井瞥了日岡一眼，把臉湊到大上面前小聲地說：

「好像有報社記者在打聽十四年前金村的事件。」

大上瞪大了眼睛。

「金村的事件？」

日岡費了好大的力氣，才終於沒有讓內心的驚訝寫在臉上。

不久之前，他才從晶子口中得知賽本的事。之後，他看了縣警的偵查資料，大致釐清了金村命案的相關情況，做夢也沒有想到，竟然會在這裡再度聽到追溯時效即將到期的金村刺殺事件。

瀧井聽了大上的問題後點了點頭。

「五十子的女人在流大道開了一家酒吧，聽說有人去向媽媽桑打聽。這是酒吧的酒保告訴我手下的事，酒保很納悶，搞不懂為什麼還在打聽那麼久以前的事件。而且還稍微提到了你的名字，你最好小心一點。」

「我的名字？」

大上瞇起眼睛。

瀧井一臉嚴肅地點了點頭。

「你最近小心點。」

瀧井叫大上小心點是什麼意思？這意味著大上和十四年前發生，追溯時效即將到期的這起案子有關係嗎？

大上默默看著半空，似乎在思考，但隨即拿起放在一旁的巴拿馬帽，從沙發上站了起來，自言自語地說：「今天不盡然都是好事啊。」

大上每星期有一半的時間都去志乃喝酒，今天晚上也不例外。

從瀧井的辦公室所在的廣島市回到吳原後，把車子開回分局，日岡就陪著大上一起來到志乃。

晶子一如往常，用開朗的笑容迎接他們。

店裡有兩個上班族在喝酒，喝得有幾分醉意之後也離開了，目前只剩下日岡和大上而已。

今天的下酒菜是小沙丁魚的生魚片，和廣島菜的醃漬菜。大上開心地吃了起來。日岡拿起筷子，正準備吃的時候，晶子把一個大碗放在日岡面前。

「阿秀，你吃這個比較好。」

是章魚飯。

大上探頭看著碗裡的食物，嘟起了嘴：

「看起來真好吃，但米飯配酒，總覺得不太對勁。」

晶子輕輕瞪了大上一眼。

「年輕人很容易肚子餓，你也想想自己年輕的時候。」

大上可能想起了自己年輕的時候，所以聳了聳肩表示投降，拿起小酒杯喝了起來。日岡在內心對晶子感激不盡，大上即使肚子餓，只要有酒喝，他就心滿意足了，但日岡中午只吃了咖哩之後就完全沒吃東西，很想吃點能填飽肚子的食物。

日岡吃著吸收了章魚美味的章魚飯時，店裡的拉門打開了。

看向門口，一個中年男子掀起布簾，探頭向店內張望。他穿了一件皺巴巴的上衣，沒有繫領帶。下巴到鬢腳處都冒著鬍碴，應該兩天沒刮鬍子了。雖然看起來不像黑道，但賊頭賊腦的樣子也不像規矩人。

男人看到坐在吧檯前的大上，一對眼尾下垂的眼睛更垂了，露出討人厭的笑容。

「哈哈，果然在這裡啊。」

大上聽到男人的聲音，肩膀抖了一下。舉向嘴邊的小酒杯停在半空，轉頭看著說話的人，然後撇著嘴角。他顯然並不想看到那個人。

大上毫不掩飾厭惡的表情，男人走到吧檯前，親暱地拍了拍大上的背，在他身旁坐了下來。

「上哥從以前就喜歡來這裡，簡直就像是只為一個男人奉獻的專情女人。」

男人說話時，用糾纏的眼神看向吧檯內的晶子。

「話說回來，這裡有酒有菜，再加上老闆娘姿色出眾，我也能理解上哥為什麼整天想往這裡跑。」

大上看著吧檯，無奈地喝完了小酒杯裡的酒。

「你不是被調去島根的隱岐了嗎？」

男人向晶子點了生啤酒，露出自嘲的笑容。

「是啊，被流放到島上三年，四月才剛回來。」

男人拿起晶子遞給他的啤酒，一口氣喝了半杯。他用力吐了一口氣，看著大上身旁的日岡說：「真年輕啊，上哥，這位是新搭檔嗎？」

「是啊。」

大上冷冷地回答。

這個男人到底是誰？日岡正感到納悶，男人從上衣的內側口袋裡拿出名片，遞給日岡。

名片上寫著「安藝報社　報道部副部長　高坂隆文」。

日岡沒有拿出自己的名片，只是對他點了點頭。

高坂露出諂媚的笑容說：

「雖然自己說有點那個，別看我這樣，以前大家都叫我獨家高坂，每次都可以搶到獨家新聞，現在卻變成了獨漏高坂。」

高坂自嘲了一番之後，意味深長地看著面對前方的大上的臉。

「我原本在調查廣島縣警的小金庫問題，結果突然被調去島根那種鳥不生蛋的地方。雖然掛支局局長的頭銜，但根本是有名無實，因為整個支局只有我一個人，連蝴蝶、蒼蠅也沒有。」

高坂說著毫無趣味的冷笑話，喝完了剩下的啤酒。

「一旦報導小金庫的事，警方就會拒絕再向揭露自己非法行徑的安藝新聞提供任何消息。高層這麼認為，所以就把正在四處調查的我，調去了鳥不生蛋的小城鎮，喝酒成為我唯一的樂趣，結果短短三年，就把肚子養這麼大了。」

高坂大聲拍著突出的肚子。

「我離開之後，比起安藝新聞內部的人，警界的人應該鬆了一口氣，尤其是——」

高坂揚了揚下巴，斜斜地看著大上說：

「尤其是和本地黑道關係密切的刑警。」

「這位先生，」晶子在吧檯內狠狠瞪著高坂，「本店拒絕酒品差的客人，請你離開，酒錢不必付了。」

晶子試圖趕人，大上伸手制止了她，轉頭看著高坂問：

「你找我有什麼事？應該不是回到老巢，來向我打招呼而已吧？」

高坂向晶子點了冰酒，把手肘架在吧檯上，向大上探出身體。

「加古村組最近很熱鬧啊，從九州和山口調來不少幫手，他們的辦公室目前到底有多少人？」

高坂剛才吹噓自己很厲害，似乎並不只是吹牛而已。

加古村組認為自己的勢力遭到削弱後，和尾谷組之間失去了平衡，於是向全國的友好幫派請求人力支援。九州的筑友聯合會，以及山口的籠居一家都派了十名左右的人手來到加古村組。但這是警方內部掌握的消息，保密是刑警必須嚴格遵守的規定，分局內下了嚴格的封口令，不得對外透露這個消息。既然高坂掌握了這個消息，就代表他有獨特而確實的消息管道。

大上聽了高坂的問題，當然沒有回答，只是默默地把小酒杯送到嘴邊。晶子從吧檯內粗暴地把冰酒遞到高坂面前。高坂接過酒盅，為自己的小酒杯裡倒了酒，喝了一口之後繼續說道：

「這次的戰爭，如果加古村組單獨上陣，一開始就沒有勝算。再加上三個月後，尾谷組的老大就出獄了，到時候，明石組也會力挺。對在暗中支持加古村組的五十子會來說，很希望在尾谷組的老大出獄之前摧毀尾谷組。畢竟對五十子會來說，這裡是他們的大本營，他們不希望自己出手，而是把加古村組當成馬前卒和尾谷組打仗，就可以一手掌握吳原，卻又不弄髒自己的手。」

日岡放在腿上的手心冒著汗，高坂顯然和廣島黑道也很熟，可能已經比警方搶先一步掌握了某些消息。既然這樣，他為什麼要來試探大上？他手上到底掌握什麼消息？

大上似乎也有同樣的想法，他試著套高坂的話。

「那又怎麼樣呢？」

高坂探出頭，注視著大上的眼睛。

「最先鎖定的就是你捧在手心的一之瀨。雖然尾谷組走少數精銳路線，一旦被擒了王，就沒戲唱了。」

大上對高坂的想像一笑置之。

「一之瀨可沒這麼容易被人奪走性命，而且尾谷組也提高了警戒，他身邊隨時有好幾個保鏢，警方也二十四小時監視尾谷組的辦公室。」

「是喔。」高坂移開了視線，言不由衷地附和著，「如果無法奪走一之瀨的性命，加古村組，不，五十子會的下一步，就要鏟除一之瀨的後盾。比方說──」

高坂露出嚴肅的表情，銳利的眼神盯著大上。

「大上先生，那就是你。」

大上把拿起酒杯的手停在半空，緩緩轉頭看向高坂，皺著眉頭，瞇起眼睛瞪著他。

高坂沒有移開視線，直視著大上的雙眼。

「不瞞你說，三天前，報社接到了匿名爆料，是關於十四年前發生的金村命案。」

低頭做菜的晶子肩膀抖了一下。

日岡倒吸了一口氣。瀧井說，有記者在四處打聽十四年前的事件，難道就是高坂嗎？

大上漠不關心地說：

「是喔，都陳年往事了。」

「匿名爆料者聲稱，報案人發現屍體時，並沒有打給一一〇，而是打去附近的派出所。我去調查了一下，發現消息果然沒錯。報案電話的確打到發現陳屍的墓地所屬轄區的扇町派出所。問題是一般民眾不知道派出所的電話，報案通常都是打一一〇，這種事，連三歲的小孩都知道。也就是說，報案人是因為某種原因不想打電話到一一〇。」

大上為自己的酒杯裡倒了酒。

「這和我有什麼關係呢？」

高坂露出誇張的驚訝表情。

「怎麼可能沒關係呢？扇町派出所不是你當警察後最初任職的派出所嗎？」

高坂再度把臉湊到大上面前。

「爆料的人認為，報案者知道扇町派出所的電話，而且知道一一〇隨時都會錄音。這就意味著報案者擔心自己的身分會曝光，所以很可能是警方的人。」

高坂說話拐彎抹角，大上終於按捺不住，尖聲地問：

「你到底想說什麼？說話不要繞圈子，有話就直說吧。」

高坂揚起單側嘴角，慢條斯理地說：

「那封匿名爆料信上寫了殺害金村的凶手名字。」

晶子倒吸了一口氣，她握著菜刀愣在那裡，一動也不動。

「是喔。」大上嘀咕了一聲，把小酒杯舉到嘴邊，「那還真令人在意，凶手是誰呀？」

高坂在椅子上翹著二郎腿，整個身體轉向大上。

「大上先生，爆料信上寫了你的名字。」

日岡聽到有什麼東西掉落的聲音，轉頭看向晶子。

菜刀掉在切菜板上。晶子雙手掩著嘴，茫然地站在那裡。

日岡和晶子一樣，不，他比晶子更加慌亂。

大上為了偵查，向來都不擇手段。不久之前，還在這家店的二樓，用菜刀割傷了吉田的臉頰。他經常違反服務規程，滿不在乎地做一些違法行為和非法搜索，但他再怎麼亂來，應該不至於殺人。

日岡看著低頭不語的大上。

他撇著嘴，露出了牙齒。他在笑嗎？

大上緩緩抬起頭看向高坂，眼睛深處發出冰冷的光，然後用獨特的沙啞聲音說：

「我說高坂啊，一陣子沒見面，你越來越會說笑了。」

高坂拿起自己的酒盅，為大上的小酒杯裡倒了酒。雖然他面帶笑容，但眼睛沒有笑。

「我希望是玩笑……你說是不是？」

他低聲細語道。

大上拿著小酒杯，凝視著高坂的臉。

晶子回過神，對高坂說：

「這位客人，我要打烊了——」

晶子用日岡以前從來沒有聽過的冰冷聲音說道。

第八章

——日誌

昭和六十三年七月十一日。

上午八點。在吳原市海神町的赤松島開始搜尋上早稻二郎的屍體。

上午九點。在「一棵松」前方的地下，發現了頭部被砍斷的成年男子屍體。

上午九點半。在松樹後方，發現了上早稻的頭部。

同時，以遺棄屍體共犯的嫌疑，逮捕了木村薰。

下午一點。在東分局內成立了「吳原市錢莊員工頭部砍斷命案」的特別偵查總部。

下午五點。以強迫綁架、殺人、毀損屍體和遺棄屍體等嫌疑，針對加古村組的苗代廣行等四人發布了全國通緝令。

晚上八點。大上班慰勞宴。

＝＝＝＝＝＝＝＝＝＝＝＝＝＝＝＝＝＝

＝＝＝＝＝＝＝＝＝＝＝＝＝＝＝＝＝＝＝＝＝（刪除兩行）

（一）

日岡和其他大上班的人搭著警用船穗波艇前往赤松島。

警用船在海上乘風破浪，大上站在甲板上眉頭深鎖，緊閉雙唇。因為他知道即將前往無人島搜索屍體將是偵辦上早稻事件的關鍵。漁船都已經出航的海上一片寂靜，船隻衝破海浪的痕跡在後方拉出很長一條線。

五天前，大上從瀧井口中得知了新善丸的消息後，隔天就暗中調查了新善丸的船員。調查後發現，船員木村薰是苗代的小學同學。

這兩個人曾經在五月初一起喝酒。偵查員在探訪比他們小一屆的學弟土田時，提供了這個重要的線索。土田是酒鋪的兒子，平時送貨去市區的各家店。他在去小酒家送貨時，剛好看到苗代和木村在那裡喝酒。

「是哪一家店？」

日岡克制著內心的興奮問道。他察覺到自己的聲音很尖。

這幾天，大上把探訪工作全權交給日岡。不知道是否想要訓練日岡，他說，除了幫派分子以外，其他都由日岡負責。

土田把一箱啤酒搬上小貨車的車斗後，看著半空，似乎在回想。

「我記得是在小濱。」

那是在多島港附近的小酒家，木村和苗代坐在店後方的桌子旁，臉湊在一起喝著酒。

「我原本想要和他們打招呼，但看他們好像很嚴肅地在談事情，所以就沒打擾他們。」

「這是多久之前發生的事？」

日岡做記錄的手忍不住用力。

「我記得是黃金週結束之後……」

「不記得清楚的日期嗎？」

大上在一旁插嘴問道。

土田想了一下，似乎想到了什麼，表情立刻亮了起來。他回答說，那是一齣電視劇播出兩小時特別篇的日子。因為他喜歡的女演員出演那齣電視劇，他很想趕快送完貨，回家看電視，所以記得特別清楚。

日岡聽從大上的指示，立刻用便衣警車上的警用無線電和分局聯絡，確認之後，發現土田說的那齣電視劇是在五月六日播出。

繼續調查後還發現，在多島港出租海釣船的老闆說，木村在和苗代見面的隔天——五月七日，向他租了一艘海釣船。

老闆平出坐在老舊的船屋椅子上，翻著海釣船租借帳冊，摸著下巴上的鬍碴說道：

「他從晚上九點租到隔天中午。我問他是去夜釣嗎，他點頭說是，但我知道他說謊。」

日岡追問為什麼知道他在說謊，平出一雙混濁的眼睛看著他說：

「如果是夜釣，只要向他舅舅借船就好，根本不用錢。」

日岡想起木村是新善丸的船長善田的侄子這件事。

「我猜想有什麼原因，無法向善田借船，所以才來向我租。反正我是做生意，只要付租金就好。」

「我們可以看一下那艘船嗎？」

日岡問，平出用下巴指了指木框窗外說：

「就是靠在岸邊的翔進丸。」

平出告訴他們，那艘小型漁船全長二十公尺，重量四公噸，最多可以搭乘十二個人。

大上和日岡走出船屋，站在岸邊打量著那艘船。那是一艘舊船，船身上傷痕累累，有不少分不清是魚的血跡，還是鏽斑的汙漬。大上看著隨著海浪搖晃的船，小聲地說：

「四、五個人運送屍體應該沒問題。」

大上請平出這幾天暫時不要出租翔進丸。

平出皺著眉頭說：「現在正是旺季，這怎麼行呢？」

大上從懷裡拿出三張萬圓紙鈔，塞進老闆手裡。日岡曾經多次見識大上塞錢給提供線索的人，這些錢都無法報帳。大上一定是把向幫派收的錢用在偵查上。

「不會太久，最多兩、三天而已。」

大上推了推巴拿馬帽說道，露出不懷好意的表情。

即使現在是旺季，也不是每艘船都能出租，一天一萬圓的補償似乎差不多。平出假裝很不甘願地答應，但難掩臉上的笑容。

離開船屋後，大上笑著對日岡說：

「等鑑識人員鑑識之後，如果這艘船和事件有關，就不止三天沒辦法出租了。那個老頭運氣不好。」

大上說話的語氣，似乎認定翔進丸曾經用來搬運上早稻的屍體。

大上看著日岡，再度揚起嘴角說：

「這是當了二十年刑警後的直覺，絕對沒錯，就是這艘船。」

雖然目前並沒有任何證據，但聽大上這麼一說，日岡也覺得應該就是這麼一回事。

「果真如此的話，遺棄屍體這件事，就和善田無關嗎？」

大上點了點頭，從懷裡拿出香菸，日岡立刻為他點了火。

大上對著海面吐了一大口煙。

「如果和善田有關，一定會用他的船。不過，漁夫都很迷信，可能不願意用自己的船載屍體。但我猜想八成是木村一個人幹的，而且善田也不知道這件事，應該只有木村實際參與。」

「這也是憑刑警的直覺嗎？」

日岡一臉嚴肅地問。因為並沒有證據顯示是木村一個人幹的。

大上打量著日岡的臉，用很受不了的語氣說：

「虧你還是從廣大畢業的，竟然連這個都不知道嗎？」

「是啊。」日岡鞠了一躬，老實地點了點頭。

「聽好了，只要一個人就可以開船。一旦成為遺棄屍體的共同正犯，上限是……幾年？」

大上很沒自信地問，日岡立刻回答：

「三年有期徒刑。」

「對啊。上早稻遭到殺害的手法太殘忍，法官一定不會輕判，一定會判足上限。這麼危險的事，一個人做就夠了。」

也就是說，木村是基於貼心，不把舅舅捲入這件事嗎？

「而且，」大上又繼續說道：「木村和苗代本來就認識，既然苗代花錢拜託他，他怎麼可能多找一個人來分錢呢？」

原來如此，這樣就合情合理了。日岡紅著臉點頭。

坐上停在釣具店門口的便衣警車，大上指示日岡去木村家。

木村住在離碼頭不遠的公寓內，之前就已經去察看過。那棟公寓叫「朝顏莊」，是一棟屋齡老舊的兩層樓木造公寓，總共住了八戶人家，每戶只有一房一廳，空間很小，如果是一家人住，就有點太小了。木村三十多歲，還是單身，所以即使房間有點小，應該也不至於太不方便。

下午兩點多，來到木村的公寓。木村清晨捕魚回來，應該像往常一樣在家裡補眠。

日岡站在公寓門口，敲了敲門。屋內沒有反應。他正想再度敲門時，裡面傳來應答聲。

大上拍了拍日岡的肩膀站在門前，言下之意，就是交給他來處理。

「誰啊……」

木村睡眼惺忪地打開門，一看到大上，立刻清醒了。他應該從大上銳利的眼神發現，他不是幫派分子，就是警察。

「我正在忙。」

木村說了連小孩子都騙不過的謊，慌忙想要關門。大上立刻把鞋尖伸進門縫，出示了警察證，低聲對他說：

「我是東分局的人，有事想要問你，可以請你跟我們去局裡一趟嗎？」

木村茫然地張著嘴，似乎想要說什麼，但他的嘴巴像金魚般開闔著，一句話都說不出來。

「你和加古村組的苗代是小學同學吧？」

木村吞著口水，結結巴巴地問：

「那又、怎麼、樣呢？」

「五月六日，你們在小酒家小濱見了面。隔天，你就去向平出租了名叫翔進丸的海釣船，你還記得嗎？」

大上追問道。

木村黝黑的臉沒有血色，轉動的眼珠子露出害怕的眼神。

大上揚起嘴角，緊追不捨地說：

「如果你不願配合主動到案說明，我也可以在以屍體遺棄共犯的嫌疑聲請逮捕令之後再來找你。」

這是大上一流的虛張聲勢。在有證據顯示翔進丸曾經用來載運屍體之前，根本無法聲請到逮捕令，更何況即使鑑識人員進行鑑識，也未必能夠找到證據。

大上仍然面帶笑容，把門打開，移開擋在木村面前的身體，示意他走出來。

木村似乎知道再怎麼抵抗也逃不了了，所以失魂落魄地穿上拖鞋，走了出來。

日岡看到木村走向便衣警車時，簡直就像個夢遊者，以為大上在偵訊他時，他一定沒有膽量抵抗，絕對會立刻招供。在東分局偵訊木村兩個小時後，日岡發現自己想得太天真了。

木村承認他在五月七日租借了釣船翔進丸，但對遺棄屍體一事堅稱不知情。他說和苗代是同學，堅決否認和幫派有任何關係。

和苗代見面時聊了什麼？租借釣船有什麼目的？船上還有沒有其他人？如果有的話，那些人又是誰？大上像連珠砲似地發問，木村一概回答「不記得了」。大上軟硬兼施，逼問木村，但木村一再重複相同的回答。既然是自動配合到案說明情況，遲早會放了他。而且他應該在偵訊中途發現，只要沒有證據，就無法輕易聲請逮捕令。木村恢復了冷靜，臉上已經沒有來分局時的害怕，而是帶著從容的表情。

偵訊從下午三點開始，加上中間的休息時間，已經持續了六個小時。既然是他主動配合到案說明，就不能拘留他，於是，在告訴他改天再向他瞭解情況後，只能讓他離開。

大上班分批跟監，避免木村逃之夭夭。木村一逃，上早稻田命案的偵查就會陷入瓶頸。

把木村送回公寓，確認了跟監的便衣警車後，日岡回到了分局。

打開辦公室的門，發現空蕩蕩的辦公室內，只有大上坐在自己的座位上抽菸。他靠在椅背上，緩緩搖晃著身體。安靜的室內只有椅子擠壓的規律聲音。

日岡報告已經確認了便衣警車後，上大仰望著天花板，小聲嘀咕說：

「你有沒有看到他的眼睛？」

木村在打開公寓的門時，眼中充滿了恐懼。日岡點了點頭。

「他一開始驚慌失措，但他並不是怕我們警察。」

既然不是害怕警察，答案只有一個。大上說出了日岡的推測。

「他是害怕加古村組，和酒飽中、吉田滋一樣。」

以違反毒品取締法的現行犯遭到逮捕的久保忠，和說出上早稻事件原委的吉田滋都因為害怕加古村組，一開始都不願開口。久保至今仍然對上早稻事件保持緘默。

一旦說了，就會小命不保。所以，即使長時間嚴厲偵訊，木村死不承認他和加古村組有關。既然這樣，唯一的方法，就是讓木村安心。

「能不能說服木村，只要他願意說出真相，警方會保護他的安全？」

大上聽了日岡的提議，用鼻子冷笑一聲：

「他是苗代的同學，也參與走私安毒。你認為和幫派分子關係密切的木村，會相信這種話嗎？」

日岡無言以對。至今為止，警方為了獲得事件目擊者和重要關係人的協助，向他們保證會保護他們的安全，卻仍然多次發生警方無法及時阻止幫派分子報復的情況。

「那該怎麼辦？」

日岡不知所措，語帶消沉地問。

大上從椅子上坐了起來，把只剩下濾嘴的香菸在菸灰缸內捻熄後說：

「去找善田。」

「善田？」

日岡說話時，語尾忍不住上揚。

善田是木村的舅舅，也是新善丸的船長。既是木村的上司，也是他的親戚，但是，大上之前親口說，善田和棄屍事件無關。

大上轉頭看向日岡，微微撇著嘴角。他笑了——嗎？

「我自有妙計，看我的。」

大上說這種話時，十之八九是要進行違法的偵查活動。

日岡低下頭，偷偷咬著嘴唇，以免被大上發現。

不知道大上是否察覺了日岡的心情，他伸了一個懶腰，猛然從椅子上站了起來。

「明天中午十二點去善田家，那時候，他應該已經捕魚回到家了。十一點半開車來波斯菊接我。」

看到大上準備離開，日岡打算開車送他回家。大上沒有回頭，舉起一隻手搖了搖說，他要去附近喝幾杯再回家，然後就走出辦公室。日岡猜想，他八成要去找女人。

隔天，日岡十一點半去波斯菊咖啡店，大上正在喝飯後的咖啡。

大上看到日岡，戴上巴拿馬帽，像往常一樣，用咖啡券結了帳就離開了。

善田住在海邊，位在從木村公寓往北開大約兩公里處，是一棟三層樓的公寓。雖然因為受到海風影響，外牆損傷嚴重，但屋齡並不久，記得好像才造了五年左右。他離婚後，就搬來這裡，目前住在二樓的二〇三室。

大上果然沒有猜錯，善田在家。按了門旁的門鈴，不一會兒，對講機就傳來應答聲。

「誰啊？」

他可能以為有人上門推銷報紙，聲音中雖然沒有警戒，卻很不高興。

大上擠出柔和的聲音說：

「我是吳原東分局的警察，因為附近有人被闖空門，所以想向你瞭解一下情況。」

大上滿不在乎地用謊言說明了來意，他一開始就打算進行非法偵查。

過了一會兒，門打開了，一個男人訝異地探出頭。他的頭頂禿了，臉曬得通紅。善田應該已經五十多歲，但皮膚的顏色和光澤看起來才四十多歲。

不知道是否剛洗完澡，善田穿著內褲和白T恤，額頭上冒著汗，脖子上掛著毛巾。

「哪一戶被闖空門？」

善田的手放在門上，在門口先發制人地問。

大上從懷裡拿出警察證放在善田面前，用和剛才完全不一樣的嚴厲聲音說：

「善田先生，我是二課的大上，你應該從加古村組的人那裡聽過我的名字。」

善田皺著眉頭，大上立刻把半個身體擠進門縫。

善田不慌不忙，只是皺起眉頭，滿臉不屑地說：

「二課的刑警跑來查鬧空門嗎？我記得俗話說的是，小偷都是從說謊開始學壞，可沒說是當警察要從說謊開始啊。」

大上出聲笑了起來。

「真厲害啊。」

善田揚起嘴角，直視著大上，一臉無所畏懼。

不愧是在被稱為「隔了一塊板子就是地獄」的船上多年的人。日岡在心裡佩服善田的膽識。

「那我就直話直說了，我有事想要拜託你。」

大上說完這句話，把上早稻棄屍事件的大致情況告訴了他。

「事情就是這樣，希望你說服你的侄子。」

善田默不作聲地聽完後，轉動了一下脖子，冷冷地說：

「阿薰不是說他不知道嗎？我相信他的話，你走吧。」

善田想要關門，大上伸手制止了他，粗聲粗氣地說：

「又不是小孩子當跑腿，即使你這麼說，我也不可能乖乖走人。」

大上露齒一笑，繼續說道：

「你是不是擔心加古村組會報復？那我就告訴你，加古村組快完蛋了，整個幫派都會消滅，所以，你可以叫你侄子放心。只要木村願意說實話，我可以保證不起訴他。」

大上用認真的聲音說道，善田凝視著大上的臉片刻，冷冷地哼了一聲，把頭轉了過去。

「剛才不是說了嗎？當警察從說謊開始，我不相信。」

大上走向善田，笑著摟住他的肩膀。說「摟」是好聽，但根本就是用手臂勒住他的肩膀。

大上在善田的耳邊說：

「善田先生，你知道走私安非他命要坐幾年牢嗎？」

善田痛苦地轉動著被抱住的腦袋，大上繼續用力，鎖住了他的下巴。善田發出呻吟。

「我告訴你，可以判到無期。我知道你受加古村組之託，協助他們從北韓走私，我可以讓你被判無期。」

大上說到最後，聲音開始發抖。他鎖住善田下巴的手臂應該用盡了渾身的力氣。雖然善田是協助走私毒品的嫌犯，但他並不是黑道，這樣做太過分了。

「大上先生！快住手！」

日岡忍不住大叫起來，拉開大上的手臂，制止他繼續勒住善田。

大上可能終於回過神，立刻鬆開了手臂。

善田拚命喘息呼吸，剛才可能勒到了他的喉嚨。

大上緊抿著雙唇，用肩膀喘著粗氣。

沒有人開口說話，狹小的門口，只聽到三個人的呼吸聲。

大上可能冷靜下來了，用平靜的聲音說：

「我說善田啊，安非他命的事我會壓下來，你就乖乖幫我的忙。」

善田吐了一口氣，壓低聲音說：「我不相信。」

大上看著善田的眼睛說：

「我這個人言出必行，我是針對幫派分子，只要你說服木村，我可以不追究走私的事，也不會為棄屍一事起訴他。」

大上不僅非法偵查，而且還違反服務規程，一旦公諸於世，就不是遭到免職而已，光是根據日岡所知道的事推測他之前的行為，就可以讓大上遭到判刑。

善田深深地嘆了一口氣，垂著頭，咬牙切齒地說：

「好，我會說服阿薰，但是，你真的會摧毀加古村組嗎？」

大上點了點頭。

「你也趁這個機會別再做那種危險的生意了。」

走出公寓後，日岡載著換好衣服的善田，和大上三個人一起前往木村的公寓。在路上用無線電聯絡了負責跟監的柴浦，得知木村並沒有離開公寓。

大上示意善田在木村家門口叫門，木村打開門，看到和善田在一起的大上與日岡，在門口愣住了。

「你們等一下，我去裡面和他聊一下。」

「沒問題。」

大上說完，推著善田的背進屋，關上了門。

「沒問題吧？」

日岡問，大上滿不在乎地說：

「事到如今，應該不會逃走吧。不過，叫柴浦和瀨內在窗戶那一側監視，以防萬一。」

日岡去向柴浦和瀨內指示後跑回來時，大上倚靠在欄杆上，用巴拿馬帽搧著風。今天白天的氣溫超過三十度，日岡也拿出手帕，擦了脖子上的汗水。

大上抽完三支菸時，玄關的門打開了。日岡看了一眼手錶，善田走進屋內已經二十分鐘了。

善田摟著木村的肩膀走了出來，木村眼睛通紅，低著頭，但似乎已經下定了決心。

大上問他：「你下定決心了嗎？」

木村點點頭，然後抬起了頭，一口氣向他確認：

「我真的不必坐牢嗎？你真的會摧毀加古村組，不必擔心他們來報復嗎？你也不會追究走私安毒的事嗎？」

大上一一點頭。

「交給我吧，我向你保證。」

木村看著大上的眼睛漸漸溼潤起來。

木村吸吸鼻子，承認在五月八日凌晨受苗代之託，開海釣船載了四名加古村組的幫眾。

日岡拿出記事本，緊張地記錄起來，擔心會遺漏內容。

「應該並不是只有加古村組的人而已吧。」

大上急著問道。

木村看著半空片刻，緩緩點著頭。

「還有一個裝棉被的袋子和幾把鐵鏟。」

「裝棉被的袋子——」

大上尖聲重複道。

「棉被袋裡裝了什麼？」

木村語帶遲疑地回答：

「從外表來看……很硬，像是假人模特兒，還有一個像足球一樣圓圓的東西。」

裡面應該裝了上早稻被砍下腦袋後，變得僵硬的屍體。

「船開去了哪裡？」

上大的聲音也不由地變得緊張起來。這是破案的關鍵，也難怪他會緊張。

木村用力吸了一口氣，似乎終於決定吐實。

「──去了赤松島。」

日岡倒吸了一口氣，拿著筆的手也忍不住停了下來。

赤松島是位在多島港東南方二十公里的無人島，是周長不到五百公尺的小島，島嶼的頂部有一棵巨大的松樹，航行的船舶都以此為標記。

原來埋藏屍體的地點不是在內陸，而是在島上，難怪在沿岸一帶費力搜索，也都一無所獲。

大上用眼神示意日岡趕快記錄。

「到了島上之後，苗代他們扛著船上的棉被袋和鐵鏟下了船。」

「你沒有一起去嗎？」

木村點著頭，拉起身上的棉T恤，用衣襬擦著額頭的汗水。

「苗代叫我在船上等，而且我嚇壞了……」

木村一開始就知道棉被袋裡裝了什麼。幫派分子說要在天亮之前，帶著棉被袋去無人島上，他不可能沒猜到。

木村把手放在腿上，臉色蒼白，喉嚨發出咻咻的聲音。他努力克制著嗚咽。大上把手放在他顫抖的肩膀上安慰他說：

「你不知道棉被袋裡裝了什麼，對不對？」

木村緩緩抬起頭，茫然地看著大上。

大上用強烈的語氣再度確認：

「你不知道棉被袋裡裝了什麼，對不對？」

木村猛然直起身體，抓住大上的襯衫袖子，用力點頭說：

「對，我不知道袋子裡裝了什麼，我什麼都不知道！」

大上揚起嘴角，露出了笑容，輕輕拍了拍木村的肩膀說：

「好，這樣很好，偵訊的時候也要這麼說。」

回到分局做了筆錄，大上整理了木村的供詞後，在晚上的偵查會議上提議搜索赤松島。副局長神原聽取報告，立刻聯絡了縣警總部請求支援，和總部討論之後，決定在隔天十一日早晨八點開始搜索。

除了大上班的六名刑警，還有縣警一課和鑑識課的十名成員，以及東分局地域課的八名警力支援，總共二十四名成員，以及兩頭警犬一起前往赤松島搜索。

根據木村交代「苗代他們去島上之後，走向那棵松樹」的證詞，認為上早稻的屍體很可能埋在松樹附近，但挖遍松樹周圍需要耗費相當長的時間。於是有人提出可以仰賴警犬，於是也請求管轄警犬的縣警鑑識課提供支援。

大上班和縣警鑑識課人員，以及兩頭警犬全搭乘總部所屬的警用船穗波艇，吳原東分局地域課的員警搭乘東分局的警用船早雉艇，做好了出發前往赤松島的準備。

（二）

大上發現日岡今天在上船之後，除非必要，幾乎都不開口，和平時很不一樣。站在船頭看著前方的大上，納悶地看著身旁的日岡問：

「你怎麼了？看起來很沒精神啊，會暈船嗎？」

日岡慌忙掩飾說：

「不，不會，我沒事。」

日岡在回答時，眼角忍不住瞄向船尾。

兩頭警犬在船的後方，伏臥在負責警犬的偵查員腳邊。

日岡怕狗。長大之後，仍然無法忘記小時候被狗咬的恐懼。

如果是寵物的小型狗還好，船上的警犬是戰前作為軍用犬的狼犬，如果真的撲過來，就不是像小時候那樣，只是腿上縫十幾針而已了。

「搞什麼，原來你怕狗。」

日岡被大上看穿了，連他自己都知道臉紅了。這個年紀還怕狗，簡直就像小學生。日岡簡短地說了幼兒時期的可怕經驗。

「那次之後，就很怕狗……」

「是喔，」大上用鼻子哼了一聲，轉頭看著身後的警犬。

「竟然怕那麼好吃的東西，真是太可憐了。」

大上說，在戰後糧荒的時候，狗曾經是美味佳餚。

「雖然有特殊的味道，肉質也比較硬，但肚子餓的時候，真的會垂涎三尺。」

大上看著兩頭警犬，揚起嘴角笑著說：

「牠們平時有訓練，肉很緊實，雖然沒黃狗那麼好吃，但也不是不能吃。」

狗不僅嗅覺靈敏，聽覺也很出色。牠們好像聽懂了大上的話，露出牙齒，發出低吠聲。日岡忍不住縮起脖子。

「開玩笑，開玩笑的。」

大上對著警犬誇張地搖著手。

話說回來——

日岡將視線移回船的前方，偷偷瞄著大上的臉。

五天前，安藝新聞的高坂在志乃說，有人爆料大上是十四年前尚未偵破的殺人命案的凶手。

在提到大上的名字後，媽媽桑晶子立刻說打烊了，沒有再繼續談論這個話題。兩天前，日岡也和大上一起去了志乃，但他們一如往常，好像高坂根本沒提過這件事。

為什麼有人重提十四年前的事件？誰去報社爆料說大上是凶手？高坂之後會採取什麼行動？

日岡內心充滿了疑問，但他最想知道事實真相。

雖然他很想問大上，但看到大上和晶子隻字不提高坂的事，就覺得一旦問了，將會自找麻煩，所以也就不敢問出口。

不知道大上對自己被指為追溯時效即將到期的殺人命案的凶手，有什麼感想。

大上似乎察覺到日岡的視線，笑著安慰他說：

「別擔心，牠們戴著項圈，不會攻擊你。萬一撲過來，你用下段踢就可以搞定牠。」

日岡對大上露出生硬的笑容。

從多島港出發二十分鐘後，抵達了赤松島。

因為警用船無法在沒有碼頭的島上靠岸，所以大家只能分批坐上橡膠船登陸。

昨天晚上就根據木村薰的供詞，決定重點搜索苗代等人前往的那棵松樹附近。

日岡和其他偵查員用搜索棒撥開密集生長的珊瑚菜，爬上無人島的斜坡。

來到松樹後，在周圍展開搜索。不一會兒，一頭警犬就大聲吠叫起來，用前腿拚命挖著距離松樹西側三公尺的地面。

支援的地域課警員用鐵鏟挖開引起警犬注意的地方。警犬可能很興奮，在鑑識課偵查員的身旁低聲吼叫著。

日岡和地域課的警員一起用鐵鏟挖著地面，在挖了三十公分左右時，聞到一股異臭，忍不住皺起眉頭。

那是好像肉放在盛夏的烈日下曝曬多日發出的酸臭味。日岡之前曾經看過被車子輾死的野兔屍體，如今聞到了相同的腐臭味——那絕對是屍臭。

在地面越挖越深後，臭味也越來越強烈，周圍不知道從哪裡飛來很多蒼蠅。從現場緊張的氣氛來看，在場的所有人都確信下面埋了悽慘的屍體。

沒有人開口說話，只聽到黑尾鷗在頭頂上啼叫，還有偵查員拿著鐵鏟鏟地的喘息聲，和挖起的泥土聲。

在挖了五十公分時，一名偵查員停下手，他似乎挖到了什麼。他轉過頭，用眼神向大上報告。日岡也感覺到鐵鏟挖到了東西，停下了手。

大上用眼神示意他們繼續挖。

偵查員相互凝視後，點了點頭，放慢動作，一起小心謹慎地繼續挖。在清除覆蓋著埋入地下的異物上最後的泥土時，聞到了強烈的屍臭味，同時有不計其數的蛆蟲湧了出來。所有偵查員都發出叫聲離開了坑洞。日岡也爬出了坑洞。

日岡跌坐在地上，用手支撐著上半身。大上走過他的身旁，走向坑洞，用巴拿馬帽揮走飛來飛去的蒼蠅，蹲了下來。

日岡坐了起來，在大上身後看著坑洞內。屍體身上的衣服破了，因為氣體而膨脹的屍體中爬出無數蛆蟲。應該是腳的部分露出了白骨，上面還殘留著肉片。原來屍體沒有穿鞋子。脖子周圍的肉已經腐爛，許多白色蛆蟲在上面爬來爬去。

雖然忍了好幾次，但他一直想要嘔吐，只好連吞了好幾次口水。

前來支援的地域課員警中有幾個人轉身離開，對著後方嘔吐起來。

他們應該第一次看到人的屍體——而且是無頭的腐爛屍體，難怪會忍不住嘔吐。

聽說腐爛屍體的屍臭味無論怎麼洗都洗不掉。原本以為是前輩刑警誇大其詞，但如今聞到這股強烈的屍臭，日岡也不得不接受。目前身上穿的衣服，連同內褲恐怕都要全部丟掉。

一名分局的人在日岡身後突然嘔吐起來，日岡也差一點跟著嘔吐，他從屁股後方的口袋裡拿出手帕，拚命克制著。

大上向坑洞內張望，微微撇著嘴。雖然他應該努力皺著眉頭，但日岡覺得他在笑。

「終於找到了，這下子可以超渡加古村了。」

雖然大上低聲嘀咕著，但可以感覺到語氣中的興奮。他果然在笑。

鑑識課的課員拿著相機走了過來。他們從不同的角度拍了好幾張照片，以便留下搜索記錄。

現場拍攝完畢後，用毛毯裹住屍體抬了上來，六個人合力把屍體抬到塑膠布上，攤開毛毯，鑑識課的課員用刷子刷除泥土和蛆蟲，然後又拍了好幾張照片。大上拿起事先準備的線香點了火，所有人都合掌默哀。

合掌默哀後，大上對著負責警犬的偵查員說：

「苗代他們運來的棉被袋裡還有像足球一樣圓圓的東西，既然身體埋在這裡，頭部埋在這附近的可能性也很高，讓狗再去松樹周圍調查一下。」

負責警犬的偵查員點了點頭，讓在身旁待命的警犬站了起來。

重新開始搜索十分鐘後，這次警犬在松樹北側五公尺左右的地方吠叫起來。用鐵鏟在那裡挖了七十公分左右，挖到了一個像是人頭的東西。臉部的皮膚已經腐爛，長了頭髮的頭部有一部分已經可以看到頭蓋骨，還沒有成蟲的蛆扭來扭去，啃食著腐爛的肉。

「死者終於可以瞑目了。」

大上自言自語地說道。

現場拍攝完畢之後，小心翼翼地把頭部挖了上來，偵查員用小毛毯包起後，放在塑膠布上。鑑識課的課員再度用刷子刷除了泥土和蛆蟲。日岡看著鑑識人員作業時，忍不住問大上：

「當初把頭砍下來，是為了讓組長加古村確認，但為什麼要把頭和身體埋在不同的地方？直接埋在同一個地方，比挖兩個洞省力省時多了。」

大上站在無人島的前端，遙望著海平面抽著菸。

「萬一發現已經化為屍骨的身體，只要找不到腦袋，就無法判定被害人的身分。」

目前只有靠比對牙齒，才能夠根據人骨判斷身分。雖然日本繼歐美國家之後，終於開始將ＤＮＡ鑑定用於犯罪偵查，但技術還很不成熟。

「而且啊，」大上看著日岡，似乎想到什麼好笑的事笑了起來，「之前也曾經發生過一起凶手把屍體的頭部砍下，和身體埋在不同地方的事件。我在偵訊是問凶手，為什麼要埋在不同的地方。凶手回答說，他擔心埋在一起，腦袋和身體會自動連起來，死者再度復活。說完之後，還抖了一下。凶手通常都很迷信。」

又不是在拍三流恐怖片，人的腦袋被砍下之後，不可能連在一起再度復活。日岡在這麼想的同時，又覺得似乎能夠理解那些凶手在行凶之後的心理。

「大上班長，結果出爐了！」

正在調查頭部的鑑識課課員回頭大叫。他在比對發現的頭部口腔和上早稻的齒模。

大上把香菸丟在地上，跑向鑑識課課員。

「怎麼樣？」

大上問。鑑識課課員壓低嗓門，克制著內心的興奮說：

「事先上早稻的齒模和剛才挖起來的頭部的牙齒形狀一致，幾乎可以確定，這就是上早稻的頭部。」

「好！」

大上大聲回答，向身旁的偵查員發出指示。

「立刻和總部聯絡，回報已經找到了上早稻的屍體。」

接到命令的偵查員急忙衝下無人島的斜坡。

縣警的刑事部長透過警用無線接獲發現了上早稻屍體的報告後，立刻指示吳原東分局和縣警搜查二課共同成立「吳原市錢莊員工砍頭命案」的特別偵查總部。

「總部指示，等偵查員回到分局，立刻召開共同偵查會議。」

大上接獲通知後，看著腐爛的頭部，宣言似地說：

「上早稻，我要借用你的腦袋來換加古村的腦袋，你就安息吧。」

（三）

處理完屍體，從赤松島回到多島港已經下午三點多了。雖然船上發了事先準備好的便當，但身上的屍臭味太強烈，沒有人在船上打開便當。

大上班立刻回到了東分局，參加了上早稻命案的共同偵查會議。

即使發生了命案，通常易於查到凶手的事件不會成立偵查總部。但是，這起事件是黑道綁架無辜的民眾，在凌虐後，用殘忍方式殺害。警察廳和縣警總部重視這起慘絕人寰的事件對社會造成的影響，所以才會成立特別偵查總部。

縣警搜查一課的課長陣內博之擔任上早稻命案的指揮工作，他在會議上指示，對目前以強行綁架和傷害嫌疑遭到通緝的苗代等四人，追加殺人、毀損屍體、共同棄屍的嫌疑，立刻發佈全國通緝。

「必須立刻逮捕嫌犯，縣警也要對加古村組組長加古村猛展開嚴格偵查，以殺人、毀損屍體和棄屍的同謀共同正犯的嫌疑加以逮捕。各方人員按照這個方針進行偵查。」

陣內對會議室內的偵查員如此宣布後，結束了第一次會議。

大上班的人離開會議室後，去局內的淋浴室洗完澡，換了衣服後前往「富美」。東分局二課的刑警都在置物櫃內放了換洗衣服，以備不時之需。

富美是二課在聚餐時經常造訪的大眾居酒屋，經過大家的努力和辛苦，終於發現了屍體，大上登高一呼，決定舉辦慰勞宴。

白天在烈日下工作的疲勞，再加上身上的屍臭味用肥皂也洗不掉，所以大家都有點意興闌珊。慰勞會在二樓四坪大的包廂內開始之後，沒有人拿筷子吃菜，只是默默喝著啤酒。

當啤酒換成了日本酒，喝了五、六盅冰酒之後，氣氛才漸漸熱鬧起來。

酒過三巡，柴浦紅著臉為身旁的大上斟酒時說：

「一旦把苗代等人逮捕歸案，除了總部長獎以外，搞不好還可以領廳長獎。」

坐在對面的瀨內探出身體說：

「對啊，對啊，這次有一半是班長獨立偵查，廳長獎絕對不是夢。」

大上啃著烤魷魚乾，心情愉悅地看著大家說：

「這次不是我一個人的功勞，而是各位努力的結果，如果能得到表彰，大家都有份。」

獲得表彰的次數和功勞的重要程度，會影響基本薪資的層級。即使年齡和警階相同，立功的次數越多，薪水就越高。每次得到表彰，也會有獎金。總部長獎有一千圓的獎金，警察廳長獎的獎金是一萬圓。日岡以前在派出所任職時，曾經及時逮捕了闖空門的竊賊，獲得了總部長獎，當時領到了獎狀和一千圓。

大上從懷裡拿出香菸，日岡還來不及拿出打火機，柴浦已經俐落地用火柴為他點了火。

大上用力吸了一口，豪邁地吐著煙。

「這次的上早稻事件是重大事件，偵查費也可以由國庫支出，整天愁眉苦臉的阿少心情也終於可以舒暢點。」

阿少指的是局長毛利克志，他是高考組的警視正，才三十多歲。雖然他和當年統治安藝國的毛利家無關，但因為和本地大名的姓氏相同，所以到任之後，大家都在背後叫他「少主」，如今更簡稱為「阿少」。東分局這一陣子連續發生多起事件，毛利為龐大的偵查費用頭痛不已。

偵查費通常從地方政府每年的警察預算中支出，但遇到重大案件，也可能由國庫支出。當發生皇室或政治人物相關的事件，以及跨縣市的惡性重大犯罪，通常都由國庫支出相關的偵查費用。這次的上早稻事件就屬於惡性重大的案件，四名幫派分子的嫌犯仍然在逃，他們狗急跳牆時，不知道會做出什麼，所以很快就成立了特別偵查總部。一旦成立特別偵查總部，偵查費用就由國庫支出。

如此一來，毛利就不再需要再為預算的事操心。偵查費中，有一部分會被挪入小金庫，用於警局幹部的餐飲費和招待費，以及異動時的歡送金，讓原本就非常有限的預算變得更吃緊了，很多刑警在偵查時，連交通費也只能自掏腰包。正因為這樣，大上在偵查時經常大手筆花用自己的錢常讓人感到驚訝。

一旦媒體發現大上和幫派關係密切，對縣警而言，就是一顆不定時炸彈。日岡之前聽晶子說，大上透過幫派掌握了上司的醜聞，只要上司的指示、命令或是束縛讓他感到不舒服，他就會委婉地暗示自已掌握了把柄。

——所以，上司也不敢對他太嚴厲。

「對了，」高塚放下舉到嘴邊的酒杯，「聽說有報社記者為了班長的事，想要採訪阿少。」

大上挑了一下眉毛。

瀨內驚訝地問高塚：

「你消息真靈通，是哪家報社的記者？」

「好像是安藝新聞的副部長。我聽公關課的女警說，畢竟班長完成了值得表彰的工作，記者一定會在報導中大肆稱讚吧。」

安藝新聞的副部長——就是之前在志乃見過面的高坂。日岡內心有一種不祥的預感。

「那真是太好了，乾杯吧，乾杯。」

瀨內興奮地說這句話時，友竹像往常一樣姍姍而來。

當友竹拉開包廂的紙門時，所有人看到他的臉都閉了嘴。因為一眼就可以發現友竹面色凝重。他皺著眉頭，撇著嘴，好像吞下了什麼苦澀的東西。

下屬破案立了功，照理說應該高興，沒理由不高興。在場的所有人應該都和日岡有同樣的想法，所以都納悶地看著友竹。

友竹大步走向上座，單腿跪在大上旁，在他耳邊小聲說話。友竹的聲音很小，坐在大上身旁的日岡只能勉強聽到：

「阿少找你，明天一早就去局長室。」

友竹說完這句話，皺著眉頭，走出了包廂。

所有人都大驚失色地看著友竹關上的紙拉門。

如果是好事，一定會大聲說，讓所有人都能夠聽到。友竹之所以小聲說話，代表是相反的情況——是對大上不利的消息。

包廂內的氣氛一下子變得尷尬。

柴浦窺視著大上的臉色，戰戰兢兢地問：

「發生、什麼事了嗎？股長說什麼？」

大上拿起桌上的香菸，抽出一支菸。日岡這次沒有輸給柴浦，搶先為大上點了菸。

大上吐著菸，看著半空說：

「他說今天辛苦了。」

在場的所有人都知道這句話是在說謊。如果是慰勞的話，根本不需要說悄悄話。

一定是大上不想說的事——不，應該是無法說的事。其他人想必已經猜到了，所以沒有繼續追問，默默地喝著酒。

日岡突然聞到了上早稻的屍臭味。沾在身上的屍臭——無論怎麼洗，也洗不掉的死亡味道。

日岡閉上眼睛，一口氣喝完小酒杯中的酒，讓屍臭味趕快消失。

第九章

——日誌

昭和六十三年七月十五日。

凌晨兩點。五十子會的幹部吉原圭輔在赤石大道上遭人開槍，身受重傷，陷入昏迷，五十子會的幫眾將他送至上尾醫院。

凌晨四點。吳原東分局確認這起事件。

凌晨四點半。接獲友竹股長指示，立刻前往上尾醫院。

凌晨五點。向同時在現場的五十子會幫眾瞭解案發當時情況。

上午八點。因發生了槍擊事件，「吳原市黑道組織特別偵查總部」舉行偵查會議。

下午四點。法院核准對尾谷組旗下各處進行搜索的搜索令。二課、一課舉行會議，準備展開共同搜索行動。

傍晚六點。和正在閉門思過的大上班長面談。

＝＝＝＝＝＝＝＝＝＝＝＝＝＝＝＝

（刪除三行）

（一）

天色濛濛亮，日岡在國道上全力奔跑。

天空泛起白色，但整個城市仍然沉在黑夜中。國道上沒有來往的車輛，住家也都一片靜悄。

日岡踩在柏油路面的雙腿已經快跑不動了，小腿的肌肉痙攣，快要抽筋了，全身都大汗淋漓，氣喘如牛，喉嚨帶著血腥味。

自從之前在派出所時代抓搶劫犯之後，就沒有這樣全速奔跑過，但當時只是全速跑了一百公尺就抓到了。

這次離目的地有一公里。他從公寓跑到這裡，才跑了一半而已。雖然他對自己的體力很有自信，但恐怕無法維持目前的速度跑到終點。他稍微放慢了速度，調整呼吸。

看到成為標記的那家餐廳後，轉過街角，立刻便是一個陡坡。上尾醫院就在這個陡坡上方。

這家私人醫院成立於大正初期，目前的院長是第四代。

坡道上方尖尖的三角形屋頂頂端有一隻風向雞，從海上吹來的風把雞尾吹得轉動不已。風向雞的後方是山脈，是包圍吳原東端的東妙山。黎明時分，山腰上一片朦朧的灰色，但山頂已被染成淡淡的紅色。

日岡用盡剩下的體力衝上坡道。雙腿如鉛，胸口痛得好像快被撕裂了。不知道是心臟還是肺——還是心臟和肺同時發出悲鳴。

他一邊跑，一邊看手錶，試圖緩和痛苦的感覺。凌晨五點，天快亮了。

快四點半時，被竹友股長的電話叫醒。

日岡從被子裡伸出手，接起電話，立刻聽到友竹緊張的聲音。

『五十子的吉原中槍了。』

他立刻就醒了。

五十子的吉原是五十子會的幹部吉原圭輔。東分局在三十分鐘前接獲消息。吉原被小弟送去現場附近的上尾醫院，目前還不瞭解詳細情況，只知道吉原身受重傷，陷入昏迷，五十子會的人都趕去醫院，現場一片肅殺的氣氛。

『我已經通知唐津他們了，你也馬上去上尾醫院。』

日岡察覺到友竹準備掛電話，急忙開了口。

「呃——」

電話中傳來友竹不悅的聲音。

『什麼事？』

他似乎想要說，他正在忙，到底有什麼事。日岡把已經衝到喉嚨口的問題吞了下去。

「不，沒事，我馬上去上尾醫院。」

『動作快一點。五十子會的那些人情緒激動，要制止他們繼續鬧事。』

日岡聽到友竹在準備掛電話時抱怨說：『真是的，偏偏發生在這種時候。』

電話掛斷了，只聽到嘟嘟嘟的聲音。

友竹說的「這種時候」有兩層意思。一是上早稻事件即將破案，加古村組即將遭到瓦解之際，竟然又發生了可能會導致火拼的導火線事件。還有一層意思，就是大上不在。

在赤松島發現上早稻的屍體，大上班以慰勞宴之名聚餐隔天的七月十二日，巨大的衝擊震撼了二課。局長命令大上在家待命。

當大上從局長室回到二課時，大上班的成員立刻圍著他，問他到底是什麼事。大上只是小聲嘀咕了一句：「要我在家待命。」

在家待命——其實就是閉門思過。

前一天，大上幾乎靠獨自偵查，讓上早稻綁架殺害事件向破案邁進了一大步。他是這起案子最大的功臣，怎麼可能遭到這樣的處分？

大上班的人紛紛詢問理由，大上沒有回答，只是皺緊了眉頭。所有人都看向齋宮，但齋宮無視大家的視線。他可能也有難言之隱，默默看著早報，眼鏡已經滑到了鼻尖。

唐津似乎實在難以接受，走到齋宮的辦公桌前，雙手撐在桌上，探出身體說：

「到底是怎麼回事？照理說應該受到表彰，為什麼班長要承受這種待遇！」

齋宮並不在意唐津氣勢洶洶的態度，用右手小拇指挖著耳朵回答說：

「阿上最近太忙了，高層希望他在累壞身體之前先休息一陣子。」

「我們怎麼可能相信這種騙小孩子的話！請你說明班長遭到閉關處分的理由！」

「閉嘴！」

大上怒吼道，辦公室內鴉雀無聲。

「但是，上哥——」

唐津舉起的拳頭不知道該敲向哪裡，一臉不知所措地看著大上。

大上斜斜地戴好放在座位上的巴拿馬帽。

「不要吵吵鬧鬧！我不在的時候，由股長負責指揮，你們要聽從股長的指示。」

大上厲聲說道。言下之意，就是這個話題到此結束。

大上仔細凝視了每一個人的臉，似乎藉此叮嚀，然後不發一語地大步走出辦公室。

唐津咂著嘴，罵了一聲：「幹！」用力坐在椅子上。

那天晚上，日岡下班後去了志乃。

掀起布簾，打開拉門，晶子一如往常地迎接了他。

「歡迎光臨。」

大上一如往常地坐在吧檯前，他轉頭看著日岡，輕輕舉起了手。

「不好意思，把你找來這裡。」

他說話很客氣，臉上卻完全沒有歉意的表情。雖然他遭到閉關反省處分，但一點都不安分，簡直就像是準備討論要怎麼使壞搗蛋的孩子王。

七點多，晶子打電話到二課。二課內資歷最淺的日岡接起了電話。

『我就猜到會是你接電話。』

晶子高興地說完，簡短地傳達了內容。

『上哥叫你今天下班之後一個人來店裡。』

一個人來店裡。這句話的意思是，不要讓其他人知道。日岡巡視四周後回答說：「知道了。」然後就掛上了電話。

土井似乎察覺到是私人電話，豎起小拇指問他：「女朋友打來的？」日岡不置可否地應了一聲，繼續低頭整理海釣船屋老闆平出的供詞。寫完報告，八點多才離開分局。

「對不起，我來晚了。」

日岡在大上身旁坐下後道歉。

晚上八點半。從接到電話到現在已經一個半小時。

大上叫晶子拿小酒杯給日岡。不是先喝啤酒，直接喝日本酒——這代表沒有時間吃開胃菜，直接上主菜的意思嗎？

晶子從吧檯內把小酒杯放在日岡面前。大上拿起放在吧檯上的酒盅，為日岡的小酒杯倒滿酒，也為自己的杯子加了酒。

「你對我今天的處分有什麼看法？」

大上果然直接進入了正題。

即使大上這麼問，日岡根本不瞭解他受到閉關處分的原因，所以無從回答起。

大上用力吐了一口煙，小聲嘀咕說：

「處分的原因是那五百萬。」

日岡驚訝地看著大上。

那五百萬是前尾谷組的成員野津想要交給一之瀨的戰鬥資金，一之瀨認為野津雖然相當於他的叔叔，但既然已經退出江湖，就不能收下野津的五百萬。野津則堅持這是為了報答尾谷老大當年的恩情，兩個人相持不下，最後，由大上收下了這筆錢。大上用這筆錢籠絡了加古村組的吉田，讓吉田說出了上早稻綁架事件的始末，難道警界高層得知了這一連串的始末？
大上察覺了日岡內心的想法，用力點了點頭。
「有人把五百萬的事告訴了高坂。」
這件事是由安藝報社的高坂告訴局長，他申請採訪毛利局長，就是為了確認這件事嗎？
——阿少找你，明天一早就去局長室。
日岡想起友竹低聲說話的聲音。
「有人在背後慫恿高坂，不光是五百萬的事，還提到了仔銀賭場抽頭的事，和其他的事，但毛利沒有證據，所以只好先命令我在家閉關，只不過照目前的情況下去，監察官可能會開始調查。」
監察官——
日岡倒吸了一口氣，把手上小酒杯裡的酒一飲而盡。因為喝得太猛，嗆進了氣管。晶子慌忙遞了小毛巾給他。
除了眼前這三個人以外，只有收了錢的吉田，還有當時在場的尾谷組的人知道五百萬的事。
大上當然不可能說，收了錢的吉田當然也不可能告密。和大上交情甚篤的晶子也一樣。所以只剩下尾谷組的人，但他們把大上當成自家人，應該不會把對大上不利的事告訴記者。
那到底是誰呢？

「日岡！」

聽到自己的名字，日岡回過神應了一聲。大上看著前方命令他：

「目前的情況下，我沒辦法行動，希望你幫我去調查一下。」

雖然他命令日岡去調查，但日岡不知道該從哪裡調查起。

大上看到日岡吞著口水，指示他去找高坂。

「只有他知道風聲是從哪裡透露出來的，所以當然要從他著手。」

日岡想起一個星期前，在這個吧檯前坐在大上身旁的高坂。他敢和大上當面對峙，即使日岡直接去問他，到底是誰向他告的密，他應該也不會說出來。然而，日岡想不到還有其他方法可以查出消息的來源，只能聽從大上的指示。

日岡回答說：「我知道了。」然後喝著大上為他倒的酒。

雖然在大上面前說「我知道了」，但調查毫無進展。由於必須祕密調查，所以無法在上班時間行動，因此只能在下班之後去找高坂，卻遲遲找不到他。他似乎沒有回位在廣島市區的住家，日岡也去了安藝新聞支局的公司宿舍，那是高坂在吳原活動時的據點，但他住的地方始終沒有燈光，不知道他是否另有住處。

經過三天，日岡沒有任何可以向大上報告消息，然後就發生了這起槍擊事件。

日岡從友竹口中得知吉原遭到槍擊時，第一個想到大上。也許大上已經從一之瀨或是尾谷組的其他人口中得知了吉原遭到槍擊的事，果真如此的話，大上一定心急如焚。

日岡最想知道大上對五十子會的幹部遭到槍擊這件事有什麼看法。之前從晶子口中得知，大上妻兒的車禍，很可能和五十子會有關。聽到仇敵遇到災難，會幸災樂禍嗎？還是不摻雜私情，正在思考如何才能阻止火拼發生？

日岡掛上友竹打來的電話後，決定先不去想這些事。因為自己想也沒有用。目前要先趕去上尾醫院，瞭解情況後，再和大上聯絡。

他在換衣服時，回想起上尾醫院的位置。日岡的公寓剛好位在東分局和上尾醫院中間，與其回分局開車過去，不如直接跑去醫院更快。

鎖好門之後，日岡拔腿跑向上尾醫院。

（二）

跑了一公里的路程之後，要一口氣衝上陡坡簡直是酷刑。

在日岡即將昏倒之前，總算衝到了坡頂。他用肩膀喘著粗氣，抬頭看著眼前的建築物。

這棟五層樓的歐式建築物正門和樓梯口窗戶的鑲嵌玻璃，讓人聯想到修道院。

已經有幾輛警用車輛停在正門前，也有幾輛高級黑頭車，應該是五十子會的幹部和組長的座車。岔路上還停了四、五輛轎車，周圍聚集了十幾個男人。應該都是五十子會的幫眾。

從派出所趕來的兩名制服員警站在古色古香的門廊兩側站崗，日岡向他們出示了警察證。

兩名員警立正後告訴他，夜間急診的後門在建築物的西側。

日岡快步繞到後門，老舊的後門前也站了一名身穿制服的員警。日岡再度出示了警察證，喘著氣問員警：「辛苦了，請問、被害人、在幾樓？」

「五樓手術室。」

制服員警向他敬禮的同時回答。

日岡走進建築物，搭後門旁的電梯來到五樓。

來到五廊，發現手術室就在昏暗走廊的盡頭，但「手術中」的紅燈並沒有亮。手術已經結束了嗎？吉原活著離開手術室了嗎？還是——？

土井班的偵查員已經到了，正在手術室前的護理站向醫院方面的人瞭解情況。

日岡看到友竹在走廊的角落。他皺著眉頭，抱著雙臂靠在牆上。

友竹看到日岡後，放下抱著的雙臂，快步向他走來。

「你動作真迅速啊，大上班的其他人都還沒到。」

「吉原的、情況……」

日岡仍然喘著粗氣問道。

友竹轉頭看著身後的手術室，重重地嘆了一口氣說：

「手術剛結束，子彈從腹部貫穿後背。醫生說，雖然可以救回一命，但因為大量出血，所以不能大意。」

「知道是誰幹的嗎？」

友竹看著手術室對面的那道門。門上掛著家屬休息室的牌子。

「土井和栗田正在裡面向當時在現場的五十子會的成員瞭解情況。」

栗田是土井班內最資深的刑警。

友竹生氣地皺著眉頭說：

「目前還不清楚，但好像是尾谷組的人開的槍。聽說在路上發生口角，然後就突然開了槍。」

日岡的後背一下子冒出冷汗，但並不是因為過度運動流的汗。

加古村組和尾谷組的火拼好不容易有希望平息，假設真的是尾谷組的幫眾開的槍，等於又添了新的事端。之前擔心五十子會全面參戰，如今很可能成為現實，一旦如此，雙方就會血債血還，殺紅了眼。

必須把現狀告訴大上——

正想找醫院內的公用電話時，家屬休息室的門開了，栗田走了出來。他們急忙跑向栗田。

友竹跑到栗田面前後，著急地問：

「怎麼樣？知道凶手了嗎？」

栗田點了點頭，看向友竹。

「以前的黑道死也不會說出誰和自己打架，現在的黑道都嘰哩呱啦說出來。」

「是誰啊？」

日岡急著想要知道凶手，忍不住搶在友竹前問道。

栗田看著日岡說：

「是尾谷組的永川恭二幹的。」

永川——之前曾經在尾谷組的辦公室多次看到那個光頭的年輕人。

栗田說，事情的起源只是稍微碰到肩膀這種芝麻小事。深夜兩點左右，五十子會的吉原和他的結拜弟弟長瀨在路上和尾谷組的幹部立入豪太，還有永川發生了口角，因為雙方都喝醉了，所以打了起來，結果永川就開了槍。

「立入和永川目前人在哪裡？」

栗田皺著眉頭，抓了抓五分頭說：

「他們在開槍打了吉原之後就逃走了。」

友竹咂著嘴說：「事情在三個半小時前發生，即使現在發布緊急動員令也來不及了，那就馬上去他們的住家找人。」

栗田豎起大拇指指著家屬休息室對友竹說：

「我等一下把裡面的長瀨帶回分局，等我寫完筆錄之後，再向你報告詳細情況。」

友竹雙眼用力地看著栗田說：

「辛苦了，那就拜託了。」

栗田把長瀨從家屬休息室帶出來時，唐津和瀨內也趕到了。

友竹立刻對他們說：

「喔，你們來得正好，開槍的是尾谷組的永川恭二，幹部立入豪太也在場，你們立刻聯絡機搜隊，去他們的住家找人。」

「尾谷組嗎？」

唐津驚訝地嘀咕道。

「聽說是突發性的衝突。」

友竹補充說。

「知道了。」

瀨內用緊張的聲音回答，按了剛才搭乘的電梯按鈕。

長瀨和栗田也搭上同一部電梯，四個人走進電梯下樓時，家屬休息室的門打開了，傳來土井叫友竹的聲音。

「股長，五十子說，想要和你談一談。」

「五十子嗎？」

友竹露出訝異的表情，然後看著半空想了一下，立刻敏捷地轉過頭，看著日岡的臉說：

「日岡，你也一起來。」

日岡感到不知所措。

照理說，主管和幫派幹部層級的人談話時，不會讓日岡這種菜鳥刑警參與。資深的刑警土井已經在裡面了，根本沒理由找自己同行。土井也露出訝異的表情。

友竹不等日岡回答，就走進了休息室。日岡搞不懂友竹的想法，跟著走了進去。

休息室差不多相當於兩個病房的大小，茶几兩側放了兩張長沙發，只要把椅背放倒，就可以當作簡易床鋪使用。

進門之後，看到兩個男人坐在右側的沙發上。好像在強調鼓起的大肚子般仰在沙發上，摸著鼻子下方鬍子的，正是五十子會會長五十子正平。他年紀應該六十多歲，但頭髮很黑，不知道是染黑，還是假髮。只不過臉上的老人斑和皺紋曝露了他的實際年齡。

戰後的混亂時期，五十子和在吳原活動的賭徒井伊塚茂結拜，開始混黑道。他擅長權謀術數，很快就嶄露頭角，成立了自己的幫派。五十子會是出了名的武力幫派，和尾谷憲次率領的尾谷組曾經發生過兩次火拼。他靠著手上掌握的豐富資金，成為廣島仁正會的副會長，成為吳原市最大幫派的大組長。

坐在他身旁的是五十子會的太子淺沼真治。他五十出頭，理著光頭的額頭上有好幾道縱向的皺紋，剃光眉毛的臉看起來很凶殘。他和加古村是平起平坐的結拜兄弟。

沙發後方，站了兩個應該是會長保鑣的年輕人，保護五十子和淺沼。他們瞪著友竹和日岡，似乎試圖威嚇。

友竹在五十子和淺沼對面坐下後，用沒有感情的聲音問：

「這次真是大災難啊。」

五十子聽到友竹言不由衷的客套話，冷笑一聲說：

「友竹股長，災難才剛開始、剛開始而已，還會持續下去。吉原目前還在死亡邊緣掙扎，凶手還沒有抓到，一切都才剛開始而已。」

友竹可能覺得五十子言之有理，窘迫地清了清嗓子。

淺沼輕輕轉動脖子，用帶著怒氣的聲音吼道：

「有人對我們的年輕人開槍，警察要怎麼解決？」

友竹不甘示弱，也粗聲粗氣地說：

「不需要你們說三道四，我們也會抓到凶手。你們只要管好手下的年輕人，叫他們不要輕舉妄動就好。」

「抓到凶手——」

五十子意味深長地重複了友竹的話，坐直了身體，斜斜地看著友竹說：「我不相信。」

「你說什麼？」

休息室內的氣氛一觸即發。

「聽說東分局向來袒護尾谷組，事實到底如何？」

五十子用鼻孔對著友竹，不屑地問。

友竹對五十子的問題一笑置之。

「別開玩笑了，怎麼可能有這種事？」

淺沼緊追不捨地說：

「東分局當然包庇尾谷組，如果你們敢包庇一之瀨這種混蛋，日後就要你們日子難過、日子難過！」

不發一語地在一旁聽他們說話的土井喝斥淺沼：

「淺沼，說話有分寸點！」

土井在縣警總部時代曾負責仁正會，和五十子會間的關係很密切，和淺沼的交情也很深。

淺沼嘟了嘟嘴，沒有說話，用力轉動了脖子，把頭轉到一旁。

日岡聽著他們的對話，低頭咬著嘴唇。他沒有想到這次的事件不僅是五十子會和尾谷組之間的衝突，更波及到大上和一之瀨之間的關係。即使逮捕了凶手，做出了相應的處分，五十子仍然可能會在大上和一之瀨的關係上做文章，說警察對特定幫派手下留情，到時候就不只是大上和一之瀨之間的問題，很可能會影響整個警察組織的信譽。

沒有人開口說話。

五十子趁眾人沉默時，裝腔作勢地說：

「對了，怎麼沒看到大上班長呢？他每次都最先趕到現場，今天是怎麼了呢？」

友竹說不出話。

淺沼用眼角瞥著五十子說：

「對啊，雖然他平時像是打也打不死的刑警，該不會是吃壞肚子了？」

淺沼顯然對目前的狀況樂在其中。

他們知道大上受到了閉關的處分。

該不會是五十子把五百萬圓的事告訴了高坂？不知道他從哪裡得知了這個消息，所以想要扳倒成為尾谷組後盾的大上。

友竹懊惱地咬著嘴唇，猛然從沙發上站了起來。

「總之，我剛才已經說了，你們別做蠢事，不要試圖報復，交給警方處理。」

友竹不等五十子的回答，就走向門口。土井也跟在友竹身後，日岡也跟著走出了休息室。

離開上尾醫院，就一直找公用電話打給大上，向他報告目前的情況，請他指示目前該怎麼辦。日岡雖然這麼想，但遲遲找不到機會聯絡大上。

派出所用警車送友竹和他從上尾醫院回到分局後，立刻在二課舉行了偵查會議。

課長齋宮一開始就明確表示，逮捕尾谷組的成員是防止爆發火拼的絕對條件。

「必須趕快逮捕他們兩個人，先發制人，避免五十子會採取報復行動。如果立入和永川被殺，警察就會顏面盡失。馬上行動，也沒時間上廁所了！」

機搜隊回報，立入和永川都沒有回家。尾谷組的幹部也全都消失無蹤了。

友竹要求日岡和瀨內一起去槍擊案的現場查訪。

日岡和瀨內一起前往赤石大道現場附近探訪時，曾經有兩次機會打電話給大上。第一次是瀨內去上廁所的時候，第二次是自己去上廁所的時候。雖然他利用空檔打電話到大上的公寓，但大上可能不在家，沒有人接電話。

因為槍擊事件發生在夜深人靜的深夜，再加上現場在很少有行人來往的小巷內，所以並沒有打聽到任何有力的目擊消息。

傍晚四點多時，他們回到便衣警車上，準備向友竹報告偵查的現況。在拿起無線電對講機準備通話時，接到了分局的聯絡。是友竹。友竹告訴他們，向法院聲請搜索尾谷組各處的搜索令已經核准，等一下就要一舉展開搜索，要求他們立刻回分局。

「情況就是這樣，所以馬上回分局。」

坐在副駕駛座上的瀨內命令駕駛座上的日岡。

日岡握著方向盤，皺著眉頭，抿緊嘴唇。即使同時展開搜索，恐怕也很難立刻查到槍擊犯永川和有共犯嫌疑的立入躲藏的地點。尾谷組的一之瀨和備前等其他幹部已經躲藏起來了，辦公室內應該只有幾個加入幫派不久的小弟而已。這些小弟根本不可能知道太子和幹部目前躲藏的地方，即使同時展開搜索，也無法很快就有進展。

火拼的導火線已經點燃。時間拖越久，導火線就越短，爆炸只是時間早晚的問題。

一旦開始火拼，就會出現很多死傷者。除了已經有人受傷的五十子會以外，兩個幫派的人都因為之前的齟齬失去了冷靜，已經不顧道理和道義，很可能會波及一般民眾。

日岡克制著想要直接開車去大上家的衝動，踩下了油門。

回到分局，二課的刑警也幾乎都到齊了。

在立刻舉行的會議上，確認了同時搜索時的分工。其他負責追查嫌犯下落，調查嫌犯人際關係的偵查員，目前也還沒有掌握到有關尾谷組幹部的行蹤，和立入、永川逃亡的有力線索。齋宮激勵大家，不要放過任何微小的線索，要抱著連小巷裡的野貓也不能放過的態度展開偵查。

最後決定隔天早晨八點展開同時搜索。

會議結束，日岡來到走廊上時，友竹悄悄從後方靠了過來，小聲地叫他去走廊盡頭。那裡剛好向內凹，堆放裝了備品的紙箱，成為一個死角。

日岡趁周圍沒有人，走去找友竹。

友竹抱著手臂，靠在堆放雜物處的牆壁上。日岡站在他的身旁，他喃喃地說：

「我接下來說的話，都是自言自語。」

他的意思是說，不是基於搜查二課黑道組織股股長的立場，而是私人言論嗎？

「照目前的情勢發展下去，吳原會陷入一片混亂。加古村組因為上早稻事件幾乎面臨實質解散，為加古村組撐腰的五十子應該恨得牙癢癢的。因為馬前卒部隊的加古村組一旦遭到摧毀，吳原就很難落入他的手中。剛好在這個節骨眼，發生了槍擊事件。雖然五十子那傢伙假裝很擔心手下的安危，但內心一定笑得很開心，因為終於可以名正言順地和尾谷組開戰了。」

日岡回想起五十子在家屬休息室時，臉上的確沒有老大在為手下擔心的凝重表情。

友竹壓低嗓門，繼續自言自語地說：

「一旦五十子會也加入尾谷組和加古村組的戰爭，和尾谷組交情良好的神戶明石組當然不可能袖手旁觀。這麼一來，廣島的仁正會也會派人手過來。五十子是仁正會的副會長，既然仁正會加入戰局，交情甚篤的關西十二日會也將基於人情加入，等於第二次廣島大火拼事件再度重演。」

日岡的腦海中浮現吳原街頭槍聲四起的景象，各幫派組織的辦公室、旗下的店家都會遭到襲擊，不光是幫派分子，連無辜的民眾都會遭到波及，發生流血事件。

友竹抬起看著腳下的視線，用力地說：

「無論如何都要避免這種情況發生，只能透過關係去和尾谷憲次和廣島仁正會談一談，讓雙方達成協議。問題在於這個任務並不是每個人都有辦法勝任，就連在江湖上赫赫有名的黑道老大也未必有辦法做到，眼下，只有——」

友竹說到這裡，停了下來，用銳利的眼神看著日岡說：「只有大上。」

果然——日岡用力吸了一口氣。

大上能夠和尾谷推心置腹地溝通，在仁正會內，又有瀧井這個很有份量的援軍，他的確有可能做到。

友竹看著日岡的雙眼片刻，似乎想要訴說什麼，然後又垂下雙眼，再度低聲說道：

「現在沒時間了，沒時間了，真希望大上目前在這裡。」

日岡知道友竹想要表達的意思，點了點頭。

「五十子在醫院說的那些話，也是一種訊息。」

原來友竹和五十子談話時，要求日岡也參加的目的，是希望日岡把目前的狀況告訴大上。

日岡立正、敬禮後，轉身離開了。

走出分局，坐上便衣警車，立刻發動了引擎。他踩下油門，把車子開了出去。日岡開車前往大上的住處，似乎聽到了友竹的聲音。

「拜託了。」

（三）

日岡把車子停在空地後下了車，抬頭仰望眼前的房子。那是大上住的兩層樓老舊公寓。

大上住在二樓最後那個房間。日岡衝上已經生鏽的樓梯，站在通道盡頭的房間門口。

他克制了內心的焦急，調整呼吸，敲了敲已經褪色的鐵門。

「大上先生。」

沒有回應。他比剛才更用力敲門。

「大上先生，我是日岡，如果你在家，請你開門。」

片刻之後，屋內傳來大上的聲音。

「門沒鎖，自己進來。」

不知道他是否剛睡醒，聲音聽起來很慵懶。

「打擾了。」日岡打著招呼，打開了門。

一進門，立刻聞到一股濃烈的酒味，他忍不住皺起眉頭。

走進狹小的玄關就是廚房，然後是一間三坪大的房間。從窗戶照進來的夕陽灑在大上身上，他靠在牆邊，豎著膝蓋坐在那裡，手上拿著杯子，裡面裝了像是威士忌的琥珀色液體。

日岡脫下鞋子，走進屋內。廚房的地上和房間的榻榻米上到處都是空酒瓶、零食袋子和髒衣服。日岡小心翼翼走到大上身旁，以免踩到這些東西，然後蹲了下來。

被褥旁有一個桌腳可以折疊的小桌子，大上拿起桌上的威士忌角瓶，遞到日岡面前。

「遲到的人要喝三杯，那裡應該有杯子吧。」

日岡鄭重地婉拒了。因為還是上班時間，而且自己要開車。

大上可能也知道酒駕有問題，於是請他吃魷魚乾，為自己的杯子裡加了威士忌。

大上不是在喝酒，而是把酒倒進喉嚨。

日岡探出身體問：

「大上先生，你知道五十子會的吉原遭到槍擊的事了嗎？」

大上沒有回答。既然他沒有驚訝，顯然他已經知道了。

日岡告訴他事件的現況。

「吳原已經陷入一觸即發的狀況，照目前的情況發展下去，將會爆發火拼。股長希望有人可以和尾谷憲次，還有仁正會談一談，讓雙方達成協議，而且認為只有你才有辦法——」

日岡的膝蓋移向前，靠近大上。

「大上先生，請你想想辦法。」

斜斜照進來的夕陽，在裝了威士忌的酒杯中產生了反射。

大上默默聽完日岡的話後，緩緩開了口。

「一之瀨打電話給我，說已經沒辦法了。」

日岡倒吸了一口氣。

「是指全面開戰的意思嗎？」

「照這樣下去的話，應該會吧。」

大上的語氣似乎事不關己。日岡忍不住緊張起來。大上已經放棄阻止火拼了嗎？換句話說，連大上也無法阻止了嗎？

「怎麼會——」

大上緩緩搖晃著手上的酒杯。

「雖然聽說他們是撞到了肩膀，但其實是吉原主動挑釁。在馬路上遇到時，吉原對已經喝醉酒的立入說，你們老大在吃牢飯，小弟竟然在喝酒玩樂，過得真爽啊。結果雙方就吵了起來，在推擠時，吉原的小弟長瀨搶走了永川胸前的徽章，說這種徽章根本是垃圾，然後丟在地上。永川怒不可遏，結果就呼——」

原來是這樣。

日岡想起大上之前曾經說，尾谷組是少數精銳部隊，尾谷組的人最重視幫派的面子，不難想像永川看到有人糟蹋他們的幫徽徽章，內心有多麼憤怒。

「只不過無論是基於任何理由，五十子看到自己的手下挨了子彈，當然不可能善罷甘休。尾谷組也覺得遭到了羞辱，那就打一仗吧。」

日岡用力握著自己的膝蓋，抬起原本看著自己手的雙眼看向大上：

「能不能想想辦法？」

大上注視著房間內的某一點，什麼話都沒說，默默地搖晃著杯子。

既然一之瀨說已經沒辦法了，大上應該也無計可施了。即使日岡哀求，也只是徒增困擾。日岡雖然很清楚這件事，但還是無法退縮。正如友竹所說，只有大上能夠阻止這場火拼，所以，他只能向大上求助。

「大上先生，五十子好像知道你遭到禁閉處分，也許是五十子把那件事告訴了高坂。」

大上的單側眉毛挑了一下，但他沒有吭氣，繼續沉默不語。

日岡和大上相對無言，時間一分一秒地流逝。

夕陽已經快下山了，兩個人在榻榻米上的影子也拉長了。大上把杯子放在桌上。

「我去找五十子。」

日岡驚訝地抬起低著的頭。他懷疑自己聽錯了。雖然好像聽到大上說，他要去找五十子，但大上應該是說，要去找一之瀨吧？他訝異地問：

「去找五十子嗎？」

「是啊。」大上面無表情地回答了這一句。

日岡緊張起來。

五十子可能是奪走大上妻兒生命的敵人。對五十子會來說，大上也是仇敵。雙方一旦見面，不可能相安無事。

大上可能從日岡臉上的表情察覺了他內心的不安，微微揚起嘴角說：

「你放心，你只要送我去五十子的辦公室就好，我一個人進去。」

大上露出了他特有的無敵笑容，日岡用力搖著頭說：

「不，我會追隨你到天涯海角，這是我的使命。」

聽到日岡說「使命」這兩個字時，大上好像想起了什麼事。

他把手伸進長褲口袋，拿出什麼東西，丟給日岡。

「這個放在你那裡。」

那是雕刻了狼圖案的Zippo打火機。之前去多島港調查上早稻綁架事件後，回程準備去瀧井的辦公室時，走進一家菸店，買了這個打火機。

日岡接過打火機時，一陣顫抖穿越他的背脊。他內心感到不安。

日岡搖了搖頭。

「不，還是請你留在自己身邊。」

他把Zippo打火機遞給大上。

但是，大上沒有伸手。

「你的使命，就是使用這個打火機，所以放在你那裡。」

大上費力地站起來後，走向玄關，把掛在牆上掛鉤上的巴拿馬帽斜斜地戴在頭上，穿上鞋子後，雙手插在口袋裡，回頭看著仍然坐在榻榻米上的日岡說：

「你還在發什麼呆？還不趕快出發？」

因為逆光的關係，看不清大上的臉，只有那頂白色的巴拿馬帽特別明顯。

日岡沒來由地感到一陣激動。

他咬緊牙關，站了起來，在口袋裡緊緊握住的Zippo打火機已經被汗水弄溼了。

第十章

——日誌

昭和六十三年七月十八日。

上午十一點半。因上早稻二郎命案而遭到全國通緝的嫌犯，加古村組的幫眾苗代廣行在四國高松市區遭到逮捕。大上班的唐津巡查長和另一名偵查員立刻趕往高松分局，準備把嫌犯接回。

下午四點。吉原圭輔槍擊事件的嫌犯，尾谷組幫眾永川恭二主動向吳原東分局投案。

下午四點二十分，和栗田巡查長一起偵訊永川。晚上七點結束。

晚上七點半。「小料理屋　志乃」。

＝＝＝＝＝＝＝＝＝＝＝＝＝＝＝＝＝＝

＝＝＝＝＝＝＝＝＝＝

＝＝＝＝＝＝＝＝＝＝＝＝＝＝＝（刪除三行）

（一）

日岡站在東分局門口，看著分局前方的國道，緊盯著來往的車輛。

他在等待一輛即將緩緩駛入東分局大門的計程車。他看著被汗水黏在手腕上的手錶。下午三點五十五分。約定的時間是四點。距離上一次看手錶，只有五分鐘而已。

他沒有轉動腦袋，只有眼睛向兩側掃視。栗田在他身旁，坐在門口的階梯上，默默注視著前方。他面對馬路，但並沒有像日岡一樣，雙眼緊盯著來往的車輛，也沒有擦拭從花白頭髮的腦袋上流下的汗水，只是注視著遠方，似乎在想什麼事。

東分局大門的車道有屋簷，所以可以遮陽，但即使現在已經是陽光的影子拉得很長的時間，大太陽底下的氣溫仍然輕鬆超過三十度。盛夏的陽光在柏油路面反射出耀眼的光芒，蒸騰的熱氣讓道路的對向車道好像在微微晃動。

三十分鐘前，日岡和栗田就在這裡等一輛計程車。槍擊五十子會幹部吉原圭輔的尾谷組幫眾永川恭二應該坐在那輛計程車上。

他又再次看了一眼手錶。三點五十七分。

日岡終於忍不住問栗田。

「永川真的會來投案嗎？」

當他問出內心的不安時，有一輛大貨車駛過眼前，車斗上載滿了從山上採集的石材。巨大的聲響和震動在腹部產生共鳴。

栗田不知道是沒有聽到日岡的說話聲，還是充耳不聞，他就像是放在門口的擺設，靜靜地看向前方。

手錶的秒針向前移動。

三點五十八分。

永川真的會來投案嗎？會不會情況臨時發生變化，他改變主意，不來投案了？

無論怎麼絞盡腦汁，自己也無計可施，只能在這裡繼續等待。

當他咬緊牙關看著半空時，一輛計程車慢慢駛入分局。

日岡衝下階梯，栗田也跟在他的身後。

一個光頭的年輕男人下了車。雖然天氣很熱，但他穿著棉長褲和長袖襯衫。八成是因為身上有刺青。他雙手握在身體前方，一臉不安地看了看日岡，又看了看栗田。

日岡再度打量著他。

沒錯。他就是永川。之前曾經在尾谷組的辦公室見過永川幾次。

計程車離開後，栗田向他確認身分。

「你是永川恭二嗎？」

「對，請多關照。」

永川深呼吸後，微蹲下身體，雙手放在腿上，深深地鞠了一躬。

今天早上，日岡一進辦公室，就看到友竹坐在自己的座位上，一臉不悅地靠在椅背上。為了化解室內的凝重氣氛，日岡努力用開朗的聲音向他打招呼。友竹聽了似乎覺得很不舒服，坐在椅子上眯起眼睛，狠狠瞪著日岡。

「你心情倒是很好嘛，遇到什麼好事了嗎？年輕人真輕鬆，讓人羨慕啊。」

友竹的挖苦讓日岡聽了很生氣，但他敷衍地笑了笑，默默地在自己的座位上坐了下來。

吉原遭到槍擊已經三天。

友竹的心情一天比一天差。兩天前，也就是星期六時，對尾谷組各處同時展開了搜索，卻一無所獲。尾谷組可能預料到警方的行動，所以辦公室內只有幾個小弟，也沒有搜到任何證物，偵查員只能空手離開了辦公室。

開槍射擊吉原的永川也仍然下落不明。案發當時，和永川一起逃離現場的立入豪太也一樣，警方仍然無法掌握他的行蹤。

吉原身中兩槍，其中一發子彈從腹部貫穿背部，但另一顆還留在體內。醫生說，子彈留在內臟很微妙的地方，大動脈隨時可能破裂。雖然目前救回一命，但在下一次手術之前需要靜養。

友竹之前在上尾醫院的家屬休息室時，對因為手下的幹部中槍感到生氣的五十子和淺沼說，一定會抓到凶手。如今，雖然知道凶手，卻遲遲無法逮捕歸案，必定讓他感到屈辱。

上司的心情也會影響下屬。比日岡晚到辦公室的其他偵查員一看到友竹，都不敢正眼看他，匆匆走向自己的座位。

在例行的朝會結束後，仍然沒有人開口。大上組的柴浦和瀨內外出向永川等人的熟人打聽，追查他們的下落。土井班的偵查員也有一半外出。包括日岡在內的黑道組織股的成員和智慧型犯罪股的偵查員，再加上幹部，只有十三個人還留在二課內。

中午前接到的一通電話，打破了凝重的氣氛。

日岡正在根據鑑識課的資料，撰寫搬運上早稻屍體所使用的翔進丸的檢查報告。大上果然沒有猜錯，船上發現了苗代等嫌犯的指紋，還有微量的魯米諾反應，絕對是使用那艘船搬運屍體。

日岡謄寫完畢，正準備去茶水室泡茶時，警用電話響了。

接電話是菜鳥刑警的工作。他急忙走回座位想要接電話，坐在電話前的高塚用手制止了日岡，表示「我來接」，搶先接起了電話。

並不是只有發生緊急狀況時，警用電話才會響起，反而經常是其他縣市或轄區警局打來瞭解相關案情。

高塚原本無精打采，突然瞪大眼睛，從椅子上站了起來。

「真的嗎？」

辦公室內所有人都同時看向高塚。

高塚對著電話簡短應答，他的臉越來越紅，最後鞠躬說了聲：「謝謝。」掛上電話後，對著齋宮大喊：

「廣島縣警搜查四課的津本課長打電話來，剛才縣警接到四國高松分局的聯絡，已經在高松市內抓到了通緝犯苗代。」

「真的嗎！」

友竹驚訝得從椅子上彈了起來。日岡也想瞭解詳細情況，跑向高塚的座位。

今天上午十點，高松分局的員警在巡邏時，在高松市內一家柏青哥店發現一名男子很像通緝令上的通緝犯，於是用無線電和分局聯絡。黑道組織股的偵查員趕到後上前盤查，那名男子拔腿就跑。偵查員追了三百公尺，終於追上了他，以妨礙公務現行犯加以逮捕。

男子坐上警車時，也口出惡言，甩著雙手掙扎，但走進分局的偵訊室後，就閉口不語。雖然他保持緘默，但當刑警告訴他，剛才採集的指紋和苗代一致後，他終於承認了。

「津本課長要求我們緊急派人去高松分局接苗代。」

在一旁雙眼發亮地聽著高塚說話的唐津大聲地說：

「我去！高塚，你也一起來。」

不等友竹的回答，唐津和高塚就拿起掛在椅背上的上衣走向門口。

「那就拜託你們了。」

友竹慌忙對著他們的背影說。

唐津走過日岡身旁時，語帶惋惜地說：

「如果上哥在，今天就可以舉行慶功宴了……」

唐津和高塚走出辦公室後，二課內一片歡呼聲，就連智慧型犯罪股的偵查員也都笑著向友竹和其他幹部道賀。

苗代遭到逮捕，二課黑道組織股目前手上的案子——上早稻綁架殺害事件、柳田命案、要町的槍擊引發的一連串槍擊事件，以及三天前發生的吉原槍擊事件中，只剩下吉原槍擊案尚未解決。

東分局偵查總部在吉原遭到槍擊後，為了向一之瀨瞭解情況，尋找他的下落，但一之瀨也失去了蹤影。既不在辦公室，也不在家裡。而且並不是只有一之瀨不見蹤影，幫派幹部備前和矢島也不見了。

之後調查發現，吉原遭到槍擊後，一之瀨立刻趕去鳥取，去面會正在鳥取監獄服刑的尾谷憲次。友竹想到了這個可能性，立刻打電話問了鳥取監獄，發現吉原遭到槍擊的隔天，面會時間一開始，一之瀨就申請和尾谷面會。聽鳥取監獄的職員說，一之瀨和尾谷面會三十分鐘後，在上午十一點結束了面會，坐上小弟開的車離開了監獄。

聽陪同面會的監獄官說，他們只聊了身體狀況和出獄後的情況等日常的會話。但很有可能打點監獄內的關係，讓監獄官暫時離席，兩個人單獨談話，黑道分子在監獄面會時經常使用這種手法。

雖然知道一之瀨去了鳥取監獄，卻不知道他之後的行蹤。回到吳原後，去了某處嗎？還是離開吳原，躲藏在其他地方。雖然也照會了縣警的搜查四課，但並沒有任何人看到一之瀨。

也許無法這麼快解決吉原槍擊事件。雖然上早稻事件即將破案——摧毀加古村組有望——但導致黑道幫派火拼的原因並未消除，相反地，吉原事件成為新的火種。每個課員都清楚瞭解這件事，但逮捕苗代歸案確實消除了一個火種。加古村組因為支付給援兵的經費龐大，前來支援的其他幫派的人已經逐漸離開了吳原。

偵查員都暫時感到鬆了一口氣，沉浸在喜悅中。

日岡接到電話時，辦公室內因為逮捕苗代的興奮仍然沒有平息。

大上班桌上的電話響了，日岡接起了電話。

「這裡是吳原東分局搜查二課。」

日岡比平時稍微提高了音量，以免被周圍的歡聲淹沒。

電話中傳來一個年輕女人有點不知所措的聲音。

『請問……是日岡先生嗎？』

日岡沒聽過這個聲音。「我就是。」日岡回答後，電話彼此傳來鬆了一口氣的嘆息聲。

『請等一下，有人要找你。』

女人把電話交給了另一個人。

到底是誰要找自己？

日岡腦海中浮現了大上的臉，握著電話的手忍不住用力。

『日岡先生嗎？是我。』

日岡一聽到聲音，立刻知道是誰打來的電話。

是一之瀨。一之瀨的聲音很有特徵。他是偏低的男中音，因為抽菸過量，所以有點沙啞，但聲音很宏亮。

除了苗代以外，警方也在四處尋找一之瀨的下落。接到他的電話，日岡既驚訝，又有點不知所措。

『日岡先生，有一件事，特別想要請你幫忙。』

一之瀨開門見山，想要直接進入主題。日岡慌忙制止了他。他用手捂住電話，巡視周圍。大上班這一區只有自己，其他人還沉醉在逮捕苗代的喜悅中，沒有人注意到日岡在接電話。

日岡背對著其他課員，用手遮住電話小聲說話，以免被其他人聽到。
「你現在人在哪裡？警方正全力尋找你的下落。」
一之瀨沒有回答日岡的問題。
『我無法告訴你目前落腳的地方，因為我現在不方便露臉。』
電話中隱約傳來電視聲，他在女人家裡，或是在飯店。八成是前者。警方已經在幽會旅館和觀光飯店等住宿設施佈下了天羅地網，即使帶著女人作為掩護，住在外面也太危險。
一之瀨不方便露臉的真正目的是什麼？日岡試探地問：
「是為了躲避對方嗎？」
他說的對方，指的是五十子會。但因為顧慮到旁邊有人，所以沒有直接提名字。
不光是警方，自己的手下遭到槍擊的五十子，也拚命在尋找一之瀨的下落。
一之瀨在電話中輕聲笑了起來。他無所畏懼的笑聲聽起來好像樂在其中，又似乎在嘲笑。
一之瀨用好像在開導日岡的口吻繼續說道：
『黑道打架是家常便飯，不需要逃，也沒必要躲，但警方就另當別論了。如果現在被逮，恐怕會有一陣子無法自由。如果上哥在的話還好，但現在是土井老爺在掌局，到時候可能會聲請逮捕令。現在落入警方手中，等於是一場豪賭。』
一之瀨說到這裡，吐了一口氣，加強語氣繼續說道：

『我現在不能賭博，在處理完這次的紛爭之前，我無論如何都要留在外面。』

尾谷組的柳田遭到殺害，幹部備前經營的酒店裡的小姐被人挖角。備前家又被人開了槍。雖然這次五十子會的吉原遭到槍擊，但事情的起源是加古村組——以及在加古村組背後撐腰的五十子會一再挑釁。尾谷組的組長目前入獄服刑，身為幫派太子的一之瀨一旦遭到逮捕，五十子和加古村就可以為所欲為。組長尾谷還有兩個月就出獄了，他一定打算在此之前不公開露臉，領導整個幫派。

日岡能夠理解一之瀨的立場和心情，但是，身為警察，不能讓警方正在追捕的對象就這樣逃之夭夭，所以他小聲地試圖說服他投案。

「已經抓到苗代了。」

電話彼端傳來倒吸一口氣的聲音。

日岡簡短地告訴他抓到苗代的過程。

「我們的人已經去高松接人了，苗代遭到逮捕之後，加古村組的人也會陸續落網。他們因為金錢上無力負擔，所以支援兵力也都離開了。就像大上先生說的，加古村組已經形同瓦解了。」

日岡用力握緊了電話。

「你們和加古村組之間的火拼很快會結束，請你出面投案。」

一之瀨停頓片刻，靜靜地說：

『即使加古村倒了，還有五十子啊。』

日岡的腦海中浮現五十子目中無人地坐在醫院沙發上的身影。

五十子在戰後混亂時期嶄露頭角，他貪戀金錢和地位，擅長權謀，不可能就這樣善罷甘休，想必正在細心呵護吉原事件引起的火種。

日岡說不出話，一之瀨恢復了平時的聲音說：

『先不談這些，剛才我說有事要拜託你——我會讓永川去投案，可不可以請你去接他？』

日岡懷疑自己聽錯了。永川槍擊吉原後失去蹤影，這是東分局目前最大的懸案事項。逮捕帶槍逃逸的嫌犯，是比一之瀨投案更緊迫的問題。

永川開槍行凶這件事上，吉原方面也有過錯。對一般人來說，幫徽徽章根本微不足道，但對幫派分子來說，份量完全不一樣，他們願意用自己的生命保護刻了幫徽的徽章。甚至可以說，徽章就是他們的生命，吉原的小弟長瀨邊罵邊把如同生命般寶貴的徽章丟在地上，永川當然無法忍受這種粗暴行為。

尾谷組也有自己的主張。在火拼事件發生的此刻，他們應該不願意放棄任何一名幫眾。目前讓永川主動投案，並不符合黑社會的道理。

一之瀨為什麼要讓永川現在主動投案？

一之瀨簡短回答說：

『是老大的命令。』

「尾谷組長的命令？」

一之瀨去鳥取監獄面會時，果然和尾谷談了目前的情況，並請求他發出指示。

『老大說，無論事情的來龍去脈如何，是我們的人開槍，必須對社會有交代。至於道上的事，之後再來處理。我老大做事向來很有擔當。』

日岡難掩興奮，微微前傾著身體問：

「我知道了，幾點？」

一之瀨回答說，下午四點，會搭計程車去。

『麻煩關照他一下。』

「沒問題。」

日岡吞著口水回答，一掛上電話，立刻衝向友竹的座位。課長齋宮去開會了，不在座位上。

「股長，剛才一之瀨打電話來。」

友竹瞪大了雙眼。

「你說什麼？」

他驚訝的問話聲變得很尖。

「他叫永川來主動投案。」

「真的嗎？」

友竹一臉懷疑。

「對，四點會搭計程車來這裡。」

日岡向友竹報告了剛才電話的內容。

「沒搞錯吧？」

友竹問話的語氣很嚴厲。

日岡立刻點頭：

「對，沒錯，是他的聲音。他說話的聲音很嚴肅，不像在開玩笑。更何況一之瀨沒理由特地打電話來說謊。」

友竹漲紅了臉頰，著急地問：

「那一之瀨目前人在哪裡？」

「他沒有說，他自己還不打算到案說明情況。」

嗯——友竹抿著嘴唇，立刻開口大聲向全課的人宣佈：

「各位，剛才接到一之瀨的電話，永川要來主動投案。」

辦公室內陷入一陣沉默，隨即響起歡呼聲。這是今天第二次好消息。偵查員都相互拍著肩膀。

「要馬上向課長報告。」

友竹回過神說道，然後對著土井班的方向叫了一聲：

「栗田！」

栗田巡查長默默看向友竹。

「你和日岡一起去接永川。永川到了之後，你和日岡負責偵訊。」

尾谷組由大上班負責，但目前只有日岡一個人在辦公室，大上班的其他人都外出了。永川是有可能發展為大規模火拼的重要事件的嫌犯，友竹認為年輕的日岡無法獨自勝任偵訊工作。

栗田進入二課已經有二十年的資歷，和黑道打交道多年，在對付幫派分子這件事上和大上不分軒輊。

栗田從前向後摸了摸五分頭，坐在椅子上，微微點頭說：「好。」

（二）

永川來到東分局後，栗田立刻把他帶去偵訊室。

他應該並不是第一次走進偵訊室，看到窗上裝了鐵條，室內只有鐵管桌椅的肅殺陰鬱空間，也面不改色。

「那就開始吧。」

栗田讓永川坐在靠窗的椅子上，然後在他對面的椅子上坐了下來。偵訊的刑警坐的椅子有椅背，但嫌犯坐的是沒有椅背的鐵管椅。

日岡準備了小桌子和椅子，背對著門坐了下來，然後攤開筆記本準備記錄。

栗田再度向永川確認身分後，訊問了事件的經過。

永川好像在朗讀國文課本般陳述了對吉原開槍的過程。

他所說的內容和從大上口中得知的情況幾乎相同。

當永川說到吉原中槍倒地後，栗田向他確認了開槍的動機。

「因為他把你的徽章丟在地上，你一下子火了，這樣沒錯吧？」

「沒錯。」

永川看著栗田的眼睛回答。

栗田看著半空片刻，然後點了點頭，似乎接受了他的說法。

他應該回想起吉原遭到槍擊時，和他在一起的五十子會幫眾的說詞，在思考哪一方的證詞更合理。

日岡瞥了一眼自己的手錶。快五點了。

如果嫌犯保持沉默，或是否認嫌疑，不願意簽名、捺手印，就無法完成筆錄。

永川是主動投案，而且主動供述了案情，應該很快就可以完成筆錄。

如此一來，又完成了一項工作。日岡暗自鬆了一口氣時，栗田用日岡以前從來沒有聽過的柔和聲音說：「對了——」

永川似乎也發現了他語氣的變化。坐在對面的他露出不安的表情看著栗田，不知道他接下來想問什麼。

「你是吳原本地人吧？」

在偵訊之前確認身分時，就已經他的原籍和現住址。栗田為什麼現在又問早就已經知道的事？

永川似乎也有同感，吞吞吐吐地回答：「嗯，是啊。」

原本靠在椅背上的栗田坐直了身體，把抱著的雙臂放在桌上，抬眼看著永川的臉。

「你媽媽目前在幹什麼？」

意想不到的問題讓永川臉色大變，臉上露出驚訝和困惑的表情。他的母親和這起事件毫無關係。

「你媽媽工作的那家工廠叫什麼名字？就是在坂目川下游的那家老舊的服裝廠。」

雖然不知道栗田為什麼提到母親，但永川可能覺得必須回答問題，看著微微偏著頭，想要問出工廠名字的栗田，小聲地回答：

「中浦服裝廠。」

栗田鬆開手臂，拍著自己的大腿說：

「對，沒錯沒錯，是中浦服裝廠，你媽媽還在那裡工作嗎？」

永川默默點著頭。

栗田摸著下巴，看著遠方，似乎在思考什麼。

「你今年二十八歲，所以你媽媽也五十多歲了，已經不年輕了。她辛苦這麼多年，身體是不是哪裡累出了病？」

根據記錄，永川的父母在他兩歲時離婚，之後他母親沒有改嫁，獨自把他撫養長大。一提到母親，永川的話頓時變少了。雖然他加入幫派，但無論在哪個年代，在兒子面前提起母親的話題，都會有很大的反應。

永川一臉老實地低著頭，栗田用溫柔的語氣說：

「我說永川啊，也許你還不懂，父母都很傻，不管自己的孩子聰明還是笨，都會覺得自己的孩子很可愛。」

栗田可能想到自己的孩子，用充滿慈愛的語氣說：

「即使現在，你媽媽也很擔心你。雖然這次是你開槍打人，但只要你繼續混黑道，她就會擔心，不知道你什麼時候被別人開槍。我相信她擔心得食不下嚥，每天都會夢到你這個不成材的兒子。」

二十多歲的年輕人往往無法體會父母的好，大部分都是在成為父母，或是到了可以成為父母的年紀之後才瞭解，但是，永川不一樣。栗田這番聽起來很廉價的感傷話語，讓他眼眶泛著淚水。他應該給他母親添了不少麻煩。

「如果你媽媽知道你做這種事，一定會傷心落淚吧？」

栗田嘆著氣，乘勝追擊。

永川垂下肩膀，肩膀微微顫抖著。

栗田斜斜地坐著，一隻手架在桌上，身體探向永川，用好像在唱催眠曲般的聲音問：

「你這麼捨不得你媽媽？」

永川點了點頭。

「你不覺得做這種事，很對不起你媽媽？」

永川更用力點頭。

「你是不是很想要向你媽媽道歉？」

永川垂頭喪氣，連續點了好幾次頭。

「是嗎？既然這樣——」

栗田收起親切的聲音，粗聲粗氣地說：

「那就給我老實交代！」

永川驚訝地抬起頭，臉上的表情似乎在說，我沒有說謊，為什麼要對我說這種話？日岡也一樣，他不認為永川說了謊。

栗田突然拍著桌子，大聲怒喝道：

「王八蛋！是不是一之瀨命令你幹的！是不是叫你去殺了五十子會的人，不管誰都沒有關係！」

永川茫然地張著嘴，連續搖了好幾次頭。

「這件事和太子沒有關係，是我一時衝動，自己幹的。」

「那是立入的命令嗎？是不是他和你在一起的時候，叫你開槍打死對方？」

永川更用力搖頭。

「不是！在我情緒失控時，大哥還制止我，但我忍無可忍，當我回過神時，已經開了槍。事情就是這樣，我說的都是實話！」

不知道是否看到永川拚命說明，覺得他不像在說謊，栗田的聲音稍微平靜下來。

「和你一起逃走的立入目前人在哪裡？」

永川垂著頭說：

「不知道。事情發生之後，我們說好等風頭過去之後再聯絡。」

「你打吉原的那把槍是哪裡來的？」

永川臉上的害怕消失了，一臉充滿決心的表情說：

「我不記得了。」

「你不記得自己拿的槍是哪裡來的？這不是很奇怪嗎？」

永川堅稱不記得了。

栗田再度大聲喝斥：

「是不是一之瀨給你的？是不是交給你這把槍，叫你去殺五十子會的人？」

栗田第一次大聲喝斥時，永川感到害怕，但第二次就不再緊張了，他冷靜地否認。

「不是，我真的不記得是哪裡來的。」

栗田緊追不放。

「你以為檢察官會接受你這種藉口嗎？」

「即使你這麼說，我也只是實話實說。我沒辦法說已經不記得的事，還是要我說謊嗎？」

永川已經豁出去了。

栗田沉默不語。

偵訊室內陷入了沉默。

栗田瞪著永川，突然放鬆了臉上的表情，恢復了正常的聲音說：

「沒問題，這樣可以交給檢察官了。」

栗田轉頭指示日岡，根據剛才的內容完成永川的筆錄。完成筆錄後，讓永川捺印，就可以移送檢方了。

偵訊結束後，永川繫上腰繩，由拘留管理課的員警帶走了。

和栗田一起走出偵訊室時已經七點了。因為栗田的逼問，偵訊時間比原本以為的更久。雖然槍枝來源很重要，但永川是幫派分子，不可能說對自己幫派不利的事。

目前並不知道一之瀨是否曾經命令手下殺了五十子會的成員，但日岡並不認為永川在說謊。這次的槍擊事件應該像永川說的那樣，是一時情緒失控導致的結果。

栗田應該很清楚一之瀨是怎樣的人，為什麼那麼執拗地質問永川？

栗田可能從日岡注視的眼神中察覺了他內心的疑問，轉頭看著走在身旁的日岡露齒一笑說：

「尾谷組調教得很不錯，所以手下絕不鬆口，避免給幫派添麻煩。有這樣的膽量，在檢察官偵訊時，就可以一問三不知了。」

日岡驚訝地看著栗田。難道剛才恫嚇永川，是為了確認是否能夠承受檢查官的偵訊而發揮的演技嗎？

栗田轉頭看向前方，雙手插進長褲口袋，看著遠方。

「二課的刑警不能只是問出嫌犯的供詞而已，那些幫派分子不知道什麼時候會翻供。現在的幫派分子都沒什麼膽識，有些人被檢察官嚇唬一下，就馬上翻供，所以要確認一下那些兄弟到底有多少膽識，這也是我們的工作。」

日岡聽著栗田的話，想起了大上。如果是大上，應該也會用和栗田相同的方式偵訊永川。

日岡從長褲口袋裡拿出打火機。那是大上寄放在他那裡的那個狼圖騰打火機。

日岡咬緊牙齒，用力握住了打火機。

（三）

偵訊完永川後，日岡處理完公務，就離開了分局。他把上衣搭在肩上，快步走向鬧區。

穿越熱鬧的街道，轉進了小巷子。他要去志乃。

打開位在小巷深處的那家店的拉門，正在吧檯內的晶子轉頭看著日岡，開心地笑了起來。

「阿秀，歡迎光臨。」

日岡走進店內，反手關上了門。

大上坐在吧檯角落，對著日岡舉起了小酒杯打了聲招呼。

「工作了一天，辛苦了。」

日岡在大上身旁坐了下來，晶子走出吧檯，把布簾收了起來。

昨天晚上，大上打電話給日岡，叫他隔天下班後去志乃。

日岡說，他會儘量早點去，大上輕聲笑著說，幾點都沒關係。

晶子收起布簾，打烊之後，走回吧檯內，站在日岡對面，把小酒杯遞給他。大上把酒盅拿到日岡面前說：

「怎麼樣？今天忙嗎？」

日岡拿起小酒杯，讓大上為自己斟酒，深深地嘆了一口氣。

「忙死了啊，二課簡直炸開了鍋，又驚又喜，陷入一片混亂。」

「是喔。」大上說，「到底發生了什麼事？」

雖然大上故作驚訝，但他臉上露出從容的笑容，就知道他是裝出來的。日岡覺得被他玩弄在股掌之間，忍不住尖聲說：

「你不要裝糊塗，你應該已經知道苗代在高松市區遭到逮捕的事，也知道永川今天去分局投案了。幫派組織的消息網無孔不入，絲毫不輸給警察。不光是吳原的幫派，廣島的所有幫派應該都知道苗代遭到逮捕的事，當然也會傳入瀧井的耳朵。他和你肝膽相照，不可能不通知你。」

大上興致勃勃地聽著日岡的推測。

「至於永川今天主動投案，你應該昨天就知道他今天會來投案。雖然一之瀨在今天的電話中沒有提到，但我猜想應該是你去拜託尾谷，指示一之瀨讓永川投案自首。一之瀨在電話中說，吉原遭到槍擊後，他立刻飛去鳥取，尾谷對他說，叫永川主動投案。但是，永川是在案發兩天後的今天才來投案。你在三天前，坐在這個吧檯前說，你勸一之瀨讓永川投案，但一之瀨不答應。除了你以外，只有尾谷有辦法說服一之瀨。不是你去和尾谷見面，就是用某種方法和他取得聯絡，拜託他說服一之瀨。於是，尾谷向一之瀨發出了指示。我猜想這應該是昨天發生的事，所以你昨天晚上打電話給我，叫我今天下班後來這裡，一定是想要向我瞭解永川投案後的情況。」

日岡一口氣說完，覺得口乾舌燥，一口氣喝完了小酒杯中的酒。

「你今天話可真多啊。」

大上驚訝地笑了起來，為日岡倒酒時說：

「你是不是欲求不滿，很久沒發洩了？我是說下半身。」

默默聽著他們說話的晶子瞪了大上一眼，然後笑著說：

「上哥，你別這樣——」

在局長命令大上閉門思過的那天晚上，日岡開車載著大上前往五十子會的辦公室。

日岡握著方向盤，打算和大上一起去五十子會的辦公室，但大上不同意，在離五十子會辦公室一公里左右的十字路口時，叫他把車停在公用電話亭前。

大上下車後，要求他打開副駕駛座的車窗，把半個腦袋探進車內對日岡說：

「我一個人去。等一下會用公用電話打給五十子，叫他派手下來接我，你去志乃等我。」

坐在駕駛座上的日岡把身體探向副駕駛座，下定了決心，對大上說：

「你也帶我一起去。」

大上微微揚起嘴角，重新戴好頭上的巴拿馬帽。

「五十子會的辦公室周圍有警察負責警戒，如果被分局的人看到你擅自去那裡，到時候會要你寫悔過書。」

大上不也一樣嗎？他應該閉門思過，如果被人知道他和可能成為火拼事件火種的五十子接觸，一定會受到警告處分。

日岡這麼告訴大上，大上說，黑道的車子都使用黑色的隔熱紙，只要躲在後車座，就不會被人發現。

既然這樣，自己也可以用和大上相同的方法溜進去。雖然日岡這麼說，但大上不等他說完，就離開了車窗前。

「反正你就乖乖去志乃等我，如果十二點過後，我還沒有出現，你就聯絡友竹股長，告訴他情況，請他派機搜去五十子會的辦公室。」

日岡倒吸了一口氣。

大上沒有出現在志乃——就意味著大上出事了。

「這是命令，知道了沒有？」

大上叮嚀後，離開車子旁，走向電話亭。

無論說什麼，大上也不會改變心意。他打算一個人和五十子談判。

日岡不再堅持和大上同行，把車子停在離電話亭不遠處的路肩，把身體深深埋進駕駛座，看著站在十字路口的大上。

十分鐘之後，一輛黑色賓士緩緩駛向大上。

賓士在大上身旁停了下來，大上打開後車座的車門，坐上了車子。賓士載了大上後，一溜煙就不見了蹤影。

事情已經開始運轉。自己無能為力，只能去志乃等大上。

他轉動車鑰匙，踩下了油門。

抵達志乃時，已經晚上七點多了。

店裡沒有客人，天才剛黑。即使有客人，也會晚一點才上門。

日岡向晶子簡單說明了情況，說希望可以在這裡等大上。

晶子聽了，立刻臉色發白，完全不像是之前大上在二樓教訓加古村組的吉田時，從樓下拿菜刀上去的那個剛烈的女人。

「是嗎？好，那今天就不做生意了，你在這裡慢慢等。」

晶子急急忙忙把布簾收了起來。

走回吧檯後，她用現成的食材俐落地做了丼飯遞給日岡。那是一碗加了山芹菜的親子丼。

「男人啊，不知道什麼時候會發生什麼事，能吃的時候就要先填飽肚子。」

日岡沒有食欲，但又不希望辜負晶子的一片心意，所以硬是把親子丼塞進胃裡。雖然晶子故作堅強，但她把丼飯遞給日岡的手微微顫抖著。她應該在為大上擔心。

時間一分一秒地過去。

時針已經指向十一點多。

晶子剛才為了分散注意力，和日岡天南地北地閒聊著，這時也不再說話。她坐在吧檯前，和日岡之間空了一個座位，握起雙手，托著下巴，凝望著遠方。

沒有人說話，店內靜悄悄的，只聽到掛鐘的鐘擺發出的聲音。

十一點五十分了，仍然沒有人打開拉門。

日岡坐立難安，移到電話旁的座位，坐在圓椅子上，輪流看著手錶和電話。

十二點了。

掛鐘敲響了。

晶子雙手交握，放在吧檯上，把臉埋進了雙手，一臉快哭出來的表情看著日岡。

日岡拿起電話，拿出記事本，撥打了友竹家的電話。

撥到最後一個號碼時，拉門打開了。

日岡停下手，看向門口。

是大上。

「讓你們久等了。」

大上和平時一樣，神態自若地走進店內，看起來完全沒有受傷。

「上哥──」

日岡和晶子異口同聲地叫了起來。

日岡和晶子剛才不知道有多擔心，但他似乎完全沒放在心上。這種態度既讓人鬆了一口氣，又覺得很洩氣，內心百感交集。晶子很生氣，嘟著嘴，狠狠地瞪著大上，動作粗暴地把小毛巾遞到他面前。

「給我啤酒。」

大上絲毫不以為意，對晶子這麼說道。

晶子嘟起嘴，把啤酒瓶和酒杯重重地放在他面前。

日岡回到座位，鬆了一口氣說：

「你再晚到一步，我就要打電話給股長了。和五十子談得怎麼樣？」

「你先別急。」

大上說完，把倒進杯子的啤酒咕嚕咕嚕喝了下去。

大上說，五十子提出條件，開槍打吉原的永川必須剁手指，再付一千萬慰問金，同時，組長尾谷憲次必須引退，他才願意和尾谷組和解

日岡無法接受。雖然從結果來看，尾谷組是加害人，五十子會是被害人，但永川之所以開槍，是因為五十子會利用加古村組的人持續挑釁造成的，所以這樣的條件太過分了。

日岡說出了自己的想法，大上靜靜地說：

「還沒完呢。」

日岡低吟一聲。五十子還有其他條件？

「他還要求把一之瀨逐出尾谷組。」

一直靜靜聽他們說話的晶子忍無可忍，插嘴說：

「要組長引退，還要太子被逐出幫派，這不是等於叫尾谷組解散嗎？」

晶子從吧檯內走出來，在大上的另一側坐了下來。

「上哥，你應該不會接受這種條件吧？」

晶子瞪著大上，大上不屑地說：

「我怎麼可能接受？」

晶子把探向大上的身體收了回來，鬆了一口氣。

大上提出和解的條件，是永川主動投案，和五十子提出的慰問金，以及尾谷引退。沒想到大上會接受尾谷引退的條件。永川主動投案很合理，吉原日後生活不便，付這筆錢也有道理，但尾谷很快就要出獄，竟然答應讓他引退的條件，很不像大上的作風。尾谷組雖然不大，尾谷憲次在江湖上也受到敬重，更何況尾谷不會答應引退，最重要的是，一之瀨也不會同意。

日岡說出了自己的擔心，大上點了點頭。

「照理說……尾谷不可能接受別人逼退。」

大上一口喝完了杯子裡剩下的啤酒，繼續說了下去。

「但是，老大也上了年紀。即使沒有這次的事，他也快退休了，所以乾脆讓他這次助一之瀨一臂之力。只要為了一之瀨，老大一定會一口答應，我相信他會欣然接受。」

大上的話也許很有道理。雖然日岡只見過尾谷一次，但他坐在面會室椅子上的身影，完全感受不到執著於地位、金錢的醜態，相反地，感覺他是懂得漂亮轉身，走下舞台的人。但無論在黑道還是白道，退休這件事還是會讓人感到寂寞。在為完成使命感到輕鬆的同時，應該也會產生像離開前線的老兵般的落寞。

無論如何，至少暫時解除了危機。

「太好了。你完成了一項艱鉅任務，辛苦了。」

日岡說完，舉起杯子，大上靜靜地說：

「我的話還沒說完。」

還有什麼問題？

日岡看著大上。

「五十子堅持要把一之瀨逐出尾谷組。」

焦點集中在一之瀨被逐出幫派這件事上。五十子和大上各不相讓，所以遲遲沒有結論。

「最後呢？」

日岡追問，大上縮起嘴巴，用力看著前方。

「我用了一招，讓五十子把他吐出來的口水吞回去。」

「什麼意思？」

晶子很想趕快知道結論，催促著大上。

「五十子在擴大幫派時，幹盡了所有的壞事。傷害、恐嚇、詐欺、走私、安毒、殺人，恐怕說他沒有犯過的罪還比較簡單。但是，每個幫派都做過這些事，或多或少都做過傷天害理的事。」

大上停頓了一下，把頭轉向日岡。

「日岡，你知道黑道最怕什麼？」

生病、死亡、和所愛的人分離。這些事浮現在日岡的腦海，但這並不是只有黑道害怕而已，大上之所以問黑道最怕的事，就代表是只有黑道才能瞭解的恐懼。他想了一下，搖了搖頭。他毫無頭緒。

大上為自己的杯子倒了啤酒，說出了答案。

「黑道最怕無法繼續在黑道生存。」

日岡趕緊追問：

「你是說，一旦公開，仁正會就會和五十子斷絕關係嗎？」

逐出幫派和斷絕關係不同，斷絕關係是黑社會最重的處罰。逐出幫派後，只要日後獲得老大原諒，就可以重回幫派，但一旦斷絕關係，就無法再回去，而且和斷絕關係的人來往的黑道組織，也會視為敵人。因此，在黑社會，斷絕關係等於被判了死刑。

「就是這麼一回事，我手上掌握了可以讓五十子無法繼續在黑道生存的把柄。」

日岡驚訝地看著大上，晶子也在大上身旁倒吸了一口氣。

「我在黑道組織股多年，至今為止，處理過各種黑道的事件，有些事明明知道凶手，卻因為沒有證據而無法逮捕。五十子也是其中之一。」

大上說，五十子以前為了篡位，曾經殺了自己的大哥，也是幫派的太子。雖然表面上是太子海釣時，不幸被大浪捲走身亡，但其實是五十子讓他吃了安眠藥後，把他推入海裡。

「黑道最忌諱殺老大、殺大哥這種事，一旦被人知道，他可就沒好日子了。」

大上用力握緊杯子。

「以前，我透過某個管道掌握了這個消息，一直在等待時機，這次就用這件事堵五十子的嘴。我對他說，如果他不收回要一之瀨被逐出幫派的條件，就要把他最不想被人知道的事說出去。」

警方沒有證據，就無法抓人。檢方也一樣，如果缺乏證據，就無法立案，但黑社會不一樣，只要有明確的證人，光是散播消息，也會造成致命傷。

「當我暗示以前那件事時，五十子臉色大變。他說今天暫時用永川投案和慰問金這兩件事安撫磨刀霍霍的手下，一之瀨的事，等下星期一再說，沒有立刻做出結論。我立刻聯絡了一之瀨，要求他讓永川主動投案，但一之瀨不願答應。我對五十子說，這幾天會說服一之瀨，所以今天就先離開了。」

緊張的過程終於說完了，日岡感到渾身虛脫。晶子似乎也一樣，用手托著額頭，用力喘著氣。

大上看著身旁兩個人，把手放在脖子後方，轉動著腦袋說：

「老實說，我也很久沒這麼累了。聽一之瀨在電話中的語氣，即使現在聯絡他，也很難說服他，所以乾脆明天再打電話給他，今天就先告一段落。」

大上請晶子給他冰酒。

聽到事情終於有了眉目，晶子也放了心，她眯起眼睛笑了笑，起身走進吧檯內。

這是三天前的事。

「對了，」日岡切入了正題，「五十子有沒有和你聯絡？他要求一之瀨被逐出幫派的事，有結果了嗎？」

大上搖了搖頭。

「還沒有接到聯絡。」

今天就是星期一。五十子到底在磨蹭什麼？日岡忍不住焦急起來，大上安慰他說：

「對他來說，目前是要消滅最礙眼的敵人，還是自己人頭落地的關鍵時刻，當然不可能這麼輕易做出結論。」

大上自嘲地笑了笑。

「不過，對五十子來說，我和一之瀨同樣礙眼。」

聽到大上這句充滿暗示的話，日岡忍不住皺起了眉頭。

「發生了什麼事？」

大上露出嚴肅的表情說：

「是五十子的手下向高坂透露了五百萬的事。」

他的聲音充滿確信。

「你怎麼知道？」

大上說，他要求日岡調查高坂的同時，自己也開始調查到底哪裡走漏了消息。

除了大上本人、日岡和晶子以外，只有拿了五百萬，說出上早稻事件始末後逃亡的吉田，還有尾谷組的人知道五百萬的事。尾谷組的人不可能告訴高坂，但是，如果不是基於惡意，情況就不一樣了。幫派的年輕人經常會吹噓幫派的事，像是我們老大心胸很開闊，或是叔叔很有膽識，他們會把幫派內其他人的英勇事蹟說得好像是自己的事一樣。

「我去查了一之瀨手下的年輕人經常去的店，果然不出所料。那幾個年輕人向店裡的小姐吹噓，已經退出江湖的野津一下子就拿出五百萬，說要報答以前的恩情。」

五十子會的幫眾也經常出入那家店。

「八成是五十子會的小弟得知野津拿出的五百萬交給了我，然後告訴了幹部，最後傳入五十子的耳朵。五十子想要利用這件事整我，就透過高坂告訴阿少。也許細節有些出入，但八九不離十。」

雖然沒有證據，但很有說服力。

「除此以外，」大上繼續說了下去，「還有很多人討厭我，而且是自家人。」

自家人是指警察內部的人嗎？

日岡問。大上看著前方說：

「監察官已經動起來了。」

日岡心跳加速，手心冒汗。

吉原中槍的隔天，大上打電話給仁正會的瀧井，拜託他說服五十子，提出適當的條件與尾谷組和解。瀧井答應會試試，但在電話中提醒大上說，他很擔心大上，之前也曾經說過，監察官好像正式動起來了。

「仔銀的消息向來不會出錯，所以，監察官開始調查我這件事應該是真的。」

正在吧檯內把鍋子裡的燉菜裝進盤子的晶子擔心地看著大上。

大上察覺了晶子的視線，故意開玩笑說：

「帥哥向來都有很多敵人，所以四處樹敵也是我的宿命。」

晶子很受不了地小聲笑了起來。

大上拿起放在吧檯上的香菸，抽出一支，叼在嘴上。

日岡從長褲口袋拿出打火機，立刻為他點了火。那是大上放在他那裡的Zippo打火機。

大上看著打火機，滿意地說：

「看起來很好用嘛。」

大上說的沒錯，狼圖騰打火機真的很好用。不知道是不是因為手太笨拙，之前用一百圓打火機時，常常點不著火，但這個打火機不一樣，每次一點就著。

日岡在手上把打火機的蓋子一開一闔把玩著，大上把臉湊了過來，雙眼看著走向吧檯後方的晶子，似乎在等她走進去。

大上可能不想讓晶子聽到，所以在日岡的耳邊小聲地說：

「五十子應該今晚會答覆我，我認為比起把一之瀨逐出幫派，他應該會選擇自己繼續留在黑道，但是，人生有很多意想不到的坡道，萬一——日岡，萬事就拜託你了。」

他說話的語氣很認真。所謂萬一，是指五十子不願接受條件，談判破裂的情況嗎？果真如此，吳原將會淪為黑道的戰場。

但是，日岡忍不住思考，大上拜託自己，是什麼意思？

他正想要問大上，晶子從裡面走了出來。

「啊喲，你們兩個人怎麼都一臉嚴肅的表情，在聊什麼啊？」

日岡不知道該怎麼回答，大上把手搭在日岡的肩上，用力摟向他自己。

「他說看上一個女人，但沒膽量追求，也不知道要怎麼追人家，所以我教他要怎麼追女人。」

日岡慌忙想要否認，但臨時改變了主意。因為沒必要讓晶子擔心，只要自己尷尬一下就過去了。

「好了，」大上說著，從椅子上站了起來，「我差不多該走了。」

「這麼早就回去了？」

晶子問。十點半。對平時的大上來說，這個時間，夜晚才剛開始。

大上把放在吧檯上的巴拿馬帽斜斜地戴在頭上，調皮地笑了笑。

「雖然我在閉門思過，但我弟弟可不需要閉門思過，要為它找點樂子。」

他用好像要帶狗去散步的語氣說道，日岡知道，大上會立刻回家等五十子的電話。在目前的緊張局勢下，他不可能去找女人。

「不要玩太瘋了。」

晶子笑著輕輕瞪了他一眼。

大上打開入口的門，像往常一樣，頭也不回地揮了揮手，走了出去。

第十一章

——日誌

昭和六十三年七月二十三日。

上午九點。被齋宮課長找去會議室。

下午三點四十分。接到瀧井組組長瀧井銀次的電話。

下午四點。在赤石大道「波斯菊」和瀧井面談。

＝＝＝＝＝＝＝＝＝＝＝＝＝＝（刪除一行）

晚上八點多。在「志乃」和瀧井組長會合。

＝＝＝＝＝＝＝＝＝＝＝＝

＝＝＝＝＝＝＝＝＝

＝＝＝＝＝＝＝＝＝＝＝＝＝＝（刪除三行）

（一）

日岡站在公寓門口，敲了敲門。

沒有回應。

他又敲了一次，這次在敲門的同時，叫著裡面的人的名字。

「大上先生，是我，我是日岡。」

還是沒有回應。

他伸手抓住門把，門還是沒有鎖，他緩緩打開了鐵門。

他站在門口看向屋內。被褥鋪在地上，脫下的衣服丟了一地，桌上放著喝了一半的威士忌酒杯。和日岡在四天前早晨來的時候一樣。大上顯然沒有回過家。

——我才剛睡，這麼一大早，到底有什麼事？

日岡在打開門時，還抱著一絲期待，希望可以聽到大上的怒罵聲，但這個期待地空虛地落空了，滿腔的不安取代了期待。

五十子今晚會聯絡我。那天，大上對日岡說了那句話後離開了志乃，至今已經過了五天。那天晚上之後，大上就失去了聯絡。

日岡確信，七月十八日深夜，大上離開志乃後去見了五十子。

事態緊急，分秒必爭。現在沒時間慢慢等待。

為了防止吳原的幫派火拼繼續擴大，大上向五十子亮出了王牌，那是會危及五十子在黑道立場的大把柄。五十子到底會選擇讓一之瀨被逐出幫派，還是為、會選擇自保。大上和五十子之間，應該已經做出了結論。

日岡在隔天十九日上班之前，來到大上的公寓。清晨六點半對向來睡到中午的大上來說，相當於深夜。而且，他前一天晚上和五十子見了面，所以應該還在睡覺。雖然很不忍心吵他睡覺，但日岡太想知道五十子的選擇，無法不登門瞭解情況。他曾經想過打電話，最後還是作罷。因為這不是可以在電話中輕鬆談論的內容，更何況既然都會挨罵，當面挨罵比較痛快。

還有另一個理由，讓日岡決定直接來大上家。

他在黎明時分做了一個夢。

他在夢中醒來，一看時鐘，發現已經快中午了。慌忙換了衣服準備出門。

在準備關門時，發現自己忘了東西。他忘了帶大上放在他那裡的Zippo打火機。平時都放在長褲口袋裡，但現在不見了。他摸遍了襯衫和西裝口袋，都沒有打火機。

他走回屋內，找遍了每個角落，桌子下方和被子裡也都沒有，打火機不見了。怎麼辦——他著急起來。大上很喜歡那個打火機，如果知道日岡把打火機弄丟了，一定會大發雷霆。日岡著急地想要趕快找出來，但身體無法順利移動，就像在水裡走路一樣，手腳的動作都變得很緩慢。焦躁達到了極限，呼吸困難。當日岡從夢中醒來，流了滿身的汗。

找不到打火機。說穿了，就只是這樣的夢境而已，但在醒來之後，夢境中感受到的不安和焦躁都沒有消失，即使喝了水之後，仍然無法平靜。他脫下被汗水溼透的內衣，急忙換了衣服來大上家裡。

日岡敲了門，屋內沒有回應。他轉動門把，發現門沒有鎖。他猜想大上可能喝醉了，所以沒有聽到敲門聲，從門縫向內張望。大上不在家。

大上可能有急事趕著出門，被褥上的被子掀開著。除此以外，房間和以前完全一樣。夢境中的不安不知道什麼時候消失了。日岡猜想大上和五十子談判很成功，所以去喝了幾杯，然後去了女人家。於是就離開了大上的住處。

處理完上午的工作，吃完午餐後，他猜想大上應該回家了而打電話給他。電話沒人接。這時，不安再度在內心抬頭。

即使再怎麼喝得爛醉，大上不可能不把和五十子談判的結果告訴自己。相反地，以大上的個性，即使天還沒亮，也會打電話給自己，第一時間告訴他事情已經談妥了。日岡想到這裡，不由地坐立難安。

日岡立刻打了大上的呼叫器，但試了好幾次，大上都沒有回電。

這天下班後，日岡又去了大上家。燈沒亮，大上還是不在家。

日岡跟著大上已經快一個半月了，在這段期間內，即使有時候不知道他的去向，也從來不曾失去聯絡。即使家裡的電話找不到人，只要打他的呼叫器，他很快就會回電。

日岡走進大上住處附近的公用電話亭，打開記事本，撥了友竹家的電話。

他不敢告訴齋宮課長，正在閉門思過的大上不在家，但友竹應該沒問題。不，必須通知友竹。

大上可能完成了重要的任務，正在和女人一起開心。果真如此的話，事後應該會因為一天聯絡不到人，就驚動上司挨大上的罵，但日岡內心的擔心更勝於挨罵的恐懼。

友竹說，加古村組挑釁尾谷組引發的一連串事件，很可能會演變成廣島縣內所有幫派的大火拼，只有大上可以在兩個敵對的幫派之間居中協調，讓事情平息。友竹指示日岡去找正在閉門思過的大上出面協調，日岡認為必須向上司報告現況。

友竹接了電話，聽日岡說了大致情況後，想了一下後回答說，再繼續觀察一下。

『雖然聯絡不到他有點擔心，但現在最好不要輕舉妄動。有可能和五十子之間談得不太順利，也許他在為解決這件事四處奔波，沒時間回電話。更何況他目前正在閉門思過，也不方便向上面報告。』

友竹這麼說，應該是為了自保。他不願意讓上面知道，他擅自要求正在閉門思過的大上去處理這件事。

日岡閉口不語，友竹可能察覺到他內心的不安，用比剛才更加開朗的聲音說：

『他經歷過大風大浪，你不必擔心，他很快就會出現了。』

日岡走出電話亭後，回到大上的公寓，從樓下抬頭看著大上的住處。燈還是沒亮。他說服自己相信友竹叫他不必擔心的這句話。

但是，大上在第二天、第三天仍然沒有出現。

日岡每天都去大上家好幾次，但大上都不曾回家，呼叫器也聯絡不到他。

日岡終於忍不住在沒有人的走廊角落，把情況告訴了友竹。

友竹得知至今仍然沒有聯絡到大上，立刻臉色大變。

「看來得向課長說明情況，告訴他這件事。」

友竹向齋宮說明情況時，應該不會提自己派日岡傳話，要求大上為這件事奔走，但對日岡來說，這件事無關緊要，大上的安全最重要。

「大上先生不知道發生了什麼事？」

即使這麼問，友竹也無法回答。雖然心裡很清楚，但他無法不發問。

「不知道。」

友竹有點生氣地回答後，說要去向課長報告，決定今後的方針。因為已是下班時間，所以叫日岡先回去。

東分局二課在持續偵訊苗代。苗代因為綁架上早稻的嫌疑移送檢方之後，又以殺人、毀損屍體和棄屍的嫌疑再度遭到逮捕，目前由土井和栗田為中心，徹底展開偵訊。在苗代說出具體的供詞之後，大上班暫時比較空閑。

「我會留在課內等課長決定今後的方針。」

日岡說，友竹無奈地說：

「你有沒有照鏡子看自己的臉？看你的臉，會想馬上把你送去醫院。你是不是都沒吃，也沒怎麼睡吧？」

日岡用雙手摸著臉，摸到了鬍渣刺刺的感覺，而且一摸就知道自己的臉頰凹了下去。自從無法聯絡到大上後，他去大上可能出現的地方四處尋找，幾乎沒有正常進食，每天只有天快亮時，睡兩、三個小時而已，甚至忘了洗澡。

「大上班長不在，你這個下屬又快要病倒了，我會很傷腦筋，今天就先回家休息，這是命令。」

既然友竹說是命令，日岡也就無話可說了。友竹拍了拍他的肩膀激勵他，然後就轉身離開了。

那是昨天晚上的事。

日岡關上大上住處的門後去了警局。

處理完早上的雜務，在自己的座位上坐了下來，打開資料夾，準備處理堆在桌上的檔案。

即使看著文字，滿腦子都是大上的事。

昨天，友竹說要向齋宮報告這件事，不知道齋宮如何看待大上失聯這件事？他很擔心這件事，完全無心處理案件。

其他同事也都進了辦公室，上班時間到了。

朝會結束後，友竹走到日岡身旁，在他耳邊小聲地說，去第一會議室。

是大上的事。日岡從友竹緊迫的表情中察覺到這件事。

他闔上寫到一半的檔案，離開了座位。

走進會議室，發現友竹和齋宮都在。齋宮一臉不悅。

會議室內的桌子排成ㄇ字形，他們坐在上座。

日岡聽從指示，在他們對面坐了下來。

齋宮雙手架在桌上，在臉前交握著，瞪著日岡說：

「友竹把情況告訴我了，聽說你聯絡不到阿上。」

日岡低頭看著桌子說：

「今天已經是第五天了，今天早上，我也去了他的公寓，但他不在家。」

齋宮似乎早就準備了說詞，用在朗讀資料般的語氣說：

「大上為了阻止尾谷組和五十子會的戰爭奔走，已經連續五天失去聯絡，應該捲入了什麼麻煩。」

麻煩——日岡想起上早稻被關在碼頭倉庫的情景，想像著渾身是血的大上倒在水泥地上。

日岡激動地對齋宮說：

「請馬上採取行動，立刻佈下搜索網，把大上先生找出來。」

「這可不行。」

齋宮冷冷地說，日岡懷疑自己聽錯了。

下屬下落不明，課長卻不願採取行動。這到底是怎麼回事？

齋宮向他說明。

昨天聽了友竹說明情況後，齋宮立刻聯絡了縣警總部，刑事部長長良崎認為有必要當面瞭解情況，要求他和友竹一起去總部。

齋宮、友竹，還有刑事部長、搜查一課課長、四課課長和管理官在縣警的會議室內進行會談，在長時間討論之後，認為不能公開大上失蹤這件事。

「不能公開，就代表不能正大光明地偵查嗎？不發布緊急動員令，也不臨檢，更不會搜索五十子會嗎？」

日岡義憤填膺，猛然站了起來，忘記對方是自己的上司，大聲說道。他對高層棄大上不顧感到怒不可遏。

「日岡，你別激動！」

友竹大聲喝斥。

日岡瞪著友竹。友竹正面看著日岡，眼中露出不容爭辯的堅定。

即使現在大吼小叫，也無法解決任何問題。日岡克制著怒氣，再度坐了下來。

齋宮面對日岡的氣勢洶洶不為所動，用一如往常的平靜語氣問：

「你有沒有看到《安藝新聞》昨天的報導？」

日岡想起晚報的專欄。那是幾名記者匿名寫的「清風涼風」專欄。

昨天的報導在二課也引起了一番騷動。專欄的內容引用了山本周五郎的短篇〈不斷草〉的內容。第一句話就是「豆腐需要鹽滷才能凝固」，接著又寫道，「只要加入鹽滷，就可以明確區別能夠成為豆腐和不能成為豆腐的東西」。在這段引言之後，抨擊了警方有人和黑道幫派過從甚密，必須像加鹽滷一樣，揪出警方內部和黑道幫派有密切關係的人。

和黑道幫派過從甚至——雖然文章中並沒有提到具體的姓名和部門，但內行人只要根據經歷和經手的事件，就立刻知道是寫大上。

八成是高坂寫了這篇報導。日岡看完報導後，腦海中立刻浮現了在高坂背後指使的五十子。日岡認為，五十子慫恿高坂帶風向，讓輿論批評縣警，讓警察內部整頓的矛頭指向大上一個。

五十子的計謀得逞，東分局也接到民眾的投訴電話。有些民眾是所謂的「警察迷」，他們有獨特的人際網，很瞭解警察內部的情況。他們看了報導之後，立刻知道是在說大上，有幾通電話指名要求處分大上。

「在那篇報導之後再展開大規模搜索，只會讓一心想要揭露警察和黑道幫派勾結的媒體見獵心喜，一定會把阿上的事寫成因為害怕和幫派過從甚密的事曝光，所以躲起來避風頭。有些民眾會對報導內容信以為真，目前不希望那些媒體繼續炒作這個話題。」

齋宮說完之後，友竹插嘴說：

「而且，大上目前正在閉門思過，一旦被媒體知道，早晚會瞭解其中的原因，到時候我們也會很被動。」

局長是因為大上拿了尾谷組的五百萬圓，所以命令大上在家閉關。

「無論是基於什麼原因，一旦媒體知道幫派的錢轉到了大上手上，就百口莫辯了，這將會動搖民眾對整個警察組織的信任。」

日岡能夠瞭解上司說的理由，這不是大上一個人的問題，而是整個警察組織的問題，但不能因為這樣，就對大上失蹤一事袖手旁邊。

在出事之前充分利用大上，一旦會波及自己，就變縮頭烏龜嗎？日岡對高層無情的決定感到強烈的憤怒和厭惡。

「我無法接受。」

他表達了內心異議。他能夠理解組織有組織必須保護的東西，也察覺到齋宮和友竹雖然故作冷靜，但言談之間仍然難掩羞愧。誰都無法接受這樣的結果，然而，站在東分局的立場，目前只能這麼做。

齋宮向他伸出了援手，小聲地說：

「雖然無法公開偵查，但縣警在昨天會議結束後，就立刻私下通知了縣內各分局，大上下落不明，所以，即使沒有大規模的行動，縣內的大部分警察都在留意大上的下落。」

留意——這意味著並不是積極偵查。

「不能用他案的名義，搜索五十子會的辦公室和旗下各處嗎？」

只要有正當的嫌疑，媒體應該就不會察覺。

友竹立刻拒絕了日岡的提議。

「因為大上可能遭到了綁架，目前完全沒有任何線索，一旦前往搜索打草驚蛇，反而可能會讓大上陷入危險。」

日岡無法繼續反駁了。

「真是的，他整天都在惹麻煩。」

齋宮嘆著氣站了起來。

雖然齋宮嘴上抱怨著，但聲音中並沒有批評的感覺。

「就這樣。」

齋宮小聲嘀咕後，走出了會議室。

（二）

在分局附近的超市買了便當後，走去公園。

夏天的烈日照在離分局走路五分鐘左右的兒童公園，雖然分局地下樓層的食堂有冷氣，應該很涼快，但他想要一個人靜一靜。

他坐在蔭涼處的長椅上，拿出了鮭魚便當。雖然飢腸轆轆，卻食不知味，剩下一大半都沒吃完，就丟進了垃圾桶。

回到分局，正在寫報告時，前方的電話響了。他伸手接起了電話。

『日岡先生在嗎？』

電話中傳來一個熟悉的聲音。略帶沙啞的低沉聲音，是瀧井組的組長瀧井銀次。

「我是日岡。」

日岡激動地回答。他憑直覺知道，瀧井應該是為大上的事找自己。

瀧井說，他就在這附近，能不能見面。

『是為了阿章的事。』

果然沒有猜錯——瀧井不知道從哪裡得知了大上失蹤的消息，特地來到吳原向日岡瞭解情況。

日岡看了手錶。三點四十分。開車去赤石大道的波斯菊咖啡店只要十分鐘。

他用手掩著電話，小聲地說：

「請問你知道赤石大道上的波斯菊嗎？四點在那裡。」

『知道了。』瀧井在電話中回答。

日岡向友竹打了聲招呼，說要去見租船屋的老闆確認上早稻的事件，然後離開了東分局。

他把車子停在附近的投幣式停車場，走路去了波斯菊。當他準備推開店門時，看到有兩個年輕男人站在不遠處的岔路口，眼神很凶狠。他們應該是瀧井的手下。

打開門，發現瀧井坐在最深處的餐桌旁。店裡沒有其他客人。

日岡向正在吧檯內看報紙的老闆點了咖啡後，在瀧井的對面坐了下來。

桌上的菸灰缸裡堆滿了菸蒂，每支菸都吸了兩、三口就捺熄了。這堆菸蒂道出了瀧井內心的焦慮。

日岡一坐下來，瀧井就開門見山地問：

「阿章出了什麼事？」

他說，從手下那裡聽說，全縣的轄區分局都收到了大上下落不明的消息。

「目前警方並沒有明顯的動作，只是私下通知了阿章失蹤的消息，代表事情非同小可。阿章到底出了什麼事？」

雖然他的語氣溫和，但雙眼炯炯有神，似乎在說，把你知道的全都說出來。

日岡忍不住遲疑。

他知道大上和瀧井情同兄弟，但瀧井在五十子擔任副會長的仁正會當幹事長，黑道畢竟是黑道。雖然擔心大上的安危，但到時候可能會倒戈投靠五十子。日岡不知道可以相信瀧井到什麼程度。

日岡閉口不語，瀧井似乎從他的態度中猜到了他的內心想法。

瀧井猛然站了起來，以驚人的力量一把抓住日岡的胸口說：

「幹！你在磨蹭什麼？阿章可能命在旦夕！趕快告訴我，到底發生了什麼事！」

日岡覺得喉嚨好像被掐住，說不出話，拚命掙扎著，試圖甩開瀧井的手。

原本在外面的年輕人可能聽到了瀧井的吼叫聲，臉色大變地衝了進來。

瀧井瞇眼狠狠瞪著他們喝斥道：

「操！誰叫你們進來的！給我乖乖守在外面！」

兩個年輕人慌忙鞠了一躬，逃也似地走了出去。

瀧井鬆開了抓住日岡胸口的手，用力一推。日岡連同椅子翻倒在地上。

日岡喘著粗氣站了起來。

咖啡店老闆若無其事地用托盤端著咖啡走過來，扶起椅子，把咖啡放在桌子上，又轉身走回吧檯。

日岡重新坐回椅子上。

瀧井氣定神閒地叼著菸，坐了下來。他點了菸，請日岡先喝咖啡。

「你不喝嗎？」

日岡知道瀧井並無惡意，只是擔心大上的安危。

日岡喝了一口咖啡，把加古村組的總領殺害了尾谷組的柳田事件，到五十子會的吉原遭到槍擊的過程，都一五一十地告訴了瀧井。

「照目前的情勢發展下去，會爆發第四次廣島火拼。為了阻止這種情況發生，大上先生要求五十子和解，五十子提出了一廂情願的條件。大上先生除了其中一項以外，全都接受了。」

日岡說明了大上接受的條件。

「阿章不願接受的條件是什麼？」

瀧井在菸灰缸裡捺熄了菸，催促著日岡。

日岡看著瀧井的眼睛說：

「一之瀨被逐出幫派。」

瀧井臉色大變。

「那個混帳，不光要尾谷引退，還要一之瀨被逐出幫派嗎？」

日岡點了點頭。

「大上先生當然不肯答應，但五十子堅持要一之瀨被逐出幫派。大上先生反將了五十子一軍，說如果不收回這個條件，他就要把一件事公諸於世。」

「哪一件事？」

日岡覺得不能在未經大上的同意之下，把一切都告訴瀧井，所以只說了最低限度的情況。

「是讓五十子不得不退出黑道的事。」

瀧井驚訝地瞪大了眼睛。他似乎猜到了。

「五十子怎麼說？」

日岡咬著嘴唇，垂下視線。

「他沒有當場答覆，說讓他考慮一下，下星期再答覆。他答覆的期限是這個星期一，那天我和大上先生在志乃喝酒，十點半後，大正先生離開了，似乎打算回家等消息。之後就失去了聯絡。」

瀧井瞪著日岡問：

「一次也沒有嗎？」

「對。」日岡回答。

「他也不在家嗎？有沒有打他的呼叫器？」

「都聯絡不到他。」

日岡低頭回答。

瀧井的話刺進了他的心。他覺得瀧井在責怪他，為什麼你這個下屬沒有跟在大上身旁。

日岡腦海中浮現了大上空蕩蕩的房間。

瀧井嘆了一口氣，從旁邊椅子上的皮包裡拿出行動電話。有一根肩背帶，差不多像無線電收發機那麼大。他用雙手操作，按著行動電話上的按鍵。

他在打電話給誰？

日岡正在思考，聽到了瀧井對著電話說：

「副會長嗎？我是瀧井，我有急事找你，現在方便嗎？」

日岡驚訝不已。副會長應該是仁正會的副會長五十子。

警方無法去敲五十子的門，瀧井直接敲門。

「對，我在吳原。別這麼說，我不會占用你太多時間，事情處理完，我馬上就走人。好，沒問題。」

瀧井掛上電話後，把行動電話背在肩上站了起來。

「你應該也聽到了，我現在要去見五十子。結束之後，我會去志乃，你等一下也去那裡。我會打電話通知媽媽桑。」

瀧井不等日岡回答，就走向門口，正打算開門時，突然想到了什麼，又走回店內。他從長褲屁股後方的口袋裡拿出一疊用銀色錢夾夾住的萬圓紙鈔，把其中一張放在老闆坐的吧檯上。

「剛才驚動你了。」

正在看報的老闆抬起雙眼，默然不語地向瀧井微微欠身。

瀧井正準備走出去，行動電話響了，他再度停下腳步。

瀧井咂了一下，接起了電話。

「我正在忙！」

他沒有確認對方是誰，就對著電話吼道。

他一邊講電話，一邊走出咖啡店。

門外傳來瀧井說話的聲音。

日岡喝完咖啡，從椅子上站了起來。

正準備走向門口時，瀧井走回店裡。臉上的表情比剛才稍微放鬆了。

「一之瀨打電話來，他正在找你。」

「一之瀨為什麼要找我？」

日岡問，瀧井恢復了嚴肅的表情說：

「守孝和我一樣，知道阿章下落不明，所以打電話給我。他也打電話給你，但你不在分局。我轉述了你剛才告訴我的事，他聽了火冒三丈，說如果上哥有什麼三長兩短，他會把五十子會那些畜生殺得一個不留。」

日岡知道自己臉色發白。

瀧井一臉正色，咬牙切齒地說：

「如果阿章出事，吳原就會全面開戰，已經無法阻止了，你也要做好準備。」

瀧井用力關上門，走出了咖啡店。

門上鈴鐺的聲音，似乎在宣告戰爭已經開打。

瀧井在晚上八點多，出現在志乃。

日岡坐在吧檯前焦急地等待，一聽到拉門打開的聲音，忍不住站了起來。

瀧井獨自走進店內。白天那兩個年輕人應該守在門外。

晶子站了起來，跑向瀧井。

「情況怎麼樣？有沒有什麼消息？」

瀧井沒有回答晶子的問題，把笨重的行動電話放在椅子上，在旁邊那張椅子上坐了下來。

「可以先來啤酒嗎？」

晶子沒有得到答案，在感到困惑的同時，急忙走進吧檯，把冰啤酒和杯子放在瀧井面前。

瀧井用手制止了想要為他倒酒的晶子，自己把啤酒倒進杯子。他可能感到口渴，一口氣喝完了啤酒。

他把空杯子放在吧檯，用眼角看著坐在身旁的日岡，慵懶地問：「你幾點來的？」

「一個小時前。」日岡回答。

晶子為瀧井的杯子倒啤酒，他這次沒有制止，拿起杯子，又一口氣喝完了。

看到瀧井喝得差不多了，日岡問：

「有沒有打聽到什麼消息？」

瀧本沒有回答。從他臉上嚴肅的表情，不難猜到狀況相當嚴峻。晶子好像在祈禱般將雙手交握在胸前，等待瀧井的回答。

瀧井吸完一支菸，緩緩開了口。

「之後，我去了五十子的辦公室，和他見了面，不經意地提到了阿章，那個老狐狸面不改色地說，他最近都沒見過阿章。」

「怎麼可能——？」

日岡忍不住從椅子上站了起來，加強語氣說：

「他在說謊！一個星期前，大上先生就和五十子見了面。星期一那天，大上先生離開這裡之後，應該也和他說過話，五十子在說謊！」

瀧井抓住日岡的肩膀，用力把他按回椅子上。

「這種事不用你說，我也知道！」

瀧井和五十子認識多年，比日岡更瞭解五十子的目中無人、厚顏無恥。

日岡覺得無地自容，把頭轉到一旁，坐回椅子上。

瀧井從懷裡拿出香菸，用站在吧檯內的晶子遞過來的打火機點了菸，繼續說道：

「我直接問了他，說是透過某個管道得知的消息。我說大上幾天前就失蹤了，有人說，大上在失去聯絡的前一天晚上曾經和他見面，問他知不知道。五十子那個混帳，居然一副事不關己的態度說，不知道是誰在放話，但他完全不知情。」

瀧井一臉痛苦的表情繼續說道：

「五十子那傢伙絕對和阿章的事有關，在我臨走時，他竟然對我說，幹事長竟然向上面的人問東問西，真是不知天高地厚。如果不搞清楚自己的身分，隨時可以找人取代我的位子。他簡直把自己當成仁正會的主子了，我戳到了他的痛處，所以他試圖用這一招來壓我。那個畜生，竟然敢威脅我！」

瀧井越說越生氣。

「能不能想想辦法？」晶子插嘴問，她的聲音在發抖，「你有沒有辦法和五十子談一談？」

瀧井目不轉睛地看著晶子，重重地嘆了一口氣。

「不管怎麼說，五十子畢竟是仁正會的副會長，如果我輕舉妄動，仁正會可能會出事，搞不好會導致內部分裂打仗。如果阿章有什麼三長兩短——我也做好了心理準備，那就來打仗啊！反正我早晚要和五十子這個畜生對決，但是，目前要先找到阿章的下落。」

瀧井的視線看向日岡。

「我會盡可能打聽消息，如果警方掌握什麼消息，立刻通知我。」

瀧井向晶子借了紙筆，在紙上寫了幾個數字後交給日岡。

「這是我行動電話的號碼，任何時間打都沒關係，一有消息，就打這個電話。」

日岡接過便條紙，用力點了點頭。

第十二章

——日誌

昭和六十三年七月二十五日。

上午八點多。多島港碼頭發現了一具身分不明的男屍。

上午十一點。查明了屍體身分。

〓〓〓〓〓〓〓〓〓〓〓〓〓〓〓〓〓〓〓〓〓（刪除一行）

傍晚六點。「志乃」。

〓〓〓〓〓〓〓〓〓〓〓〓〓〓〓〓〓〓〓〓〓〓〓〓〓〓〓〓〓〓〓

〓〓〓〓〓〓〓〓〓〓〓〓〓〓〓〓

〓〓〓〓〓〓〓〓〓〓〓〓〓〓〓〓〓〓〓〓〓〓（刪除三行）

（一）

沿途都在塞車。日岡在等紅燈時焦急不已，終於忍不住把紅色的旋轉燈放在便衣警車的車頂上，鳴響了警笛聲。

他慢慢駛入亮著黃燈的十字路口，在放慢速度行駛的車子之間蛇行，最後右轉。

在開朝會時接獲消息，多島港碼頭發現一具溺水身亡的男性屍體。

一艘出海捕吻仔魚的漁船在漁網捕到的大量吻仔魚中，發現一個有人體外形的東西，原本以為是被人丟棄的假人模特兒，撈起來一看，發現是屍體。船長立刻用無線電向警方報案，附近派出所的員警和管區的機搜目前正趕往前場。

齋宮接獲消息後，立刻打電話去管轄多島港的吳原西分局。西分局的刑事課長在電話中說，目前還不瞭解詳細情況，也尚未查明屍體身分。

如果大上沒有失蹤，日岡會覺得這件事和自己無關，但是，如今時刻惦記著大上的安危，他想要趕快去確認屍體。

日岡希望友竹同意他立刻前往發現屍體的多島港，但並沒有提大上的事。他覺得不必說，友竹應該也知道。不出日岡所料，友竹二話不說就同意了。

日岡抵達碼頭後，匆匆鎖好車門，跑向旋轉紅燈的警車。看起來像是在碼頭工作的人擠在兩輛警車和一輛便衣警車之間。日岡用肩膀擠開人群，向正在維持現場秩序的員警出示了警察證，衝向屍體。

一個上了年紀的偵查員單腿跪在蓋住屍體的藍色塑膠布旁，目不轉睛地看著塑膠布。他發現日岡後站了起來，自我介紹說，他是西分局的今藤。

日岡喘著粗氣，報上了自己的姓名和所屬的單位。

「已經知道身分……屍體的身分了嗎？」

今藤沒有回答日岡的問題，低頭看著塑膠布，示意他自己確認。

日岡克制著劇烈的心跳跪在地上，掀起了塑膠布。

心跳瞬間停止。

——是大上。

由於長時間泡在海水中，臉部浮腫，浮起的油脂讓臉色泛黃。

屍體閉著浮腫的雙眼。不知道是偵查員在調查之後的貼心之舉，還是屍體發現時，就閉著眼睛。

衣服可能被海水沖走了，所以屍體身上一絲不掛，全身的皮膚滿是瘀青和擦傷，不知道是海底摩擦造成，還是生前遭凌虐留下的痕跡。

不熟的人，看到這具面目全非的屍體，應該認不出是大上，但日岡這一個半月來和大上朝夕相處，立刻知道眼前的屍體就是大上。變形的臉和大上生前的樣子完全吻合，學生時代學柔道被打傷的耳朵形狀也一模一樣。

日岡注視著屍體一動也不動，今藤對他說：

「聽說東分局二課的大上巡查部長幾天前就失蹤了……」

他並沒有繼續說下去，但日岡知道今藤原本想要說的話。

——這是大上先生的屍體嗎？

日岡一時不知道該如何回答。今藤似乎顧慮到他的心情，沒有再追問。兩人陷入沉默。

日岡突然想起一件事，忍不住問：

「請問有沒有發現帽子，一頂白色的巴拿馬帽。」

大上的身上連內褲都不剩，當然不可能發現帽子。

這個問題的答案不問自明。日岡發現自己內心一片慌亂。

不知道是否因為天氣太熱，他感到輕微的暈眩。

日岡重新把藍色塑膠布蓋好，回到了自己的便衣警車上，打開無線電，和分局聯絡。

「車輛二〇一向總部報告，我是日岡，剛才在多島港的碼頭確認了身分不明的屍體。接下來將進行勘驗，但據我觀察，溺水身亡的屍體正是在本月十八日之後失去行蹤的大上巡查部長。」

日岡說完，放下了無線電對講機。

他靠在駕駛座上，注視著海港。

雖然碼頭一片嘈雜，但海港的景色一如往常。黑尾鷗發出尖叫聲在天空中飛翔，白色海浪在夏日陽光的照射下發出嘩嘩的聲響。

一切依舊，只有大上離開了。

日岡茫然地看著副駕駛座。

眼前浮現了大上斜斜地戴著巴拿馬帽抽菸的身影。

無線電中傳來友竹的聲音。

『我是友竹，日岡，詳細說明一下情況。在碼頭打撈起來的屍體真的是上哥嗎？有沒有發現什麼明確的證據？喂，日岡，你說話啊，日岡！』

友竹的聲音漸漸帶著怒氣。

日岡無視無線電中吵鬧的聲音。

此刻，他只想聽黑尾鷗的叫聲。

打撈起屍體三小時後，經過勘驗，確定了屍體的身分。比對齒模之後，證實和吳原東分局巡查部長大上章吾的一致。吳原西分局確定溺水的屍體就是大上。

局。

媒體立刻得知了大上的死訊，大批電視台和報社的記者湧入管轄的西分局和大上所屬的東分局。

被懷疑和黑道幫派過從甚密的刑警失蹤後死亡——媒體得知消息後，就像是擁向砂糖的螞蟻般，把東分局擠得水泄不通，就連位在二樓的刑事課辦公室，也可以聽到守在大門口的媒體記者像是在怒罵的叫囂聲。

確定是大上的屍體後，二課的黑道組織股大上班立刻召開了緊急會議。

齋宮一臉嚴肅地說：

「目前，西分局正朝向意外和事件兩個方向進行調查，但根據已經掌握的情況，意外的可能性很高。血液中含有大量酒精，同時驗出了具有強力安眠效果的鹽酸氯丙嗪，以及加強催眠作用的巴比妥酸成分。大上沒有理由自殺，西分局的鑑識課根據驗屍的結果，推測應該是喝酒之後，服用了大量安眠藥和鎮靜劑，在前往多島港時，不慎跌落海中溺水身亡，目前正朝這個方向偵辦。西分局的偵查員調查大上的住處後，在桌上發現了藥性很強的安眠藥維吉他命（Vegetamin）和鎮靜劑苯巴比妥錠。」

日岡根本沒有力氣提出異議，垂頭坐在椅子上。

日岡曾經去過上大家多次，從來沒有看過他服用任何藥物，也從來沒有看過他家裡有任何藥物，顯然是有人故意把藥放在他家，偽裝成意外身亡。至於是誰幹的，八成是五十子會的人。

讓大上服用安眠藥後推入海裡，和以前對付幫派太子的手法如出一轍。

五十子在一之瀨必須被逐出幫派這件事上不肯讓步。不，也許在談判時假裝讓步，然後謊稱慶祝和解，讓大上喝了加有安眠藥的酒，導致大上昏迷。無論如何，五十子不可能讓掌握了自己生死大權的大上有活命的機會。

最重要的是，大上根本不可能服用安眠藥。這絕對是謀殺。

出席會議的大上班所有人似乎都有同感，大家聽了齋宮說明的情況後，都悶不吭氣，和日岡一樣低頭不語。所有人臉上的憤怒更勝於悲傷，對高層試圖用大上意外身亡的方式，掩蓋警方和幫派勾結的傳聞感到不滿。

齋宮說明完情況後，緩緩站了起來。

「會議到此結束，如果有新的情況，會再告訴各位。我等一下要去西分局的停屍間，大上的遺體目前安置在那裡。」

「我和你一起去。」友竹也站了起來。

當他們離開後，唐津站了起來，用力踹向自己剛才坐的鐵管椅，椅子撞向牆壁，發出很大的聲響。

唐津不發一語地走了出去。柴浦和瀨內也默默跟著走了出去。

日岡緩緩站了起來，把手伸進長褲口袋，摸著大上留給他的Zippo打火機。他用力握著打火機，走出了會議室。

他完全不記得下午做了什麼事，只是機械式地做自己該做的事。

只記得公關課的人好幾次走進二課，問二課的人要如何回答媒體的問題。二課的人回答說，在瞭解詳細情況前，無法發表任何意見。公關課的女生手足無措，歇斯底里地說著什麼。

下班之後，大上班的人都前往西分局的停屍間。通常都是在守靈夜之後舉行葬禮，然後火化，但大上的屍體腐化情況嚴重，明天一大早就要火化，然後再舉行守靈夜和葬禮。

日岡沒有去西分局，他說有重要的事，婉拒了唐津的邀約。

他已經在碼頭見過大上了。

（二）

走出東分局後，日岡走去志乃。

他覺得自己必須親口把大上的死訊告訴晶子。

傍晚六點。平時志乃的門口都會亮著燈，掛上布簾，但今天店內燈光昏暗，也沒有掛布簾。

日岡把手伸向拉門，門沒有鎖。

他緩緩打開拉門，昏暗的店內，晶子坐在吧檯的角落。她低著頭，微微轉向身後問：

「阿秀嗎？」

「對。」日岡回答。

晶子挪開了掩著臉的手，轉頭看向身後。她的臉像鬼一樣慘白，雙眼空洞無神。

日岡走進店內，反手關上了拉門。

「我今天是為了大上先生的事來這裡。」

晶子費力地擠出聲音說：

「剛才瀧井先生打電話給我，阿守也打電話來，我都知道了。」

日岡無言以對，晶子垂下眉毛，對他露出又哭又笑的表情。

「不要傻站在那裡，過來坐這裡。」

日岡點了點頭，默默坐在吧檯前。

晶子走進吧檯，把一瓶兩公升的酒放在日岡面前。她沒有打開店裡的燈，只打開了吧檯角落方形紙罩座燈的開關，店內被染成一片橘色。

晶子把酒倒進茶杯時說：

「今天用這個喝。」

她也在自己的茶杯裡倒了酒，一口氣喝光，重重地吐了一口氣。

「越是這種時候，越是要像平時一樣，不能痛哭流涕，也不能驚慌失措。即使這麼做，死去的人也無法復活。」

最後這句話，她好像是在說給自己聽。

日岡舉起茶杯，屏住呼吸，把酒喝乾了。

酒精灼燒著食道，在胃中發熱，滲進胃壁的感覺比平時更加明顯。

晶子站在吧檯內，又拿出另一個茶杯，放在日岡旁邊。那是大上平時坐的座位。晶子在茶杯裡倒了酒之後，用顫抖的聲音嘀咕說：

「你也盡情地喝吧。」

晶子強忍著淚水。

日岡靜靜地問：

「妳不哭嗎？」

晶子雖然眼皮腫了，眼睛通紅，但沒有流眼淚。

晶子無力地笑了笑，在為日岡倒酒時說：

「自從我老公死了之後，我就決定，不在別人面前落淚，而且，和黑道扯上關係的人都無法長壽，所以我已經做好了心理準備，只不過——」

晶子的睫毛垂了下來。

「只不過沒想到上哥這麼快就離開了。和你在這裡喝酒，覺得他隨時會從那裡露臉。」

晶子說到「那裡」時，看向門口。日岡也看向拉門。晶子說的沒錯，大上好像隨時會打開拉門走進來。

日岡把頭轉了回來，一隻手伸進長褲的口袋，在口袋裡打開Zippo打火機的蓋子。

晶子喝完第二杯日本酒後，幽幽地說：

「阿秀，不好意思，可不可以請你幫我鎖門？」

今天晚上，她可能不想再做生意。

日岡站了起來，鎖上了拉門。

喝完杯子裡的酒就回家，讓晶子一個人痛哭一場。

日岡坐回椅子，拿起茶杯，站在吧檯內的晶子叫他：

「你來這裡。」

要進去吧檯嗎？

日岡有點不明就裡，跟著晶子走了進去。

晶子走在吧檯旁通往後門的通道上，日岡也跟在她身後。

只有一顆燈泡亮著的昏暗通道上，放了一個冰箱。那是單門的舊冰箱。

晶子彎下腰，雙手用力抱著冰箱。冰箱下方的輪子滾動，發出擠壓的聲音，離開了牆邊。

冰箱後方的牆壁上有一個長方形的洞，剛好被小冰箱擋住。裡面又黑又髒，好像是以前放煤炭的地方。

晶子蹲了下來，把手伸進洞的深處，從裡面拿出一樣東西。

那是一個蔓草圖案的包裹，沾滿了黑炭和灰塵，看起來髒兮兮的。晶子輕輕拍了拍包裹布上的汙垢，遞給日岡。

「這是什麼？」

晶子用嚴肅得有點可怕的眼神看著日岡說：

「上哥交代我，萬一他出事，要我把這個交給你。」

日岡倒吸了一口氣。

萬一——日岡，萬事就拜託你了。

日岡的耳邊響起最後一次見到大上的晚上，大上在這個吧檯前對他說的話。

日岡接過包裹放在地上，著急地打開綁著的結。

他看到裡面的東西，說不出話。裡面是四綑像磚塊一樣厚實，用保鮮膜包起來的萬圓紙鈔，和一本筆記本。

保鮮膜內包了五疊沒有拆封的一百萬圓，四綑五百萬圓的錢磚，總共有兩千萬。

這到底——？

日岡張著嘴，茫然地抬頭看著晶子。

原本站著的晶子在日岡身旁蹲了下來，拿起一綑保鮮膜包著的錢磚，嘆著氣打量著。

「這些錢，都是上哥向幫派收抽頭存起來的。」

之前去瀧井組時，看到大上從瀧井手上接過信封的情景浮現在日岡的腦海。

晶子說，大上都用這些錢作為偵查費用。大上給線民的酬勞、大上班聚餐的費用也都從這裡支出。

「上哥經常說，就像車子和女人一樣，真正想要的東西都很花錢，線報也一樣。」

晶子說，大上把沒用完的錢都放在她那裡。

「但是，」晶子一臉可怕的表情看著日岡，「比起金錢，上哥更想把這個交給你——」

晶子說到「這個」時，把手放在筆記本上。

日岡拿起筆記本，翻開了封面。

看了幾頁之後，他的手開始發抖。

這是——

日岡猛然回頭看著身後的晶子。

晶子露出強烈的眼神，看著日岡的雙眼點了點頭。

筆記本上記錄了大上多年來蒐集到的警方和警方高層的醜聞，以及吃案的行徑。

還有可以證明警方從偵查費中挪用的小金庫銀行帳戶、轄區警局的局長在調動時，接受柏青哥店或幫派送的紅包金額等，都詳細記錄在筆記本上。

除此以外，還有縣警幹部的男女關係。縣警交通部的課長去色情店買女人引起了糾紛，遭到幫派威脅，還有轄區警局的警部買春的對象是未成年少女，上面還貼了不知道是誰拍的——八成是相關的幫派分子偷拍的——那名警部帶著少女走進賓館的照片。

日岡在筆記本上看到熟人的名字，差一點驚叫起來。嵯峨大輔——他是日岡在機動隊時的上司，目前在縣警監察官室。筆記本上寫著，這名警視和位在流大道上的「卡薩布蘭卡」的小姐瞳關係密切，瞳還為他墮胎。

對警察組織來說，這本筆記本是充滿災難的「潘朵拉盒子」，唯一的不同是，最後並沒有留下一線希望。

日岡確信一件事。

——因為有這本筆記本，所以縣警幹部不敢對大上出手。

在警界高層眼中，大上不僅和幫派過從甚密，而且不服從組織的命令，經常引發問題，遭到媒體和輿論的抨擊，是一個麻煩製造者，即使無法用某些理由對他進行懲戒處分，應該也希望他遠離偵查第一線。警界高層知道大上掌握了足以撼動整個警察組織的潘朵拉盒子，所以不敢對他出手。

這本筆記本，是大上在警察組織內生存的王牌。

日岡全神貫注地看著筆記本，晶子碰了碰他的手。

日岡回過神，看著晶子。

晶子直視著日岡，放在日岡的手上，握著筆記本。

「這是上哥留下的遺物，你要好好運用。」

日岡吞著口水，沒有回答。他不知道該怎麼回答。

他用方巾重新包好兩千萬現金和筆記本，放回洞內，把冰箱移了回去。

「阿秀。」

晶子叫著他的名字，語氣中充滿懇求。

日岡默默鞠了一躬，從後門走了出去。

來到大馬路上，他重重地吐了一口氣，一隻手伸進了長褲的口袋，把玩著打火機。

他捫心自問。

——我接下來該怎麼辦？

第十三章

——日誌

昭和六十三年七月二十七日。

下午一點。在廣島市區的然臨寺參加大上章吾巡查部長的葬禮。

晚上八點。前往廣島縣警監察官室。

（一）

然臨寺是大上家皈依、祖先遺骨沉睡的菩提寺，大上的妻兒長眠於此，他的葬禮也在這裡舉行。然臨寺位在廣島市東端，從吳原開車前往大約三十分鐘左右。

然臨寺的正殿內擠滿了前來參加葬禮的人，擠不進正殿的人只能坐在簷廊上。

正殿內最前排的是喪主大上的姊姊高城秀子和她的家人，然後是縣警副總部長等警界幹部，吳原東分局的人跪坐在後方。日岡坐在警方相關人員座位的末席。

坐在簷廊上的弔唁賓客中有很多女人的身影。晶子、瀧井的太太洋子也都來參加了，其他幫派大哥的太太，和廣島市內的酒店小姐也都前來為他上香。坐在日岡身旁的高塚咬耳朵告訴他，穿黑色和服的大部分都是幫派大哥的太太，穿西式喪服的幾乎都是酒店小姐。

瀧井和一之瀨等幫派大哥都沒有到場，只有幾個已經退出江湖的前尾谷組幹部，以及以前曾經加入幫派的市議會議員而已。無論和死者交情再深，幫派大哥或太子都不可能大喇喇地參加警察的葬禮。因為若幫派大哥出現，只會為死者和家屬帶來困擾，所以都會找自己的女人或太太代為參加。

晶子身穿喪服，挺直身體，注視著祭壇。她身旁的洋子低頭用手帕遮住了臉。她的肩膀劇烈顫抖，應該忍不住出聲痛哭。但是，她的哭聲被寺內聒噪的蟬鳴淹沒，無法傳入日岡的耳朵。

誦經後，僧侶請弔唁者上香。

喪主秀子率先上了香。

身旁的高塚站了起來，日岡也跟著起身。

日岡站在祭壇前，注視著被白花包圍的遺像。

照片中的大上穿著制服，一臉不悅地瞪著雙眼。聽齋宮說，那是大上在獲得警察廳長獎時拍的照片。

日岡把手上的巴拿馬帽放在遺照前的骨灰旁。他來參加葬禮之前，終於買到了這頂帽子，無論顏色和形狀都和大上之前經常戴的那頂幾乎一模一樣。

——喔，你真貼心啊。沒有帽子，我渾身都不自在。

日岡似乎聽到了大上愉悅的聲音。

大上的遺體昨天火化，在吳原殯儀館舉行了守靈夜。秀子提出，不要在廣島，而是在吳原舉行守靈夜，因為她希望藉此向曾經照顧大上的人道謝。

除了東分局的局長等警界人士以外，那些成為大上施主的店家老闆，以及晶子等酒店的媽媽桑、坐檯小姐等和大上有來往的人，都參加了守靈夜。

秀子在祭壇前向前來弔唁的賓客鞠躬道謝，雖然難掩憔悴，但充滿了身為警察家屬的堅毅。在為失去唯一的弟弟感到悲傷的深處，可以感受到一種覺悟，那是當家人從事隨時可能失去生命的職業時，家屬特有的覺悟。

秀子比大上年長六歲，在大上進入警界那一年，她嫁去東北。當他們的母親還健在時，她每年都會回來探親。當母親去世，同住的公公出現失智症狀後，她也不方便回來探親。五年前，在母親去世十七周年忌日時最後一次回廣島，沒想到和弟弟再次見面，竟然是參加他的葬禮。秀子神情恍惚地提起這些事。

守靈夜開始後不久，一個年邁的婦人匆匆趕到。她是菸店的吉田桂，之前調查上早稻事件時，曾經去向她打聽加古村組的動向。她看到坐在後方的日岡，向他深深鞠了一躬，在他旁邊坐了下來，拿著念珠，虔誠地誦經。

僧侶誦經結束後，桂婆婆向日岡使了眼色，叫他去走廊，然後從手上的包裹裡拿出兩條菸。那是大上愛抽的和平短菸。

「可不可以請你幫我供在靈前？這是我的奠儀。說起來很丟臉，因為太突然了，我手上沒有現金。」

桂婆婆低下頭，小聲地嘆息說，她靠年金過日子，賣菸的錢，根本連零用錢都不夠。

「因為我沒有包奠儀，所以沒有在簽到簿上簽名，你可不可以幫我轉告阿上，桂婆婆來送他最後一程？」

桂婆婆從喪服口袋裡拿出手帕，擦拭著哭腫的雙眼。

「阿上真的很照顧我，我能夠活到現在，有一半是託他的福。像他這樣的好人不多了，有太多人必須比阿上先死了，老天爺真是……不知道在幹嘛……」

桂婆婆說到最後嗚咽起來，泣不成聲。

日岡鞠了一躬，從桂婆婆手上接過了菸。

日岡在正殿燒完香，再度注視著大上的遺照。

昨天桂婆婆帶來的菸，也放入祭壇上的供品。這是家屬的心意。日岡透過晶子，把桂婆婆的事告訴大上的姊姊秀子。比起縣警幹部送的花圈，大上應該更想要收到桂婆婆送他的和平短菸。

夏天的烈日將寺院內染成一片白色，身穿喪服的弔唁者像影子般擠在昏暗的正殿，只有包著骨灰的白布，和日岡剛才放的那頂白色巴拿馬帽格外明顯。

大上的死並不是殉職，所以無法舉行公葬，也無法在死後追升兩級，更沒有建立功勳的人可以領到的撫卹金。他的死被認為是喝醉墜海身亡，是意外身亡。

——但是，事實並非如此，大上的死絕對就是殉職。他身為黑道組織股的刑警，帶著上司的密令，在阻止吳原的幫派火拼過程中，在工作時被無情地奪走了生命。

日岡用力閉上眼睛，雙手合掌。在離開祭壇前時，他用力想著口袋裡的Zippo打火機。

（二）

大上班等二課的人都恭敬地婉拒了葬禮結束後的解穢酒，從廣島趕回了吳原。因為友竹出面舉辦了一場追思宴，局長毛利晚一點也會參加。

追思宴設在「富美」。就是之前找到上早稻的屍體時，舉行慰勞宴的那家居酒屋。雖然有人提議，不要在吵吵鬧鬧的大眾居酒屋，去日式餐館這種比較安靜的餐廳舉辦更理想，但友竹堅持要設在富美。

「我最清楚，上哥更希望在熟悉的餐廳舉辦！」

友竹雖然努力維持面無表情，但從他充滿怒氣的語調中，可以感受到他對下屬的死感到自責，同時也在內心哀悼大上。

日岡推說身體不適，沒有參加追思宴。

友竹看著這個星期瘦了一大圈的日岡，輕輕點頭說：「好。」

他不是無法喝酒，相反地，他很想把自己灌醉，但是，他不想和同事一起喝。

幾杯黃湯下肚，同事一定會忍不住抱怨高層用意外身亡的方式處理大上的死，無論柴浦、瀨內和高塚都不可能不吭氣。唐津原本酒品就不好，喝了酒之後，不僅會把矛頭指向友竹和齋宮，甚至會波及毛利局長。追思宴上的氣氛一定會變得很火爆，日岡不難想像毛利揚著嘴角的不屑表情，和唐津咄咄逼人的樣子。他不希望看到別人用這種方式玷汙了哀悼大上的場合，最重要的是，他沒有自信能夠控制住自己的情緒。

日岡向眾人道別後，走路去了志乃。

晶子應該在店裡，獨自抱著兩公升的酒瓶悼念大上——日岡這麼認為。即使晶子不在店裡，自己也可以坐在馬路上狂飲。

店門口貼了一張「忌中」的紙，周圍用黑框圍了起來。窗簾拉了起來，但拉門並沒有鎖。

日岡輕輕敲了敲門，自報姓名後，緩緩打開了門。

「歡迎。」

晶子撥了撥垂在臉頰上的頭髮回頭對他說。她仍然穿著喪服。

晶子的聲音帶著醉意，似乎已經喝了酒。她擦了擦眼角，拉開身旁的椅子，向日岡招了招手。

「我猜想你應該會來，東分局那裡沒問題嗎？」

晶子問追思宴的事。他之前曾經告訴晶子，大上葬禮那天要請公休，剛才看到二課的人一起離開，她猜想大家應該會去哪裡聚餐。

「我說身體不舒服，所以就沒去。」

「你還好嗎？」

晶子擔心地偏著頭問，很關心日岡的身體。

「我沒事，我只是想來這裡喝酒。」

晶子開心地笑了起來，準備了一個新的茶杯，遞給日岡。

「是啊，我和你兩個人追悼，上哥也會比較高興。」

晶子說著，拿起酒瓶，為日岡倒了滿滿的酒。

大上平時坐的吧檯角落放了一杯酒。

晶子為自己的茶杯裡倒了酒，向大上的酒杯做了敬酒的動作，然後又和日岡的茶杯輕輕碰了一下。

日岡把臉湊近倒得很滿的酒，喝了一口之後，拿起了茶杯，向大上的位子敬了酒。

「我剛才還在對上哥說，真的不能靠警察。我能夠理解高層有他們的立場，但如果及時採取行動，應該就不會發生這種事了。我實在無法接受這樣的結果，如果警方在他失蹤的當天就立刻行動，上哥搞不好就不會死，你不覺得嗎？」

雖然正確的死亡時間還沒有出爐，但根據屍體胃中的食物，推測大上是在七月十九日黎明至清晨死亡。大上是在十八日深夜和五十子見面——所以，即使警方在隔天早晨立刻行動，也無法預防大上的死亡。

但是，即使現在告訴晶子真相，又能怎麼樣呢？

日岡默默點了點頭。

晶子心有不甘地看著大上的座位，把手肘架在吧檯上，單手托著下巴，慢慢搖晃著裝了酒的茶杯。

沉默籠罩了店內，時間靜靜地流逝。

想要回首往事，有很多事可以聊。雖然和大上相處才一個多月，卻是日岡人生中最充實的時光。翻開記憶，最先出現的就是關於大上的鮮明回憶。

但是，他現在不想用言語表達。因為一旦說了，自己就必須面對大上的死亡。

他不知不覺喝完了茶杯裡的酒，晶子發現後，拿起酒瓶為他倒酒。

晶子也為自己的茶杯裡加了酒，然後下定決心似地開了口。

「阿秀，你已經決定要收下上哥的遺物，對嗎？」

日岡凝視著吧檯深處。晶子說的是藏在冰箱後方的大量現金，和那本未爆彈筆記本。

這幾天，一直縈繞在心頭的疑問再度抬頭。

——大上為什麼把這麼重要的東西寄放在晶子這裡？

當他回過神時，發現自己脫口問了這個問題。

「妳和大上先生之間，不止是老闆娘和老主顧之間的關係，對嗎？」

晶子露出心虛的表情，顯得有點不知所措。

「你還在懷疑我和上哥之間的關係嗎？」

日岡不知道該怎麼回答，低頭看著吧檯的原木。

晶子在一旁呵呵地笑了起來。

「我之前不是就告訴你，我和上哥之間真的沒有那種關係。」

晶子之前的確否認他們有男女關係，日岡也曾經見過大上離開時，說要去找女人，晶子一臉平靜的樣子。之前認定他們之間真的沒有那種關係，但是，看到兩千萬的現金和機密筆記之後，他無法相信他們之間沒有肉體關係。如果沒有特殊的關係，大上不可能把那麼重要的東西寄放在晶子那裡。除了他們之間有特殊的關係——男女關係以外，日岡想不到其他可能。

為了避免晶子誤會，他字斟句酌地說明了自己的想法。

「不好意思，我問這麼無禮的問題……只不過，那些錢和筆記是大上先生的一切。錢還是小事，筆記本上的內容一旦洩漏，會摧毀整個縣警，這也是大上為了維持自己在警察內部立場的保命王牌，可以說，是他刑警生命的化身。即使你們認識多年，但他會把這麼重要的東西交給小酒館的老闆娘嗎？我認為大上先生和妳之間應該是休戚與共的關係，他才可能這麼做。」

晶子看著半空，靜靜地聽著日岡說完後，小聲地嘀咕說：

「休戚與共，你說的對，我們的確是休戚與共的關係。」

她柔和的眼神深處隱藏著強烈的光，她喝了一口日本酒，繼續說道：

「你是上哥相中的人，那我就把所有的事都告訴你。」

她把剩下的酒一飲而盡，用力吐了一口氣，凝視著遠方，似乎在回想遙遠的往事。

日岡默默為晶子的茶杯中倒了酒，示意她趕快說下去。

「如今，我能夠在這裡，全都是拜上哥所賜。」

晶子說完這句話，提到了一起事件。那就是晶子的丈夫賽本友保遭到殺害的事件。

十四年前的昭和四十九年（一九七四年），五十子會和尾谷組為了碼頭裝卸的利益陷入緊張關係。兩個幫派原本就是敵對關係，之前就看彼此不順眼，所以小紛爭不斷，兩個幫派成員之間累積多年的敵對和憤慨已經到了一觸即發的地步。

就在這時，尾谷組的太子賽本在吳原市宮出大道的酒吧遭到槍殺。開槍的是五十子會的高木浩介，是才剛加入幫派不到半年的小嘍囉。

高木在警方偵訊時供稱，犯案動機是因為在酒吧喝酒時，和也在同一家店喝酒的賽本發生口角，賽本打他的臉，他怒火中燒，就開槍殺了他。

然而，警方在調查後發現，雖然兩個人的確發生了爭執，賽本打了高木，但最初是高木找賽本抬槓，執拗地挑釁賽本。一直糾纏到對方出手，最後開槍行凶——這是黑道殺手慣用的手法，偽裝成因為生氣而臨時起意行凶，以免被追究是組織的命令和計畫性犯罪。即使因此被對方殺了，背後的組織就可以名正言順地開始打仗。無論事態如何發展，都不會吃虧。

「我看到賽本的死狀，真的慘不忍睹，子彈從下巴打進去，從耳朵穿出來，半張臉都——」

晶子皺起整張臉，用力抿著嘴，一時說不出話。她的嘴唇微微顫抖。

沉默片刻後，晶子擦拭著眼角，喝了一口酒，心情平靜後，再度淡淡地說了下去。

事件被定調為高木單獨犯案，但尾谷組當然無法接受。在賽本遭到槍殺的當天，就做好了戰鬥準備。雖然立刻襲擊了五十子的住家和五十子會的辦公室，但組長和其他幹部預料到會遭到攻擊，所以早就逃去了廣島。由此可見，殺害賽本果然是事先就計畫好的。

尾谷組用盡各種方法調查後發現，五十子會的太子金村安則策劃了整起事件。賽本和金村年齡相近，進入幫派的時期也相差無幾。兩個人雖然都是吳原出身，但在不良少年時代，就互看不順眼。在加入敵對組織後，註定勢不兩立。金村一定想利用這個機會幹掉賽本。

尾谷組的幫眾奮力追殺金村，想要為太子報仇。當時年紀還很輕的一之瀨也隨身帶著槍，在吳原尋找金村的下落。

雖然順利殺了賽本，但如果自己也遭到殺害，就得不償失了。金村察覺到自己身陷危險，所以就和組長五十子一起投靠廣島市西北部的友岡組藏身。友岡昭三是五十子的結拜兄弟，算是金村的叔叔輩。友岡組的總部位在山口市，是河相一家旗下的幫派。河相一家是標榜反明石組的關西十二日會重鎮，尾谷組和明石組關係密切，所以河相一家也和尾谷組水火不容。當時，仁正會尚未成立，瀧井等人所屬的綿船組考慮到和尾谷的關係，宣布保持中立。

即使查到金村下落，尾谷組也無法殺去友岡組。一旦這麼做，就等於與河相一家，以及河相一家背後的關西十二日會為敵。更何況萬一金村不在友岡組，尾谷組就會被整個黑社會圍攻。

金村猜想只要潛伏一陣子，在吳原到處開槍的尾谷組幫眾會逐一遭到逮捕，戰力逐漸削弱。金村打算日後請求關西十二日會的援助，一舉殲滅尾谷組。

「但是，金村、在賽本遭到槍殺的、三個月後死了。」

晶子咬牙切齒，一字一句地說道。

以前曾經在這裡聽晶子說過金村的屍體被人發現的過程。

金村的胸口插了一把尖刀，被人發現陳屍在廣島市內的墓地。墓地就在大上最初任職的派出所附近。

金村的屍體被人發現的前一天晚上，金村支開了原本二十四小時跟隨他的保鑣獨自外出，之後，就被人發現陳屍在墓地。

沒有人知道金村為什麼獨自外出，至今仍然沒有查到凶手。

但是，安藝新聞接獲的爆料信中提到了凶手的名字。

——大上先生，爆料信上寫了你的名字。

高坂的話在耳邊響起。

日岡重重地吐了一口氣，下定決心問晶子：

「是大上先生殺了金村嗎？」

相隔十四年的告密信並不可信，但日岡也無法相信大上是清白的。之前大上在志乃的二樓用刀子恐嚇吉田時殺紅了眼的樣子，浮現在日岡的腦海。

晶子沉默不語，視線凝望著遠方。

日岡吞著口水，等待晶子的回答。

過了一會兒，晶子緩緩轉過頭，用小聲卻明確的聲音回答：

「殺了金村的不是上哥，而是我。」

——騙人。

日岡立刻在心裡否定。

金村是因為尖刀刺進胸口導致失血過多身亡，一個柔弱女子，怎麼可能殺一個大男人，而且是黑道分子。果然是大上殺了金村，晶子是在袒護因為自己而雙手沾滿鮮血的大上嗎？

日岡可能露出了「我無法相信」的表情，晶子輕輕搖了搖頭，微微揚起嘴角，露出笑中帶哭的表情。

「我沒騙你，是真的。我是個壞女人，比你想像的更壞。」

晶子說完這句話，娓娓說起了往事。

金村和晶子以前就認識。

晶子年輕時曾經在吳原最大規模的酒廊「白百合座」當小姐。她的容貌和身材都很出眾，談吐得宜，轉眼之間就成為店裡的首席紅牌小姐。

在五十子會嶄露頭角的金村，也是經常來捧場的客人之一。那時候，他還沒有成為五十子會的太子。

金村用金錢和物質博取晶子的歡心，試圖讓晶子成為自己的女人。金村送她的皮包和手錶都是昂貴的名牌精品，店裡的小姐都很羨慕。

「但是，我從來沒有讓金村碰過我，他送我的禮物也全數退給他。我之前就決定，不會為了金錢和物質出賣自己，只和自己喜歡的男人上床。我在酒店當坐檯小姐，有這種想法很奇怪吧？」

日岡嘛著嘴，輕輕搖了搖頭。雖然不知道晶子為什麼去酒店當坐檯小姐，但覺得這種想法很符合她的個性。

男人和女人的感情，就是越得不到，就越想要得到。金村看到晶子完全不動心，反而展開了更猛烈的攻勢。

金村糾纏不清，晶子只好辭職逃去廣島。在流大道的酒店上班時，認識了剛好和尾谷一起來店裡的賽本。

金村得知晶子辭職嫁給賽本時，氣得火冒三丈。他無法原諒甩了自己的女人偏偏愛上了賽本。

——我早晚會殺了賽本這個王八蛋。

晶子輾轉聽到金村在手下面前如此揚言。

也許從那時候開始，他就一直在尋找機會。

「金村這個人，真的是人渣……不，比人渣還不如。他殺了一個男人，竟然還聯絡他的老婆，而且還假裝很擔心的樣子。」

晶子握著杯子的手很用力。

「聽到金村黏乎乎的聲音，我差一點吐出來，你這個畜生，不是你殺了我老公嗎？這句話已經衝到了嘴邊，但我改變了心意。因為我想到可以假裝因為太傷心而改變對他的態度，就可以利用機會殺了他。」

在賽本遭到殺害的三個月後，晶子謊稱要和他討論今後該怎麼辦，安排了和他幽會。因為當時還在打仗，所以金村格外小心謹慎。當晶子來到事先預約的飯店後，金村打電話到房間，臨時改變了約會地點。金村在電話中告訴她，只要走出飯店，就會看到路旁停了一輛計程車，叫她坐上那輛計程車。金村應該事先告訴司機晶子的特徵，並告知了目的地。晶子聽從他的指示搭上了計程車，計程車頻頻變換車道，確認是否有人跟蹤。計程車載她來到一家老舊的幽會旅館。金村應該付了不少錢，上了年紀的司機笑著為晶子打開車門，目送她走進旅館。

如此一來，即使晶子事先和尾谷組的人串通，也無法知道金村在哪裡。

一進房間，金村立刻猛撲上前，把晶子推倒在被子上。

「我以前曾經想當演員，還會模仿在電影和電視中看到的女演員的演技，所以我的演技很出色。金村那傢伙，應該做夢都沒有想到被他壓在底下嬌喘的女人會突然從皮包裡拿出菜刀刺向自己。當我刺向他的後背時，他叫了一聲，整個人向後仰，當他仰倒在地時，我又連刺了好幾刀。我想除了憎恨，更因為感到害怕——」

說到最後，她就像做了噩夢的少女般，用顫抖的聲音小聲嘀咕。

晶子一口氣把茶杯裡剩的酒喝完了，日岡默默為她斟酒。

晶子擦拭了嘴角，用恢復平靜的聲音繼續說了下去。

「之後的事，我記不太清楚了。當我回過神時，發現自己光著身體，渾身是血，手上緊握著菜刀。我記得在旅館的房間內打電話給上哥，但不記得說了什麼。那時候，上哥被調離二課，好像在機動隊。我以前在酒店當小姐時就曾經受他的照顧，而且他和賽本也認識多年，關係很不錯。我隱約記得在賽本的葬禮時，他對我說，如果有什麼困難，隨時可以找他。我記得那時候是晚上十點左右，我打電話去他的住家，他說馬上就到。」

在大上到旅館之前，晶子聽從他的指示洗了澡，沖走了身上的血。當她換好衣服等了一會兒，聽到了敲門聲。她從浴室走了出來，戰戰兢兢地打開門，發現大上抱著兩個折起的棉被袋站在門口。大上看到晶子，默默點了點頭，一臉嚴肅地從棉被袋裡拿出幾塊毛巾，對晶子說，用這些毛巾把榻榻米上的血跡擦乾淨。

大上走到屍體旁，把手放在金村的嘴邊，確認他已經沒有呼吸後，用浴巾把他的屍體包了起來，塞進了棉被袋，把沾滿鮮血的旅館被子塞進另一個棉被袋。

「然後，他打電話去櫃檯，和掌櫃的聊了幾句，我只聽到他說安毒的事如何如何，八成是在和掌櫃的談判。」

——我已經和櫃檯談妥了，沒事了，妳不必擔心。

大上對晶子說完，要求她先離開旅館。

——接下來的事，我會處理。妳沒有來過這裡，回吳原之後，就假裝什麼都不知道，一切都和平時一樣。沒問題吧？

大上向她確認時，她才終於點了點頭。她忘了道謝。

晶子按照大上的指示，若無其事地走出旅館，搭末班車回到吳原。兩天後，從早報上得到金村被人發現陳屍在廣島市的墓地。

晶子喝了一口酒。

「瀧井先生和阿守都不知道這件事，這是我和上哥之間的祕密。」

晶子說這句話時，臉上透露出一絲喜色，但立刻變成了深沉的憂慮。

「我……在那之後，好幾次都打算向上哥道歉。比起道謝，我更覺得應該向他道歉，因為竟然讓他為我做了那種事……」

日岡能夠瞭解晶子的心情。大上的行為是棄屍和隱匿凶手，是如假包換的犯罪行為，也是警察不該有的行為。一旦被人發現，就會立刻遭到開除，也會為此坐多年的牢，難怪晶子會對他感到愧疚。

晶子為日岡的茶杯裡倒酒時說：

「但是，上哥絕口不提這件事。我們單獨相處時，即使我想要提起，他也立刻轉移話題……」

日岡覺得，這很像大上的作風。

如果換成自己呢？日岡不由地思考。

金村是個下三濫，是殺了也不足惜的壞蛋。晶子想要親手為丈夫報仇的心情可以理解，但法律不允許私刑。然而，既然法律無法制裁金村，正義又在哪裡？殺了人的晶子，和遭到殺害的金村——真正的正義到底在哪一方？

但是，日岡內心也認為，既然犯了罪，就必須付出代價。

如果自己身處大上的立場，到底會怎麼做？會勸她自首？還是會像大上一樣窩藏晶子？

如果選擇窩藏，兩個人必然會成為命運共同體——

日岡幽幽地吐出兩個字。

「同志。」

晶子訝異地看著日岡。

「大上先生和妳是已經超越男女關係，名為共犯的同志，所以，大上先生才會把不可告人的筆記本和錢寄放在妳這裡。」

晶子心服口服地瞪大眼睛，輕聲笑了起來。

「是喔，原來是同志。阿秀，你果然是大學生，太聰明了。」

晶子開心地重複著「同志」這兩個字，然後收起笑容看著日岡。她的眼中再度充滿銳利。

「我把祕密告訴了你，這起事件時效還沒過。」

晶子用眼神問他，你打算怎麼辦？言下之意，只要逮捕自己，就可以立功。

日岡從喪服的口袋裡拿出Zippo打火機，用指尖撫摸著打火機上雕刻的狼圖騰。

店裡的掛鐘宣告已經七點了。

日岡要在八點去縣警總部。因為以前的上司找他。

日岡站了起來，把頭轉向晶子。

他已經下定了決心。

「我也是同志。」

晶子的表情鬆懈，雙手捂住了笑中帶哭的臉，嗚咽從她的指尖傳了出來。

「我先走了。」

日岡說完這句話，走出了店外。

走向沒有人煙的小巷深處，走進公園旁的公用電話亭，拿出記事本，撥打了瀧井的行動電話。

電話只響了一次，就馬上接通了。

『是我！』

瀧井的聲音比平時聽起來更可怕。

不知道是不是因為打行動電話比較貴，投入電話的硬幣一下子就被吃掉了。

日岡從口袋裡拿出零錢繼續投幣，對著電話說：

「我是日岡，因為無法聯絡到一之瀨先生，所以麻煩你轉告。大上先生的驗屍結果已經出爐，驗出了藥性很強的睡眠導入劑和精神安定劑的成分，在大上先生的住家中，也發現了這些藥物，但據我所知，大上先生並沒有服藥。」

瀧井聽了日岡的這番話，似乎瞭解了一切。

短暫的沉默後，他用冷靜的聲音回答：

『知道了，接下來的事，我們會處理。』

瀧井說完，他掛上了電話。

電話機退出了兩枚十圓硬幣。他把零錢放進長褲的口袋，走出了電話亭。

走出小巷，來到坂目川。淺淺的河流無聲地流動。

日岡望著河面，從手上的皮包裡拿出一本筆記本和墨筆。他從被分配到吳原東分局的第一天開始，就使用這本筆記本寫日誌，墨筆是為了在給大上的奠儀上寫字，特地去雜貨店買的。

他翻開筆記本，回顧著自己寫的日誌。

日岡打開墨筆的筆套，開始在日誌上劃了起來，塗掉了從第一天到今天為止，自己記錄事項中的一部分。

日岡好像著了魔似地順著日期，一直塗到大上舉行葬禮的今天為止，才終於蓋上筆套。

他用力吐出憋著的氣。

一看手錶。七點二十分。可以在八點準時抵達縣警總部。

他把塗掉一大半記錄的筆記筆和墨筆放進皮包，走向車站。

一陣風吹來。

河岸旁的柳樹樹枝搖曳，河面泛著漣漪。

（三）

日岡抵達縣警總部後來到六樓，按照事先的約定，走進了監察官室隔壁的會議室。

他看向掛在牆上的時鐘。七點五十五分。

他坐在面對窗戶的椅子上等待。不一會兒，就聽到門打開，有人走進來的動靜。他轉頭，微微欠身。

嵯峨大輔。他是日岡在機動隊時的上司，目前是在縣警擔任監察官的警視。

「日岡，辛苦了。」

嵯峨在門口向他打了聲招呼，搖晃著高大的身體，在窗邊的座位坐了下來。

日岡起身鞠了一鞠，嵯峨擺了擺手，示意他坐下。

嵯峨單手打開手上的扇子，搧著冒汗的脖子。

「聽說葬禮很順利，副總部長說，葬禮很隆重。」

日岡彎下脖子，點了一次頭。

嵯峨是關東的人，只會說標準語，雖然應該不是完全不會說廣島話，但他始終不願開口說。當初他就讀廣島大學，在學生時代和住在廣島的女人結了婚，所以之後就進入了廣島縣警。

「話說回來，」嵯峨靠在椅背上，仰頭看著天花板：「我正想和你聯絡，沒想到大上就發生了這種事。你一定也嚇了一跳，做夢都沒有想到，自己的任務會以這種方式結束。」

從嵯峨的話中，感受不到對死者的尊重。

日岡低頭不語。他的雙手放在腿上，咬著嘴唇。

嵯峨似乎沒有察覺日岡的內心想法，用力搖著扇子，繼續說了下去。

「你也知道，大上曾經多次鋌而走險，我覺得他不會這麼輕易露出狐狸尾巴，所以原本以為你至少會花一年的時間才能完成任務。但現在失去了偵查對象，我打算在秋天的人事異動時，把你調回縣警，不過要先去交通課之類的部門混一段時間，然後再會找機會把你塞進你想去的搜查一課。」

日岡仍然低著頭，一動也不動。

嵯峨似乎以為日岡在鬧彆扭，有點生氣地說：

「我這個人向來說到做到。」

日岡仍然沒有抬頭，繼續默然不語。

嵯峨輕輕咂著嘴，但隨即用柔和的語氣安撫說：

「你跟著他的時間不算長，但畢竟他用這種方式離開。你雖說是奉命執行任務，但在大上身旁當臥底，心情的確會很沉重。我能夠理解你無法感到喜悅的心情，你服從了命令，而且出色地完成了任務。」

命令——日岡回想起今年春天的事。

時序進入四月後不久，嵯峨就把日岡找來這間會議室。

兩個人坐在和目前相同的座位上。

雖然會議室內只有兩個人，但嵯峨壓低嗓門，命令他去吳原東分局調查大上巡查部長的動向。

去年，仁正會內部的火拼事件不斷，廣島的公民團體推動了大規模肅清黑道幫派的運動。雖然派系之間的火拼規模不大，但媒體似乎認為警方取締不力，擔心再度發生幫派大火拼，所以配合公民團體的行動，要求肅清幫派，同時抨擊警方和黑道幫派勾結，甚至提到了挪用偵查費，設立小金庫的事。

縣警有不便公諸於世的內情，但這並不是廣島的特殊現象，所有負責幫派的刑警都知道，光說漂亮話，無法和黑道打交道，結果就變成「近墨者黑」，其他都道府縣的警察也或多或少有同樣的問題。

但是，廣島之前曾經多次發生大規模的幫派火拼事件，黑道和警察勾結的傳聞滿天飛，事實上，的確有一部分警察圖利幫派，也因此有幾個人辭職。雖然表面上是主動辭職，但實際上是受到免職處分。縣警最害怕被人發現挪用偵查費作為幹部吃吃喝喝費用的小金庫問題。

一旦媒體大肆報導這件事，警方的信譽將完全掃地。

縣警心生一計，為了保護組織整體，找了一個代罪羊。這個代罪羊就是大上巡查部長。警察內部的人都知道大上做了不少身為警察，不應該有的行為。之前無法公開指責大上和幫派過從甚密，是因為大上的存在對縣警有利。他蒐集到有關幫派的消息，在縣內所有和黑道打交道的刑警中獨占鰲頭。每次取締槍械加強月，他取締的槍枝數量，在全國也無人能出其右。誰都知道，他和幫派之間做了某些交易，即使這樣，對縣警來說，能夠抓到老鼠的貓就是好貓。

但是，大上做得太過火了，媒體得知他和幫派過從甚密和非法偵查，一部分媒體甚至鎖定大上，瞭解他的動向。事情發展至此，縣警無法繼續庇護大上，只能選擇把大上交出去。他們計畫讓大上扛起所有責任，把警察組織整體的腐敗，歸咎於他個人的問題。

必須掌握大上和幫派過從甚密，進行非法偵查的證據，縣警的計畫才能成功。因此，需要臥底監視大上的行動。日岡被選中成為臥底。

負責挑選人選的嵯峨選中了大學的學弟，也曾經是下屬的日岡。

——這個人必須剛正不阿，而且要有正義感，你是不二人選。

嵯峨看著日岡的眼睛這麼說道，然後抿緊雙唇。

日岡身負兩大使命。首先，必須瞭解大上和幫派之間的關係，掌握大上向幫派收取回扣的證據。同時，必須找出大上持有的相關資料。

「聽說大上記錄了對高層的不平和不滿，而且那些內容還結合了自己的妄想，只是不知道他是寫在便條紙上，還是記錄在筆記本上。雖然內容都是空穴來風，但目前媒體努力想要抓縣警的小辮子，即使是胡說八道的內容，也不能讓這些內容洩漏出去，因為原本只是小火苗，有可能會引發大火災。所以你無論如何，都要把大上持有的資料找出來。」

嵯峨和日岡約定，只要他接受命令，在完成任務之後，就會把他派去他希望的部門。

「日岡，警察的工作就是要預防犯罪，抓住凶手，這是我們的使命。必須維持治安，是正義使者的警察竟然不守法，和幫派勾結，這種不法行為絕對不可原諒。一旦原諒這種人，警察系統就會越來越腐敗。」

嵯峨從桌上探出身體，用力抓著日岡的肩膀說：

「日岡，你應該知道，大上巡查部長是爛蘋果，必須趁現在趕快摘除。」

警界是上情下達的世界，沒有拒絕這個選項。

如果說，日岡從來沒有想過要去縣警內最受歡迎的搜查一課，當然是騙人的。上大的胡作非為無人不知，就連自己這個小警察也不時耳聞。日岡沒什麼辦案經驗，也不曾加入黑道組織股，覺得大上根本是失職的警察，他深信把大上趕出警察組織才是正義。

「好！」日岡看著嵯峨的眼睛，用力點了點頭。

嵯峨可能和日岡一樣，也回想起自己當初下達的命令，露出凝望遠方的眼神，再度靠在椅背上。

他對默然不語的日岡露出了笑容。

「我知道自己要求你去做一件不愉快的事，這是在組織中生存的人必須面對的不得已，希望你能夠體諒。」

「是。」日岡簡短地回答後，鞠了一躬。

嵯峨以為日岡態度軟化，放鬆了臉上緊繃的表情。

「大上的事令人遺憾，但他至少不必知道自己被下屬背叛，這也許是一件好事。」

日岡握緊放在腿上的手。

當晶子拿出大上的筆記本和金錢那些遺物時，日岡就確信一件事。

大上知道自己是監察官派來的臥底。

大上和那些赫赫有名的幫派大哥打交道，比任何人都更有眼光。日岡和他形影不離，他不可能沒發現日岡是臥底，更何況他也不可能不懷疑機動隊的菜鳥，為什麼會突然進入黑道組織股。

但是，大上不動聲色，相反地，還把那些金錢和筆記本的遺物交給監察官的走狗日岡。不知道是他認為日岡能夠繼承自己的意志，還是希望日岡繼承自己的意志。

——日岡，如果發生萬一，萬事就拜託你了。

大上在志乃的吧檯時說的話在日岡耳邊響起。

「對了，我之前要你找大上手上的資料，有沒有找到？」

嵯峨問。

就是大上寄放在晶子那裡的筆記本——潘朵拉的盒子。

「沒有。」日岡微微搖頭。

嵯峨的聲音難掩失望。

「是喔……沒有找到喔。」

日岡默默點頭。

「大上住的公寓的天花板，或是相好的女人家裡都查過了嗎？」

日岡用力點頭。

嵯峨用力咂著嘴。

他內心的感情很容易寫在臉上。這種人能夠勝任監察官嗎？

他結了婚，還讓酒店小姐懷孕、墮胎，最後拋棄了那個女人——

日岡用充滿輕蔑的眼神，抬眼看著曾經尊敬的上司。

嵯峨看著半空，心浮氣躁地用力搖著扇子。他撇著嘴，滿臉不悅。

他放慢了搖扇子的速度，心灰意冷地嘆了一口氣。

「大上死後，奉命進行祕密偵查的縣警偵查員，在大上的家裡也一無所獲。大上手上握有那些資料這件事，有可能是假消息。對我們來說，這樣反而比較好……」

嵯峨自言自語地說完，看向日岡。

「先不管這些，記錄大上動向的日記帶來了嗎？」

嵯峨之前命令他，去吳原東分局後，每天都要記錄大上的行動。

日岡從放在地上的皮包內拿出筆記本，放在嵯峨面前的桌上。

「雖然當事人已經死了，派不上用場，但如果媒體不太平，還可以拿來當作交易。」

交易——沒錯，對這些高層來說，任何事都是交易的材料而已。他們打算拿大上的不正當行為一點一點餵媒體敷衍了事。

日岡忍不住在心裡吐著口水。

嵯峨單手翻開筆記本，立刻瞪大了眼睛。

他把扇子用力往桌上一丟，雙手拿起筆記本，匆匆翻了起來。

當他看完最後一頁，用力闔上筆記本甩在桌上。

「這是怎麼回事！」

日岡靜靜地回答：

「這是記錄大上巡查部長的日誌。」

嵯峨拿起剛才甩在桌上的筆記本，翻開後遞到日岡的面前。

「這種東西可以稱為日誌嗎！黑色的部分是怎麼回事！」

許多內容都用墨筆刪除了。

「因為寫錯了，所以就劃掉了。」

「開什麼玩笑！」

嵯峨猛然站了起來，雙手拍著桌子。

「你以為這種藉口行得通嗎？無論怎麼看，都是剛才刪除的，沒有乾的墨汁還沾到旁邊那一頁。」

嵯峨一把抓住日岡的胸口，把他從椅子上拎了起來。

「這是怎麼回事？塗滿墨汁的筆記本是怎麼回事？」

「我剛才已經說了，我只是塗掉寫錯的部分。」

嵯峨把日岡朝向椅子用力一推。

因為太用力，日岡連同椅子向後倒在地上。

日岡覺得嘴角有點痛，用手背一摸，發現沾到了血跡。似乎是跌倒的時候受了傷。

日岡若無其事地扶好椅子，向嵯峨行了一禮，走向會議室門口。

背後傳來嵯峨的怒罵聲。

「等一下！你知道自己在幹什麼嗎？你好像在包庇大上，但你竟敢違背上司的命令，把警察的工作當成什麼了！」

走向門口的日岡停下腳步，緩緩轉頭看向身後的嵯峨。

他用鄙視的眼神看著嵯峨。

「我知道。大上先生向我充分傳授了如何當一名真正的警察。」

「你……」

嵯峨看到日岡落落大方地稱讚大上，忍不住慌亂起來，立刻改用溫和的語氣說：

「日岡，現在還來得及，只要你把刪除的部分重新謄寫後交上來，我就不計較你剛才的無禮。」

日岡不理會他，把手伸向門把。

嵯峨用發抖的聲音大叫：

「王八蛋！如果你敢不聽話，我就把你貶到縣北的駐在所去！」

日岡握著門把，頭也不回地說：

「嵯峨先生，卡薩布蘭卡的瞳小姐最近還好嗎？」

他可以感覺到身後的嵯峨快昏倒了。

日岡打開門時，嵯峨似乎回過了神。

日岡正準備走出去時，他冷冷地說：

「我不知道你在說什麼？八成是從大上那裡聽來的謠言，愚弄上司也該有限度，如果你敢繼續胡說八道，下次就不是在這個會議室，而是要找你去監察官室談一談了，我隨時可以開除你。」

他冷酷的聲音令人不寒而慄。

如果沒有大上留下的遺物，恐怕就會向他屈服。

日岡雙手插進長褲口袋，轉頭對嵯峨說：

「嵯峨先生，我掌握的把柄還不止這些……如果你敢輕舉妄動，廣島縣警恐怕會引火燒身。」

嵯峨目瞪口呆。

「你……大上的——」

日岡直視嵯峨的雙眼，用低沉的聲音問：

「沒問題吧？」

說完，他反手關上了會議室的門。

來到走廊上，他從口袋裡拿出大上的打火機。

一邊走，一邊把打火機拋向半空。

飛起的狼圖騰在走廊的日光燈反射下微微發光，然後落在日岡的手中。

他緊緊握在手心。

然後看向前方。

——繼承大上血脈的決心堅定不移。

※

昭和六十三年（一九八八年）

七月三十日　廣島仁正會副會長遭到除名處分。

八月一日　晚上九點。五十子會辦公室爆炸。

晚上十一點。尾谷組辦公室遭散彈槍射擊。

八月二日　下午兩點。加古村組太子野崎康介在吳原市宮出大道上遭到刺殺。尾谷組幫眾長田光太以現行犯遭到逮捕（之後被判處十五年有期徒刑）。

八月五日　上午九點。涉嫌上早稻命案逃亡的橫山將太、今村明俊、大江克巳在北九州市區遭到逮捕。

八月十日　午夜十二點。五十子會太子淺沼真治在赤石大道胸部中槍，不久後死亡。

八月十八日　吳原東分局以上早稻命案的同謀共犯的嫌疑，逮捕了加古村組組長加古村猛（之後被判處十二年有期徒刑）。

八月二十二日　下午四點。尾谷組太子一之瀨守孝在廣島市中區的咖啡店內遭到槍擊，子彈貫穿腹部，身受重傷，所幸沒有危及生命。

八月二十三日　凌晨兩點。五十子會會長五十子正平在吳原市區的情婦家中的停車場內遭人槍殺。之後逮捕了尾谷組幹部備前芳樹（被判處十八年有期徒刑）。

九月二十日　尾谷組組長尾谷憲次從鳥取監獄出獄，宣布引退。

十一月三日　一之瀨守孝成為尾谷組第二代組長。在瀧井組組長瀧井銀次的斡旋下，申請加入仁正會。

平成元年（一九八九年）

四月　五　日　日岡秀一巡查被調往比場郡城山町派出所。

平成三年（一九九一年）

十月十四日　日岡秀一升為巡查部長。獲得縣警總部搜查四課長齋宮的拔擢，進入縣警總部搜查四課。

平成五年（一九九三年）

四月　二　日　日岡秀一巡查部長被調往廣島北分局刑事課黑道組織股。

平成十六年（二〇〇四年）

四月　十　日　尾谷組第二代組長一之瀨守孝就任仁正會第四代理事長。

五月十二日　日岡秀一巡查部長從廣島北分局調往吳原東分局刑事課黑道組織股擔任主任。

尾聲

日岡根本沒看下屬手拿的防彈背心，就直接走向出口。下屬慌忙追上去大聲說：

「班長，防彈背心呢？」

日岡頭也不回地說：

「想穿的人就穿，我不需要。」

「但是，課長指示大家都要穿。」

日岡雙手插在長褲口袋裡，瞪著前方，張開雙腳站在那裡。

「人家拿的是火力十足的托卡列夫手槍，一旦中彈，防彈背心根本不管用。而且，穿了背心，動作就很遲鈍，反而容易挨子彈。」

日岡肩膀轉向後方，用調侃的語氣說：

「你趕快穿上，如果沒有防彈背心，你反而無法動彈。」

被日岡暗諷沒有膽量的下屬因為和剛才不同的原因再度紅了臉，把手上的兩件防彈背心放在旁邊的長桌子上。

「我也不需要。」

日岡苦笑著，用力摟住拚命逞強的下屬的肩膀。

他把下屬用力拉了過來，把嘴湊在他耳邊說：

「我們要在這次同時搜索中立功。這個月是取締黑道加強月，點數也是平時的一倍，順利的話，也許可以獲得總部長表彰。」

日岡比剛才更壓低了嗓門，似乎在強調接下來說的話有多麼重要。

「我以前的上司教導我該怎麼做，這些年，我一直遵從他的方法做事。」

日岡鬆開了下屬的肩膀，用力拍了拍他的背，粗聲粗氣地說：

「我也會好好教你怎麼做，你跟著我就對了！」

下屬雙眼發亮，用力點了點頭。

日岡快步走向出口。下屬也不甘示弱地緊跟在後。

日岡走在走廊上，緊緊握著長褲口袋裡那個狼圖騰打火機。

完

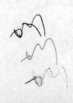

國家圖書館出版品預行編目資料

孤狼之血 / 柚月裕子作 ; 王蘊潔譯 . -- 初版 . --
臺北市 : 臺灣角川 , 2017.11
面 ; 公分 . --（文學放映所 ; 91）

譯自 : 孤狼の血
ISBN 978-957-8531-07-9(平裝)

861.57 106017141

文學放映所091

孤狼之血

原書名＊孤狼の血

作　　者＊柚月裕子
譯　　者＊王蘊潔

2017年11月23日　一版第1刷發行

發 行 人＊成田聖
總　　監＊黃珮君
總 編 輯＊呂慧君
主　　編＊李維莉
設計指導＊陳晞叡
印　　務＊李明修（主任）、黎宇凡、潘尚琪

發 行 所＊台灣角川股份有限公司
地　　址＊105 台北市光復北路11巷44號5樓
電　　話＊(02)2747-2433
傳　　真＊(02)2747-2558
網　　址＊http://www.kadokawa.com.tw
劃撥帳戶＊台灣角川股份有限公司
劃撥帳號＊19487412
法律顧問＊寰瀛法律事務所
製　　版＊尚騰印刷事業有限公司
I S B N ＊978-957-853-107-9

香港代理＊香港角川有限公司
地　　址＊香港新界葵涌興芳路223號新都會廣場第2座17樓1701-02A室
電　　話＊(852)3653-2888